# コバルト風雲録

久美沙織
kumi saori

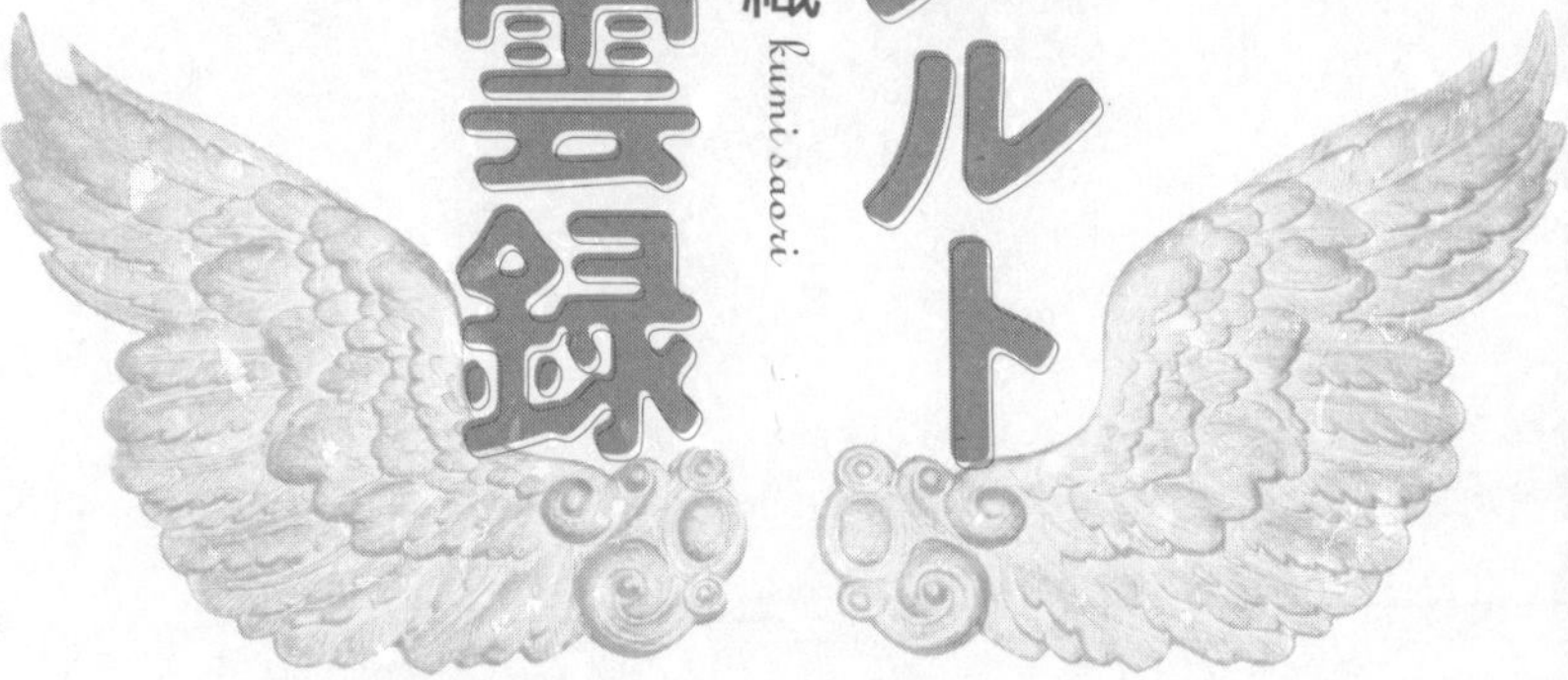

本の雑誌社

# 幕前の口上

二〇〇四年三月、見知らぬ男性からメールが届いた。わたし久美沙織がぶきっちょながら自分で作って運営しているオンラインサイト『久美蔵』にたどりつき、そこでオープンにしているメルアドをみつけたらしい。

いま『このライトノベルがすごい!』なるサイトをやっていて、アンケートとかもあるので、できれば協力してほしいオネガイシマスといってきたのだった。

ここまでなら「へー」ですむ。テキトーにお茶をにごし、「ごくろうさま。がんばってね」といってオワリでもよかったはずだ。

しかし、そのオトコは、こともあろうに酒井大輔と名乗りやがったのだ。

わたしは坂田大輔(サッカー選手。現在のところ横浜Fマリノス所属)のファンである。

正直にいう。酒井くんがよりによって「さか〇大輔」でなかったら、また、酒井くんのメールがきた時期がよりによってアテネ五輪予選の真っ只中でなかったなら、けっしてそんなに丁寧に返事を書いたりはしなかったのではないかと思う。

ちなみにそれはアンダー23山本ジャパンが、UAEラウンドを終了し、日本ラウンドになる端境であった。坂田大輔さま背番号19は、UAE遠征のメンバーにははいっていたのに、日本ラウンドではそれからはずれたところなのであった。

わたしはとてもとてもとても悲しかった。

坂田さまもあるいはそうとうにくやしがったり悩み苦しんでおられたりするのではないかと思えば、婆心が千々に乱れるのであった。

どんな小さなことだろうと、「さか○大輔」の（↑酒井くんが坂田さまからすれば赤の他人であって、なんの利害関係もない相手であるということは重々承知しつつ）役にたちたい！「さか○大輔」に喜んでほしい！ そうするチャンスがあるのに、逃げたりなんかできない。

ファンの思考は、いたってオカルトで非合理だ。

そして、ハッと気がついたら、わたしの三月と四月はほぼまるまる『創世記』執筆と『このライトノベルがすごい！』サイトの掲示板へのカキコミに終始しており、日本代表はめでたくアテネ五輪に出場を決め、坂田さまは最終メンバー決定のための石垣島合宿に飛び立たれたけども……だったのであった。


『創世記』。そう呼んでいた。

単行本化にあたって改題することになったが無理もない。あまりといえばあまりに傲慢な、神をも畏れぬタイトルであるから。我ながらよくつけた。

大急ぎで言い訳をすれば、そもそも書きはじめる時には、こんなに自分のことばっかり書くつもりでも予定でもなかったのだ。

酒井くんたちのいう「ライトノベル」(↑この名称はなんとなくキライだ。そもそもわたしが酒井くんの最初のメールへの返事でいったのはまずそれだった)の、たぶんルーツなのではないかと思われるあたりの時代に、わたしは居合わせた。あの「小説ジュニア」の終焉、「集英社文庫コバルトシリーズ」の事実上の誕生をほぼ当事者として生体験し、そのバブル的勃興期から最盛期、プラトー期まで、ざんぶらどんぶらしまくった荒波の真っ只中でかろうじてサーフィンしていたひとりであった。よって、単にだらだらと思い出を語れば、自動的に「その頃……つまり、いまの若いみなさんからみれば、太古の昔もいいところ、縄文時代なみに現実感のない、はるか歴史のはじめの頃……なにがあったのか」を語ることになるにちがいないといたって浅はかに楽観視していたのである。

この時わたしのアタマにふと浮かんだのは、実は、野上弥生子先生さまのことであった。いやそんなによくは知らない、ていうか、なんにも知らないんだけど。

そう、夏目漱石門下生にして川端ノーベル文学賞康成ともタメぐちをきいていただろう日本文学者のうち、間違いなく「もっとも長生き(一九八五年没・享年九十九歳。惜しい!)した」あのひとである。

なにを思いついたかというとほかでもない、野上先生の晩年になる頃には、「当時のことを知るひと」は他に誰ひとりもう生き残ってなんかいないのだから、「なんでも言いたい放題・書きたい放題だった(だろうなぁ)」ということである。

「わー、いいなぁ。わたしがそういう立場だったら、ここぞとばかりになんでも自分に都合のいいこと楽しいことをいいまくっちゃうね。好き勝手に話つくって、ウケ本意のホラ話うそ伝説、ちょっとしたスキャンダルとか、いまだからいえるほんとうの話とか、これは秘密な約束だったんだけどもう時効だろうとか、なんでも、どんどんでっちあげて流布させちゃうね。どんどこ書く。書きまくる。きっと引く手あまただぞー。ものすごく売れるにちがいない。だって主人公も脇役も、みんな、いやしくも読書ってものに興味あるひとならゼッタイ聞いたことあるような連中ばっかなんだから！」

と思ったのである。

純文学にはあまり興味がないから天下の野上作品もいっこも読んでおらず、実際どこでなにをどうおっしゃっていたのかは知らず、単に無責任に邪推をしただけなのだが。

とにかく、野上弥生子さまがほとんどお亡くなりになる直前までバリバリ仕事をしておられたことだけは確かだ。そこで実際昔のことをどれほどどのように語られたかの事実はともかくとして、晩年の彼女が「もし、その気になったとして」その手にかかったら、武者小路実篤だろうと谷崎潤一郎だろうと志賀直哉だろうと敵ではない、美味しい獲物もいいところだっただろう。「ムックンてばさぁ」「ジュンちゃんときたら」「ナオぼーってひとはねー」ってな具合に（すみません野上先生はきっとそういう文体でもキャラでもないんだろうとは思いますが、なにせ知らないんで）、なんでも好き勝手いわれちまって嘘ばっかりつかれても、抵抗はおろか単なる訂正だってできねーんだぜだってもうとっくに死んじゃってるんだからさ！　わははははは！　である。

遺族にしたところで、おんとし九十九歳で現役の女流作家を相手に抗議とか訴訟とかそういうことはたぶんよほどでないかぎりしないと思う。やったとしても新しくハゴタエのある攻撃対象としてより生きがいになり長生きの糧になるにすぎなかったかもしれない。

長生きというのはもう間違いなくそれだけでひとつの才能であり、武器である。ことに、モノカキで、同じ分野近いジャンルの同人とか同期生みたいな立場だったら、結局は、グループの中で誰よりも最後まで現役サバイバルしたやつの勝ちだ。誰がいつどこでなにをいってこようと書いてこようと、時間軸的にいって最後の最終の作品を提出し、「実はこうだったのだ」と断言し、読者に「ふーん、へー、そうだったんだぁ」と思い込ませることができたら、そいつの勝ちだ。未来の末裔のみなさんは、たまさか最後になった誰かが勝手に言い切ったなにかを信じ込まされるにちがいない。

最後のひとりになれるかどうかはあいにくまだ半世紀ほどは？　わからない。そもそも死んでからなにいわれたってわたしの耳にははいらないのだから関係ない。だったら、いっそ最初になるという手もあるな、それも美味しいかもしれないな、とわたしは思ったのである。

わたしは現在四十五歳、同年代のモノカキたちはまだ誰も「自伝」めいたものなど書き出していない。いくらなんでも早すぎる。だが、人生いつなにがあるかわかったものではない。いまが「晩年」かもしれないのである。

いまなら、先入観をもたない読者のみなさんの白紙状態《タブララサ》のこころに、「あれは、こうだったたんだからね！」を押しつけられる。ひとくくりカタマリにまとめて「ハイ、こうでこうこうで、こうだったのッ！　試験に出るから覚えておくように（?）」と、強く刷り込みインプリンティングしてしまうことができる。

そうすれば、やがていつの日か強烈な「アンチ」が出てくるまでは……わたしなんかよりずっと責任感のある性格の研究者系のかた評論家系のかたなどのきちんと事実の裏付けのある資料にもとづいた推測とか、なにかそういうものが出てくるまでは……「このわたし」が言い切れば、それが事実になるだろう。なんでも素直にうけいれられるであろう。「へーなるほどそうだったのか」と。

こんなラッキーそうそうないぞ！

誰かが必死にとめないかぎり、それは「定番」「常識」「基礎知識」になる。おおお！　このわたしの語りが（騙りが！）いとも容易に「歴史」となるのだ！　まるで『プルターク英雄伝』のように。ざまあみろ。これが快感でなくてなにか。いやしくもモノカキたるもの、こんな美味しいチャンス素敵な栄誉を逃すわけがあろうか、いやない。

というような、かなりのバカ的夜郎自大的思惑意識がこれあり。

畢竟、誇大妄想的なタイトル『創世記』なんかがひっついてしまったりしたわけである。

思うにわたしはすこし躁状態だったんではないだろうか。たぶんアテネ五輪予選と坂田さまのせいで。

かといって。

わたしは悪人ではない。

自分でいうといかにも嘘くさいが。

意識してなにか嘘をつこうとか、自分に都合よく事実をねじまげようとか、そんなこと思ってたんちゃいますぜ。むしろ、「聞いて聞いて～！　こんなことあったの。あんなことあったの。あの時はこうだったし、そのあとこうこうこうだったの。ほんとのほんとにほんとーなんだからねっ！」のほうである。

そりゃわたしはアホなのでアホゆえの勘違いとか早とちりとか錯覚はあるかもしれないし、知らず知らずのうちに我が身可愛さに事実誤認していたり偏向したことをいってしまっていたりするかもしれん。そもそもわたし個人の経歴がその世代その境遇の典型だったり代表だったりする保証は一ツもない。ただの「一例」なのだ。しかし、いずれにしろ、計算はしてないっす。それだけはありません。だってあたし、マジ算数弱いんだもん。

少なくとも本人は「ほんとにこうだった」と思ってることをいうとりますことは誓います。

そもそも婆ぁってさぁ、若い頃のことを話したがるものでしょ。

「それでそれで」「それからどしたの？」と熱心に聞いてくれる相手があるなら、そりゃー、いくらでもしゃべくる。ひょっとするとサービスのために多少の脚色を加えつつ、おもしろおかしく話しつづける。

今回のこれに、よいところがあるとしたら、それは酒井くんのテガラだと思う。

なにしろ辛抱強く婆のくりごとに耳をかたむけて、「それから?」「そしてどうなったの?」と聞きつづけてくれたので。

だいたいね、たった十九歳の酒井くんにしてみれば、四半世紀も前のことになんかふつーはあんまし興味ないんじゃないでしょうか。(第二次世界大)戦前のことも、紀元前のことも、みんな同じく「昔のこと」「ボクがまだ生まれてなかった頃のこと」であって、「なんか信じられないほど古くて不便でやたらオクレてた頃の話」だと思うにちがいない。

なのに、まぁよくつきあってくれました。辛抱強く聞いてくれて、いろいろとフォローしてくれました。ありがとう。

この「若い子の親切」を無下にしたくなかったばっかりに、婆はいきぎれするまで走りつづけたのでございます。だから繰り返しになるけども、この本のもとになった『創世記』は、もともとは、生まれながらの編集者にして老婆介護ヘルプの天才でもあるにちがいない草三井こと酒井大輔くんに向けて、つぎつぎに送りつけた「個人のおしゃべりメール」であったわけね。それを、オンラインによる公開を前提とした「原稿」のかたちに整え導いてくれたのが当の酒井くんです。ありがとうね!

で、その「原作」にはあまたの画像、欄外注、ハイパーリンクなどが存在したわけっす。なにしろオンラインだったんで。その特性を生かしたわけです。単行本版ではそれらの部分は変更し、あくまで、旧来の書籍のかたちで読み通した時に違和感のないものにすることを目指しました。しかし、もし、「原石」や「原型」に興味のあるかたがおありになり、あるいはこれを読んで興味をおもちになり、もし、オンラインサイトも見聞きできる環境におありなのなら、ぜひとも、もとの『創世記』を、いや『このライトノベルがすごい！』というサイトそのものを、のぞいてみてほしいと思います（http://maijar.org/sugoi/）。

サイトの眼目は、二〇〇三年度に発表された「ライトノベル」作品のどれが好きか、どれがすごいかというアンケートであった。ちなみに来年もまたやる予定であるらしい。そのランキング結果を眺めてなにがしかの感慨をもちえなくても、ガッカリしなくていい。当該サイト内には、さまざまな作家の多数にして多様なコラムも存在する。また、さまざまに分化したスレ（掲示板）もある。ここまででも既にかなりのヴォリュームがある。

そこでかわされている話を正しく理解しあるいは自分なりに考え直そうなどと思うと、あちこちで言及されるいくつかの「ライトノベル」作品ぐらいは読まなければならないハメになるかもしれない。いやたぶん、何冊かは、とっても読んでみたくなることウケアイです。

はたまた、ミョーに気になる発言をする誰かをみつけたりして、そのひとの「実作品」や「発言」を探して読むという発展方向もある。自分のサイトをもっているひとも、プロとして活動しているひとも、いわゆる「一般読者」も、ここでは、ほぼ「並列」に「対等」に、好きなだけしゃべくりまくっている。その中にあなたの魂の親友になるひとがいるかもしれない。おともだち、みつけてくださいねー。

こういったもののすべての全体なんつーと、まぁとんでもなくものすごい分量になるわけで、一週間やそこらは確実にヒマがつぶれます。それぞれが「書かれた」時期もすでにかなり広い範囲にわたってしまった。はるか過去のことになってしまった話題もある。

それらをあとから追従するのは、サイトが実際活発に動いていた時期にたまさか居合わせ、「現場」に参加なさったかたのようにはおもしろくないかもしれないし、全部をいまさら追いかけるのはかなり面倒くさく、かつまた、うんざりするほど膨大な作業になるかもしれない。

それでも、この本の中で語られたようなことに対して興味関心を抱き、自分でもちょっとなにか発言したくなったりするようななかたにとっては、美味しくて滋養豊富な夕べモノみたいなものが山ほどあるよー！　と断言できる。

それらはたぶん、世間のひとの九十九パーセントは「そんなんどーだっていいじゃん！」というにちがいないことだったりするのだが（笑）。

ちなみに『コバルト風雲録』というタイトルもまた、多少問題を含んでいるかもしれない。この本ではわたしのコバルト時代のことしか語っていないわけでもなく、またわたしは世に多数存在するコバルト作家あるいはコバルト出身作家の典型でも代表でもなく、むしろ「はぐれたそれ」であるからである。

それでも、ライトノベルという、いまだにキライなことばがらみよりはまだ「コバルトとか書いてきたやつ」という確認のされかたのほうが居心地がよく納得もいく。

そして……これはわたしとしてはぜんぜん自慢できることでもないし、ほんとうにいつもガッカリしちゃうことなのだが、おおぜいおられた当時の読者のかたにとってわたしがいまもって「あの頃のコバルトのひと」でしかないこともたぶん事実なのだ。

願わくばこれで何か憑きものを落とすことができて、わたし自身に新たなる物語地平が訪れてくれることを祈りつつ、〝天下の〟コバルトの名を勝手に借りて独占的に（？）使わせていただくワガママを関係各位に伏しておわび申し上げる。

# 目次

幕前の口上　1

## 望郷の巻



## 疾風怒濤の巻

## 乱の巻

# コバルト風雲録

装丁　山田英春

# 望郷の巻

## 1　コバルト以前！

どーもー、久美沙織です。

こんにちは。はじめまして、ですか？　あなたさまは、このワタクシメが書いたものをこれ以外にもお読みになってくださったことがありますか？

いえね、どっかでたまさかはじめてあったかたに職業を聞かれて、よせばいいのに正直に「小説家やってるんです」って答えたとしようじゃないですか。するとたいがい、ええ、ほんと、十人中九人ぐらいのひとはその瞬間に「とっても困った」顔をなさるんです。

「あの……すいません、わたし、ほとんど本とか読まなくて……」

なぜかすかさず言い訳をはじめるひとも多いし。

どうやら、作家とか小説家とかって自称する人間を「顔と名前で認知できない」ことは、多くのこころ優しいひとになんらかの「当惑」「バツの悪さ」「居心地悪さ」をもたらすらしい。

（ちなみに作家というか小説家というかは本人の好みです。わたしは自分のことは小説家といいたいほうです）

いちいちバツ悪くなってもらう必要なんて、ぜんぜんないんですけどねー。

「へー。そうですか」

って、なにげにいってくれて、かまわないんですけど。

「あいにく知りません」いやあなたにはあいにくかもしれないけど、わたしにはふつうだから。

一般人のかたに、そこらにいくらでもいるチンピラ作家は、顔なんかまるでまったく知られてないです。名前を聞いたってほとんどのかたにとってピンとこなくてあたりまえです。

「ごめんなさい、読んだことないです……」頼むからそんなに卑屈にあやまらないでください！ていうか、本気でそんなにすまないと思うなら、そこのホンヤさんであたしの名前で検索してシナギレじゃないのを全部注文してちょうだいっ！ 生きてるナマのモノカキのジツブツにあうなんて経験はあーたの人生では空前絶後なんでしょ？ だったらこれって一期一会じゃん。そのとっても珍しいライブのジツブツだよー！ 買ってくれー。したらサインぐらいいくらでもするからっ。

ほんと、不思議なのよねー。

「おしごとは？」「マルバツ商事に勤務しております、係長です」「すみません、知りませんでした」っては、いわないだろー？

「ご職業は？」「○○町で長年花屋をやっておりまして」「存じませんでした。申し訳ない」ふつーあやまらないって。

なのに……

うっかり正直にほんとうのことなんかいうと、なんだか気まずい雰囲気になったり、相手がみょーに意識してくれちゃったりするもんだから、わたしなんか、それっきりゴマカセそうな時は「あ、ただのシュフですから」って逃げちゃうもんね。

プロの小説家は何千人といます。ギョーカイ内部同士でもお互いに知らないなんてことがいくらでもあります。世代が違えばますますわからないし、ジャンルが違ったり、生息域（雑誌とか、版元とか）が違うと余計にわからない。しかもモノカキ世界の住人の年齢層はイヤっつーほど広く、現役で事実上「ライバル同士」であるのが十代から九十、百までいたりする。故人のみなさんだって強烈な敵だしね。

「とっくに故人、歴史上の人物」だろうと思ってた作家さまがまだピチピチ生きておられたりしてビックリなんつーことも多々あるけど。

「ふだん本とかめったに読まない」ひとでも名前ぐらいはかろうじて聞いたことがある層に属する偉い作家さまがたも確かにおられるわけですが、もちろんほんのヒトニギリ。

有名な賞をおとりになったかた、部数の多い新聞や雑誌にしょっちゅう掲載しておられるかた、いわゆるベストセラー作家をその中にいれたくなりますが、違います。そういうかたがたを押しのけて、「誰でも知ってる」「多くのひとが知ってる」度が高いのは、なんつったって『テレビによく出る作家』ですね。

違いがわかったり素敵なお宅でなにかゴージャスなことやっていたりするCMに出ておられる

のから、バラエティでタレントさんといっしょになっておもしろいことといっているのから、クイズ番組で素晴らしい見識をお示しになるのまで含めて。どんなかたちであれ。一回でも多くテレビに出ているひと、コンスタントにテレビに出ているひとが、圧倒的に「知られて」る。でもって、世間の多くのみなさまは、作家だろうと他の分野のアーティストだろうと、

「ちゃんとした偉いひとなら、もう有名なはずだ！」とお考えになるし、

「有名ならテレビにしょっちゅう出てるはずだ！」とお感じになるし、

「テレビでみないなら有名じゃないわけで、つまり、偉くない」とお思いになります。

いーえ、なります。無意識にそうなってます。

だからこそ、

はじめましてこんにちは、と出会って挨拶をした相手に職業を聞いて、そいつがこともあろうに、作家だとか小説家だとかと突飛なことを口にすると、相手のかたに、

「……うそ……やだ。ぜんぜんみたことないし、知らないのに？ってことは、このひとって、まだすっごい無名でどビンボーで苦労しているひとか、さもなかったら気の毒にアタマがへんなひとなんだわ。自分が作家だなんて妄想をもってしまっているんだわ……どっちにしても、かわいそうだけど、あんまり関わり合いにならないほうがいいかも……」

ってなことまで思われてしまいがちなんじゃないかと……あったとたんに同情されちゃったりするんではないかと……だからあのみょーな雰囲気になるんではないかと……それこそ妄想？

さてそのように、あうひとみるひとに蔑まれ同情され卑屈になるなといわれても無理だよよほどタフで鈍感で楽観的じゃないとやってられねーよ、な作家あるいは小説家のギョーカイなのですが、中でも、ステイタス的に最悪で、世間の評判のたちようがなく、五流の俗悪の読み捨て本であるといわれるSF（とわたしが思ってるわけじゃありませんよ！）よりもたぶんさらに下にあたるところに、「こどもだまし」部門があります。

わたしなんかは、デビューから今日まで四半世紀を越える年月をほぼそこにどっぷりずっぷり居すわりつづけて過ごしてしまっていまさらよそにいく方法がよくわかんないよー！　ほんまなんでこんなことになったんやー！　なやつだったりします。

さて。

ライトノベル、ヤングアダルト、ジュニア小説、少女小説、ジュブナイル、その他その他、「そのへん」を表すにもいろんな名前があり、ジャンル分けがあり、どこにもうまくあてはまらないものがあり、まー、ようするに定義とかちゃんとした研究とか、いまのところ皆無なわけですが、とりあえず、「そのへん」の共通のルーツを探すとしたら、やはり、吉屋信子先生になるでしょう。

「それ、だれ？」

おーっと。一世を風靡したかのヨシヤノブコさますらも「みたことないし、知らない」かたにあたってしまいましたね。しょうがないですね。時の過ぎゆくのは速い。

吉屋先生のご自身の御作品もなくはないと思いますが、手にいれるのは少し難しいかもしれないので（あってもきっと高いし）、とりあえず、よかったら、近所の本屋さんか図書館で、田辺聖子先生の小説じたての評伝『ゆめはるか吉屋信子（上下）』を探して読んでみてください。版元が朝日新聞社さまでメジャーです。文庫もあります。すんごいおもしろいです。

これをお読みいただけると、当時から今日まで「ライトノベル」あるいは「こどもだまし系」その他くくり名称はなんでもいいんですが、とにかく「そのへん」一般のかかえている問題に関しては時がどんだけ移っても「なんにも」かわってないんだなぁ、ってことが、よーっくおわかりいただけるかと存じます。

晩年は、新聞小説『良人《おっと》の貞操』、時代小説『女人平家』『徳川の夫人たち』などなど、いわゆる一般大衆文学のジャンルにあてはまるものをお書きになられた吉屋信子先生ですが、彼女をウルトラ大人気作家にしたのは、『花物語』シリーズです。ご本人が実際どうだったのかについてはビミョーな話で、正直わたくしめなどにはわかりませんが、これは「若い少女が、他の少女を（身体的にも含めて）愛するさま」をいろいろな花にたとえて書いた短編集でした。ぶっちゃけ、高らかな「レズ宣言」です。

わたくしたちは女性であることを誇らしく思いますわ！　男なんてガサツで失礼で醜いイキモノは、わたくしたちの人生には要らなくってよ！　夢のように美しいものだけを愛して、純潔に生きていくのよ、ヒロミ！（↑？）ってな感じ。

ちなみに、『良人の貞操』という小説はそのタイトルですでに物議をかもしました。亭主に貞操を求めるなんて考えは、それ以前の妻にはなかった。あってもいっちゃいけなかった。男は好きなだけあっちでもこっちでもコダネをばらまくのがあたりまえで、きっちり貞操をもたねばならぬのは女のみ、って考えられてたんですね。まーいってみれば、生物としてのオス性がよりモロだったというか（古代とかになるとまたぜんぜん別なんですけど、とりあえず）。

「まことより嘘が愉しや春灯《はるともし》」……わたしのとても好きな信子の俳句のひとつです。

ええやろ（笑）。

ようするにコレですわ。

まことより嘘。ゲンジツなんてどーでもいいわ。きれいな夢をみせて！　わたしは夢の中で生きていくの。

そういうこと。

このへんのさらにルーツには、『閑吟集』の「一期は夢よ、ただ狂へ」がある……そもそも、日本人は西洋人に比べるとネオテニー（幼児的特性を保つこと）的であり、男女の体格差も少なく（ハクジンなんてあーた、男はシュワちゃんで女はプレイメイトで）、やれお稚児さんシュミだの、歌舞伎・宝塚などなど芸能における性差の混沌などなどがある……なんて言い出すと、話がぜんぜん進まないので、ま、そーゆーことは、一応アタマの片隅においといていただいて、先に進みます。

えー、ゲンジツには、「三界に家なし」とかなんとかいわれ、ろくに教育も与えてもらえず、セックスつきの家事奴隷みたいな生き方をさせられるのがあたりまえだった頃の女性、というか、まだうら若いオトメのみなさんに、信子の「ロマン」は、希望そのものだったのです。

「そうよ、そうよ、わたしもそういうふうに生きたいわ！」若い娘が軒並みこんなことをいったり思っちゃったりし出したもんだから、親と男衆はあわてました。なにしろそれまで牛馬同然と思っていた女子どもが、いきなり激しく「自我」を発揮したので。

昭和三年にお生まれになられた田辺聖子先生はリアルタイムで雑誌「少女の友」(なんとあの実業之日本社。ちなみに当時は貸本)に「間に合った」世代だ、と、上記の本で、おっしゃっておられます。お若いかたがた、わかります? これは、あの太平洋戦争つまり第二次世界大戦の真っ最中の話です。戦況はどんどん悪くなり、女子はモンペで防空ズキンで、先生がたは国民服でゲートルで、なにかというと暴力で倹約で「ホシガリマセンカツマデハ」な時代。そこに夢二で美少女画でハイカラだったんですから。そりゃあ、ピュアな少女たちと、こころが少女であるひとたちは、みんなしてハマりますわなぁ。

ちなみに「少女小説」といういいかたは、吉屋信子先生がはじめておっしゃったようで、これを「継承しよう」と提言なさったのが、コバルト初期時代の、氷室冴子せんせいでした。

そもそも、「少女」とか「少年」とかいうものがあくまで近代の産物であり、義務教育でほぼ国民全部が「学校」にいくようになるまでは存在しなかったものだということはぜひ、理解してください。

江戸時代の女子は、「こども」→「女童」→「娘」→「年増」です。

ではなぜみんなが学校にいくようになったかというと、男子が先行したわけですが、これはもう間違いなく「良い兵隊さんになるため」です。ヨミカキ・ソロバンの寺子屋はそれ以前にも(たとえば僧侶系とか)あったわけですが、国民皆兵制度で、まっとーに戦える軍隊にするためには、どーしても多数の一般庶民をそれなりのレベルまで教育しなきゃならなかったんですね。と同時に、とーちゃんもかーちゃんもお国のために月月火水木金金働くためには、ヤンチャな年頃のガキンちょはまとめて「学校」に閉じ込めて預かっとくのが便利じゃった。

で、女子のほうはというと、最初はもちろん、「家政」に関して、よりプロフェッショナルな訓練をほどこし、イザという時にはキモノの仕立てなどの「内職」をして、兵隊であるところの夫の内助を支えるぐらいしか考えられなかった。

そこに、戦後ドッと、占領軍とその文化がはいってきて、ミッション（役割という意味。ようするに布教のこと）系の教育者のひとたちもじゃんじゃんやってきた。戦争孤児などなどを保護すると共に、新教（アメリカさんはほとんどプロテスタント）的、勤勉・清貧・貞操観念を植えつけようとした。これにマジになったひともまぁ少なくなかったでしょうが、むしろ、十字架、教会、マリア像などの「もの」の新鮮な美しさや、「病める時も富める時も」とか「殉教」みたいな観念に「萌え」ちゃうひともあったんじゃないかなとわたしなんかは思いますです。昨今の『まりみて』（『マリア様がみてる』集英社文庫コバルトシリーズ）のヒットなんつーのは、いってみれば、こっからのどストレートなナガレなのかも。

いやもちろん、明治維新よりはるかに前から、出島にはカピタンとかパードレとかきてたわけで、お大名さまなのに隠れキリシタンなひととかいたり、はるか東北地方にまで「隠し念仏」といって、マリア観音があったりしますが、あくまで、マイナーなシュミだったわけですね。

なんの話だっけ？

あ、そうそう。

で、吉屋信子先生の御作品は、婦女子の圧倒的支持を得、売れに売れたのですが、当時の父権主義社会体制にきっぱり反旗を翻してるんで、「読んじゃいけない、読ませちゃいけない」もの、あるいは、「夢みる夢子さんのローティーン時代ならともかく、初潮もきて、ちゃんと結婚できるようなトシゴロになったら卒業しなきゃならないもの」みたいにいわれた。

「(まともなオトナなら相手にしない)オンナコドモのもの」ってやつですね。

文学の大家のかたがたも、信子の「文学性」や「芸術性」を、ナメてたというか、すなおに評価なんかできなかった。

なにしろすこぶる儲かったので、信子は、養女(ていうか、たぶん同性愛のパートナー。そういう相手と結婚する制度がないので養子縁組するのはなんと現代でも同じ)の千代さんを連れて、ヨーロッパ豪遊旅行とかしちゃってます。

そんなこと一生できっこない甲斐性なしの男たち、ことに作家とか男マスコミ人とかのひがむまいことか!

やれ、信子はオカメの激ブスだ、だの、あんなヤツじゃヨメの貰い手なんてどーせないよだのと、さんざんいわれたみたいです。

でもって。

いきなり話があいまいになりますが、アタるところ二匹目のドジョウを狙うやつが出現するのはいつの時代の出版界でも同じことで、「少女の友」のパクリというか、そっくりさんが、つぎつぎに雨後の筍します。

こっから、わたし（一九五九年生まれ）の実際の記憶になるんですが、わたしが小学生の頃には「ジョトモ」と呼ばれるレトロな雑誌がまだ生き延びていました。フルネームは「女学生の友」だと思います。

ジョガクセイ、なんつー単語は、昭和三十年代生まれのわたしにとっても既に「うわ、なにそれ、ふるー！」で、すみません、実際には、ただの一冊も読んだことありません。とにかく「良い子は読んではいけない本」なんだなと認識していました。なんか、エッチな記事（いまの感覚でいうたらなんのことないと思うんですが）が多かったらしい。

で、某集英社の月刊雑誌「小説ジュニア」もまた、そういうひとつだったのです。

わたしが「小説ジュニア」をこっそり（親に隠れて）購読しはじめたのはおそらく小学五年生ぐらい。毎月かかさず買うようになったのは六年生になってからですね。はっきり記憶しているのは、『幻魔大戦』の秋田書店のSUNDAY COMICS一巻を、表紙の絵柄と「ＳＦ」というなんだかよくわからないアヤシイ文字に惹かれてこっそり買って帰って読み、感激のあまり、ナイショだよ、と四つ下の弟（現在眼科医）にみせたら、バカ弟めが両親にチクりやがって、「マンガなんて買っちゃいけません！　それより、親に隠しごとをしたりするのはもっといけません！」とこっぴどく叱られたのが、盛岡市天神町の家だった、そこに暮らしてたのは小四と五の時だ、「小ジュはその後だ」ということです。ウチは親父のしごとの都合でしょっちゅうヒッコシをしていたので、場所を思い出すと、時代もわかる。いまとなっては便利。

ここでわたしは反省するどころか、より巧妙に、親にみつかってヤバそうなものは、しっかり隠して読み、弟にすらぜったいにみせない！　という姿勢になった。だって、あんなにおもしろい『げんま』のどこがいけないのか、ぜんぜんわかんなかったんだもん。

この時から、親がイヤがりそうなもの（で、こどものお小遣いでも買えるもの）を嗅ぎつけると、わざと好んでまずそれを読むようになった、ともいえます。

で、毎月隠れてセッセと読んでた「小説ジュニア」ですが……おもしろかったですよ。そりゃー。なにせ禁断の世界なんですから。でも、ちょっと読みなれてくるとだんだん「？？？」になってきた。

そこに描かれている、高校生の会話とか、生活感覚とかが、どーもヘン。はっきりいうと「古い」。ぜんぜんピンとこない。

のちに気づくのですが、当時、「小説ジュニア」を執筆あそばしておられたのは、かなりご年配の先生がたばっかり、ほぼ、それ「のみ」だったのです。

あっちこっちで語ってますから、いまさらのかたも多いかもしれませんが、好きな逸話だし、「歴史」の一ページとして、欠かせないものだと思うので、ひとつ。諸星澄子先生『白百合の祈り』昭和五十二年一月十日刊行を紹介させてください。カバー裏から、全文引用します。

――杉森重秋が山で昆虫採集をした帰り道、自転車にのったまま倒れた中根さゆりを助けおこした。ふたりは同級生だったが、中学にはいってから、別々の学校にかようようになったので、

――高校生の今、久しぶりの再会だった。そして、ふたりはひそかにデートを重ねた。だが、ふたりの心は重かった。というのは、農地改革で杉森家の田畑が中根家へ移ったため、両家の仲が非常に悪かったからだった。

農地改革!?

この文庫を買った当時高校生だったわたしは、その単語を、歴史の教科書でしか知りませんでした。まさか、それが「いまでも」オノレにとって親身にリアルなものでありうる高校生が存在するとは思ってなかったので（そういう地方ももしかするとあったかもしれないけど）ものすごいショックでした。だって昭和二十二〜二十五年の話だよね。上の文庫の刊行当時、既に、「三十年前のデキゴト」。

戦後の高度成長期にはいろんな価値観とかガーーーーッとかわりましたから、この三十年はただの三十年とはちょっとチャウ。それでも、まぁ、影響が残ってるとこには残ってたのかもしれないですが、

「うおおおお、その手があったか、農地改革でロミオとジュリエットかよ！」

あまりのことにウケまくりへんな意味で感動してしまったわたしは、のち、めるへんめーかーとの共著『デュエット』（『おかみき』がヒットしたのでやらしてもらえた、企画本の元祖みたいなもん）の中で、これのパロディみたいな「聖嘉津緒戦争」というアホ話を書いたりすることになるんですが、それはさておき。

作者の諸星澄子先生は、すっごい小説うまいかたなんですよ。ちなみに『電気計算機のセールスマン等』という御作品で、直木賞の候補にもなっておられます。とてもマジメで実力派なかたなんです。

くだんの農地改革問題に関しても、ご自身真剣な懸念を抱いておられたのかもしれない。

その頃はそういう作家のかたが多かったんですね。

吉田とし先生、佐伯千秋先生、津村節子先生、平岩弓枝先生、清川妙先生、富島健夫先生、そして、川上宗薫先生などなど、そうそうたるメンバーがそろっておられました。

ちなみに、吉田先生は大正十四年の、津村先生が昭和三年の、富島先生が一九三一年ですから、えーと、昭和六年のお生まれですね。

読者のわたしにしてみれば「そんなイカガワシイもの読むなという親とほぼ同世代か、ひょっとするとそれよりもっと上」のお年の先生がた、が書いておられたんですね。

でもって……すみません、後輩なくせに非礼を申します。当時そういうものを書いておられた先生がたがすべてそうだというのではありませんし、すべての作品がそうだとももちろん申しませんが、当時の「小説ジュニア」およびその単行本版、そしてその類似作品には、「小説家デビューしたもののなかなか一般大衆文学では食べていけない先生がたの、生活費稼ぎ」っぽい面が、しょーじき、あったと思います。

はたまた、誰とはいいませんが、お下劣にエッチに扇情的なものをお書きになって、売らんかな、な感じの部分もありました。「小説ジュニア」本誌には毎度「愛と性のカウンセリング」だの「読者応募の衝撃の告白体験記集」だのが載ってたし（ちなみに、デビュー後、文庫など出してもらえるようになる以前に、わたしは、その「読者応募の体験記」を何度か依頼されてデッチあげました。「家庭教師の先生を好きになってしまった」と「義理のおとうさんに色目をつかわれて」と「夏祭りでともだちの彼と」を書いてね、などと具体的に編集部にいわれて、いかにも読者が投稿したようなふりをして嘘八百書きましたです。当然、原稿料もらって。もう時効ですよね？……）。

「なんで？」と、わたしは思いました。

「なんで……おねえさんやおにいさんな世代の作家のひとって、いないの？」

小説家ではなく、マンガ家になっていたから！　……です。これが答えのすべてでないとしても、少なくとも半分以上はいっていると思います。なにしろ花の24年組のみなさまが、わたくしよりちょうど十個上なんで。えっ、花の24年組をご存じない？　はー時代はかくも流れて去るのやねー。せざー困った。ちと説明などしようかの。

えっと、これは「正式名称」とか「登録されたもの」とかではなくて、あくまで「と通称されたひとたちがあった（いまもある？）」という話なので、定義とか会則とか、そういったもんではないと思うんです。だから以後の説明も「たぶんこういうものなはず」なあたりをご了承ください。そもそもは、某練馬方面などで自然発生的に生まれた「たすけあい、アシちゃんしあう」なかよしグループのこと。構成員がたまさか偶然にも昭和24年（一九四九年）生まれのひとばっかり（あるいはほとんどそう）だったため、こういう。「美形主人公の顔のアップばっか」だった印象のそれまでの少女マンガを、今日あるようなものすごい表現媒体に変化させていく原動力となった才能あふれるおねえさまがたである。「えっ、あなたも24年生まれ？」「まー、じゃあ、あたしたち同級生なんだわねー」と、親近感もましたらしい。

メンバーは（公式発表ではない。あくまで「と呼ばれるかたがた」リスト）萩尾望都さま、竹宮恵子さま、大島弓子さま、木原敏江さま、山岸涼子さま、樹村みのりさま、ささやななえさま、山田ミネコさま……！

マンガ好きなら知ってるだろー。ええいこのモンドコロが目にはいらぬか！　的な大スター、大画伯のみなさまですねぇ。

マンガはもう、こういうかたがたを輩出していたんですね。とうぜん、これに続くかたがたもオオゼイおられた。

わたしは高校生の頃まで「りぼん」を読んでましたが、その頃はアイビーマンガ全盛で、それはそれはおもしろく、どの号もどの号も水準が高かったです。

ちなみに、高校の同級生でのちにほかならぬ高校の先生になったFくんというひとがいました。

わたしと席が隣同士でした。

ある日、授業が終わって、片付けをしていると、床の上に、なにやら見覚えのあるノートが。

「あれっ？」

取ろうとした手と手がかさなってしまい。

「ぼくのなんだけど」と、Fくん。

「あっ、ごめん……でも……それって、『りぼん』の付録じゃ……」

（そうだわ。だから、よごしたくなくて、わたしは学校用のノートなんかには使ってなかったんだった！）

「そうだよ。毎月読んでる」

「ほんとにー！」

「太刀掛秀子先生のファンなんだ」

「わたしは篠崎まことさまのファンなんだ」

「オタクは性別を越える」のを実感したのはこの時がはじめてです（自分は幼稚園の時に既に、テレビの『オオカミ少年ケン』にファンレターを出したぐらいで、はるかにムカシからオタクだと自覚していましたが……いやオタクということばはなかったですけど……中学生になっても、おさないイトコらを連れていくふりをしてほんとは自分がいきたくて東映まんが祭りにいっていた頃から、わたしは一生オトナになれないのかもしれない……と思ってましたが）。

以来、隣の席のFくんとは、ほんとうに男とか女とかまるで意識しないですむ良いともだちになれたと思います。毎月、誰のなんという作品のどこがよかっただの、どのコマはテヌキだの、どのコマはどの先生が助けにきて描いたにちがいないだのと熱心に話し込んでましたからねー。

つまりマンガはそこまでいってたんですよ。『ポーの一族』や『風と木の詩』や『いちご物語』

が既にあった。わたしたちの、当時のリアルな女子中学生高校生のいまの感覚にビシバシくる作品が、いっくらでもあった。なのに、小説は、まだそうではなかった。

そこに、ある時、突然、燦然と輝くふたつの巨大新星が出現したのです。

新井素子ちゃんと、氷室冴子せんせいです。

それは、あたかも、アマのイワトがあいたかのような「まばゆいばかりの」夜明けでした。

## 2　メディアがこうも違ってくるとねぇ……

氷室・新井両氏の偉大な業績について語る前に、まずは、その当時の種々のメディアの状況についてしゃべっておきましょう。間接的ではありますが、けっこう濃厚に関係あると思うので。

そして、いまとは、すべてがあまりにも違ってるので。

たとえば音楽ですが。

えー、ビートルズの結成が一九六二年（わし三歳じゃ）来日あんど武道館公演は六六年。ちなみに解散は七〇年。こうしてみると案外短い期間の活動だったのじゃのう。

が、しかし、その人気は衰え知らず。

ローリングストーンズ、レッド・ツェッペリン、クイーン、エリック・クラプトン、ロッド・スチュワート、ミッシェル・ポルナレフなどなど、「洋楽」をフツーに聞くひとが増えていったのが、七〇年代から八〇年代にかけて。

しかし、いいですか、若者のみなさん。当時はミュージック専門チャンネルはもちろん、MTVなんつーものは、まだなかったのです。プロモーションビデオも、ほとんどなし。

海の向こうでは、『エド・サリバン・ショー』とか、『サタデー・ナイト・ライブ』とか、『モータウン25』とかあったんじゃないかと思いますが、そーゆーもんはほとんどはいってこなかった。せいぜい、英国のお笑い番組『モンティ・パイソン』がビデオになって字幕つきで輸入されたぐらいです。

音楽というものは、ラジオかテレビかLPで聞く、のが、ほとんどスベテだった。ミュージシャンの演奏っぷり、あるいは、カッコいいルックスを目にしたいと思ったら、「ミュージック・ライフ」などの雑誌を眺めるか、必死にチケットをとってコンサートにいくか、ミュージカル『ヘアー』、ツェッペリンの映画『狂熱のライブ』などなどを見るしかなかった（ビートルズは、「ロック映画」の発展にも、とーぜん大きく寄与しているわけですね）。

その頃日本音楽シーンがどーだったかというと、ハイ、フォーク全盛です（いや演歌とかもあったわけですが、あくまで若者の関心っつーことでいうと）。

GS（グループサウンズ）ブームが下火になって、吉田拓郎、かぐや姫、GARO、山崎ハコ、青い三角定規、五つの赤い風船、ペトロ&カプリシャス、甲斐バンド……まーいろんなかたがドッと出ました。このへんまではフォークだと思いますが（甲斐さん怒るかなぁ）、だんだんニューミュージックが混じってきます。さだまさしさんとか、オフコースの小田さんとか、ツイストから独立した世良公則さんとか、もちろん井上陽水さまとかユーミンとか、いまもバリバリにがんばって生き残っておられるかたがたも多数ありますです。

ちなみに我がふるさと岩手出身にも、NSPという伝説のバンド、いや、えーと、フォークグループがありまして、これが泣けるんですよ。『夕暮れ時はさびしそう』とか（泣）。今調べたら、なんと二十一世紀に復活して、去年なんかＤＶＤ出てます。うわー。買っちゃおうかしら。

ヤマハのポプコンが「あみん」を出したのがえーと、わたしが大学を卒業する頃なんですが、こういった音楽を支えていたのが「ラジオの深夜番組」です。

これにはすみませんわたしは詳しくない。

ウチはかーちゃんが厳しくて、自分のラジオなんて持ってなかったし、そもそも夜十時を過ぎたら良い子はグッスリ寝てなきゃいけなかったんで。でも、『パック・イン・ミュージック』とか、『オールナイトニッポン』とか、いろいろあった、らしいです。

で、そこでは、リスナーからの「ハガキによる投稿」がひじょーにさかんだった。

たとえば「たいこめ」というお下劣なもんを覚えております（のちに本にまとめられたのを悪いともだちにみせてもらった）。

これは、たくみな「逆文」を使って、エッチなこととか、下品なこととかをいうという、深夜番組ならではの「芸（っていっていいのか？）」でした。

もとは「タイツリブネニコメオアラウ」という謎の文章でした。山本コータローさまの番組だったかなぁ。これ、さかさによむと……ハイ、わかりますね。でもまだやや格調高いというか、現代文的ではありません。でも、この可能性に大喜びしたリスナーがこぞって知恵を絞り、いろんな名作（？）を生み出しました。いきなりたいこめ文があるだけではなく、そこにいたるまでの「ものがたり」もありました。で、最後にキメのたいこめ文がくるんですね。

あっしが覚えてるのは、かたせ梨乃さま（いまでは﨟長《ろうた》けた熟女さまですが、当時はお若かったのですね）が、なぜかイタリア旅行をなさり、そこで、素晴らしい踊りを披露する、「イタリヤデリノマウ」さかさまに読むと……アホくさいですねぇ（笑）でも、当時の若者はこーゆーので十分大笑いしていたのですね。

はやくも音楽から話がズレてしまいました。

ついでにどんどこズラしていくと、「ぴあ」という情報雑誌がまた、この系譜です。いまのワカモノにはたぶん、チケット屋さんとして認識されているだろう「ぴあ」ですが、七〇年代の若者にとっては、ほとんど「完璧」な情報源でした。どこでいつなにをやっているか、ドーッと書いてあったので。

ゆっときますけど、インターネットはおろか、ただのパソコン通信すら、まだなかったんですからね！

わたしも毎週買っては、新作映画案内と、都内のあまたの映画館のどこでなにをやっているかを蛍光ペン片手にチェックしまくり、たとえば「上板橋東映」とかで『太陽の王子　ホルスの大冒険』と『わんぱく王子の大蛇退治』がかかる！　などという嬉しい情報を手にいれては、スワとばかりに出かけていって、そこがまたふだんはポルノをやっているところだったりして、あえぐおねーさんのポスターにびびり（当時の処女なんてそんなもんです）、クセでうっかり紛れ込んできちゃったけど今日はターゲットになりそうなのがいねーなぁとたぶん思っているのだろうどうみても痴漢のおじさんがトイレ前のボロいソファでチビたタバコをふかしてグレてるのをみて、人生ってたいへんそうだなぁと思ったりしました。

はたまた、「はみだしyouとぴあ」という、欄外の一行冗談コーナーのようなものがあって、もちろんそれらも熟読し、時には投稿したものです。

で、ですね。

これらすべてから汲み取ってほしいのは、当時、「作品」というものは、味わわせてくれる場所あるいは時間にあわせて出かけていって、そこで必死に集中して味わうものだった！　ということです。

あの頃のわたしたちには「所有」はありえなかった。

制作費何十億とかいう大作映画や、好きなタレントのプロモーションビデオを、レンタルビデオ屋でほんの数百円で借りてきて、好きな時に家でみる、なんつーことは、できなかった。

まして、レンタル落ちあるいは海外輸入海賊版の格安ＤＶＤを買う、なんてことはできなかった。

すると、どうなるか？

「ブルース・リーの映画に、べんと持って朝から晩まですわってたじゃねェかッ」（拙著『宿なしミウ』収録「俺達に目出度目出度《ハリウッドエンディング》はない」より）

というようなことをやるわけです（当時の映画館には入れ替え制もまだなかったので）。

わたしは『カリオストロの城』をはじめて映画館でみた時、すわったきり、三回みました。

映画にかぎらずです。

『未来少年コナン』の再放送があれば、コンパの誘いもお茶の誘いもみんなことわり、猛ダッシュで大学を飛び出して修道院付属女子寮（だったんです）にかえり、午後五時の薄暗い部屋のかたすみの一台しかないテレビのチャンネルをそれにあわせ、椅子を画面まんまえに据えつけて、なるべくマバタキをしないようにして、両手を握りしめて、集中しまくってみたわけです。

もちろん、音声収録テープは既にありました。我が家にはオープンリールのそれもありました。好きな番組の主題歌とかを録音したい時には、家族に「ぜったいぜったい音をたてないでよ！」とかっていって（だってテレビに、アウト端子がついてないんです）息をころしてスイッチオン、すると、そーゆー時にかぎって、電話がかかってきたり、トーフ屋が「♪とーふーい」とかラッパを吹きながらそこらを通ったりするんですよねぇ。

８ミリ映写機はありました。が、そうとうなお金持ちのスキモノじゃないと、とても持てないものでしたし、なにしろ一本の収録時間が三分なんですから、三十分番組を全収録するなんてゼイタクはこどもには、まず、ぜったいに、できないことでした。

SONY の BetaMax SL–J7 が発売になったのが、確かわし大学一年の頃です。

二十五万円しました。

これは公務員の初任給の二倍以上です。

ちなみにβはその後、ＶＨＳとのシェア争いに完敗してしまうわけですが、それはさておき、この頃、「家にビデオがある」子がどんなにすごかったか、わかるでしょ？（ちなみに、七〇年代にはさすがにカラーテレビのほうがフツーになってましたが、まだシロクロのしか持ってないご家庭もなくはなかったと思います）

で、なにがいいたいかというと（よそでも既に何度かいっていることですが）誰かのクリエイトした作品のうち「いつでもどこでも比較的安価に手にはいって、自分の好きなタイミングで味わえる」ものっつーのは、この頃、つまり、今を去ることほんの二十年かそこらのちょっと前までは「書籍」「雑誌」だけだったんですね。

図書館っつーのは、太古の昔からありましたし。

その他、音楽、映像などなどは、好きだと思ったら、とにかく集中して、一瞬たりともみのがさないように、一音たりとも聞き逃さないように、五感を研ぎ澄まさなければならなかった。

ゲームは、喫茶店にいって、百円いれて、やらなければならなかった。

電話もそーだなぁ。

こないだ、上戸彩で実写版にリメイクしてTV放映してた『エースをねらえ!』には、ケータイ電話を使うシーンがいっこも（たぶん。実はわたし最初から全部みてたわけじゃないんですけど）出てこなかったのに、あなたは違和感を覚えなかったでしょうか?

わたしは、アニメ版『エースをねらえ!』で、ひろみの部屋に「自分だけの電話」があって、ベッドにごろごろころがってネコをかまいながら、ともだちと電話でダラダラ長話をするのをみて、「隔世の感」を覚えた世代です。

わしらのこどもの頃、色気づきはじめた中高校生の頃というのは、電話機というものは家じゅうに一台しかなくて、たいがい居間とか茶の間にあって、子機なんてものは存在してなくて、かかってくると近くにいる誰かが、ともするとママやパパが取る、すると、気の弱いボーイフレン

ドなんつーのが、

「あの……く、く、くみさんを……おねがいしたいんですけど……」

なんていうと、

「どちらさま?」

なんて聞き返されて、

「あ、あの、すみません、いいです」(がちゃん)

だったりしたわけです。

もっというと、わたしが小学生の頃は、家に電話がないウチというのがあたりまえにあって、オオヤさんちとか、近所の誰とかさんちで「呼び出し」を頼んだりすらしたんですよ!

こどもあるいはティーンエイジャーというトシゴロの(つまり社会生活をまだ営んでいないはずの)人間に「個人としてのプライバシー」が確保されたのは、ごくごく最近になってからのことなのだ! ということを、おさえておいてください。

このへんでも、脳みそ、違うと思いませんか?

これこのように、わたしたちの生きてきた時代は、連続していながら実はかなりそーとーに違ってきてしまった。

好きな作品は映画館でケツが痺れるのもかまわず三回連続凝視しまくったわたしたちと、「ビデオ、レンタル、あたりまえ、小学生になったらコンシューマー機を買ってもらい、ちょっと遊んだゲームはウッパラって、別の買う」時代に育ったひとたちの　脳みそは、もうぜんぜんまったく違うはずだ！　というのが、わたしがこのところ痛感していることなのであります。

人間、どーしても「自分」の育ってきた環境とか、文化が「あたりまえ」だと思うもので、イマドキノワカモノのことは、エジプトのパピルスにすら「だらしない」と書かれてるわけで、いつでもどこでも誰でも自分より若いやつは「ずるい、らくしてる、ずーずーしい」と思うものと相場がきまってるわけですが、それにしてもここの変化は大きかった。

そーゆーことをわかった上で、それでもいわせていただきますが、わしらの「消費」はまだユルかった。

いまのみなさんは、なんでもパカスカ「消費」しすぎる傾向がある。

ちょっとやってみて、やだったらすぐに捨てる、すぐに欲しがるけど、便利に使うけど、愛着はもたない、執着はダサいから、あまり本気でアツクなったりせず、いらなくなったらすぐに捨てる。なにもかも、まるで「使い捨てカメラ」のように。必要になっちゃったら、五分も歩けばコンビニか駅にたどりつくし、なんでもそこで売ってるもーん、みたいな。

でもって、「活字の作品」っていうのは、消費に向かないんですねぇ。

なにしろ、じっくりゆっくり読まないといけない。映像作品のように瞬間的にパッとみて理解して、好きかキライかを決めたりすることができない。しかも、「それまでの蓄積」がものをいう。活字のつらなりを理解するには、文脈と、行間を読む必要がありますから。

（映像にも文脈みたいなものはありますけど、ま、いちおー）

ある単語が、どのような場合にどのように使われ、どのようなニュアンスをもつものであるかについての知識がなければ、その単語を理解することはできません。

でもって日本語っつーのがまた、狭いムラ社会で、ほぼ単一民族の「根回し社会」で流通してきたものなので、「額面上の意味」と「隠された意味」、ホンネとタテマエ、無意味な挨拶的言語と、真剣にそのひとのタマシイから出てきたコトバなどなど、実に重層的に複雑な構造をなしているわけです。

「ばか」というヒトコトを考えてみてください。

あなただって何種類も使い分けてるでしょ、日常で？

マジギレ寸前の「ばか」。

テレぎみの愛情のこもった「ばか」。

うんざり疲労感の「ばか」。

しかし、表記すると、みんな同じ「ばか」ですね。

どのニュアンスでいっているかは、どのキャラがどんな場面でいっているかによってかわる。

そしてまた、そのキャラがどんなキャラであるのかは、そのキャラがそれまでにいってきたコトバややってきたことなどなどから、類推される。

だもんだから、「馬鹿」とか「バカ」とか「莫迦」とか「ばか」とか「いやンばかん♪」とか、書き手もいろんな工夫をしたりはするわけですが……それにしても、「ばか」は「ばか」。

この「ばか」のビミョーな区別がまるでできないやつがいるってえことを、みなさん痛感しているから『バカの壁』がベストセラーになるわけですね（？）。

ですが、……たとえば、

「あんた、バカぁ？」

と書くと、アレをみたことのあるひとは、かならずや、惣流・アスカ・ラングレーの二次元画像（その発言をした時の表情つき）と宮村優子さまの声が「同時にみえるし聞こえる」というような「ジョウシキ」あるいは「共通の認識」をおのずともっている同士でのみ通用する表記、あるいは、読者に「そのような認識を期待する」表記、これがいまや書籍界にもどんどん乱入している。

わたくしめは、いまどきのいわゆる「ライトノベル」というものは、つまり、そのようなものである、と定義できるのではないかと思うのです。

生まれた時からビデオもCDもへたすると家にパソコンもあって、それらを使いこなすことがあたりまえで、であるからしてすべてのメディアのクリエイト作品をともすると「消費」しがちな脳みそを形成してきてしまったひとたちの、ひとたちによる、ひとたちのための、作品なのではないかと。

これは、おーきく出ちゃうと「文章表現という表現形式における鬼っこ」状態です。

『新人賞の獲り方おしえます』三部作の中でわたくしめが口を酸っぱくしていった（いや書いた）のにいまだに新人賞の応募作品の多くが、どーしてもやっちまいがちなのが、このアヤマチです。

「誰にでもわかるように書け、あんたのおかあさんにも、カドのタバコ屋のばーちゃんにも、遠くはなれた別の県のひとにも、十年後のひとにも、読んだらちゃんとなにが書いてあるのか間違いなく理解できるように書け！　小説というものには、それが必要なのだ！」

これがわからない、できない、そーゆー日本語が使えない、なのに、「小説みたいなもの」を書こうとして、実際に書いちゃって、これおもしろいやん、自分ではデキがいいじゃん！　と、幸福にも思ってしまうらしいひとが、あとを絶たないんすねー。

……とかいってたら……あまりにも「あんた、バカぁ？」でオッケイで、というか、そのほうがスキなぐらいのひとたちのパイがでかくなり、その中だけでも十分商売がなりたつようになってしまったようにみえる今日この頃だったりはするんですけども。

「よくって？　わたくしたちは、けっして、いまの目の前の読者にだけ書くのではないの。十年後、二十年後の読者のかたがたに向けても、書かなくてはならないの。そうでないなら、わたくしはあなたを軽蔑してよ、わかった、ひろみ（？）」

と、ある時わたくしめにおっしゃったのは、お蝶夫人ではなく、金髪巻き毛でもなかった、稀代の天才小説家、氷室冴子せんせいでした。

## 3　生ける伝説・氷室冴子

偉大なおふたり。

氷室さんと新井さん。

「なんでだろう？　なんで小説には、おにいさんおねえさんの世代の作家がいないんだろう？」

わたしの疑問がくっきりかたちをとるかとらないかの頃に、このふたりがデビューします。

氷室さんが「さようならアルルカン」で「小説ジュニア」の第十回青春小説新人賞に佳作入選したのと、新井さんの「あたしの中の……」が第一回奇想天外新人賞に入選したのは、実にまったく同じ、一九七七年のできごとでした（月日まではよー知りませんが）。

ちなみにこのトシ、あたしは高校三年生です。あくまでジコチューないいかたをさせていただくと、氷室さんは年齢で二コ、学年で三コ（一月生まれだから）上、素子ちゃんがいっこ下ってことになります。

いきなり「同世代」です。おにいさん、おねえさんではなくて。

実はわたしは「奇想天外」は読んでなかったので、イッコ下に「十七歳の美少女作家（あざといまでにソフトフォーカスにした写真を載せてたよね、ねぇ、素子？・）」が誕生したということは、ちょっとあとになるまで知らなかった。

「アルルカン」のほうは、もちろん、購読中の「小説ジュニア」で読み、衝撃をうけましたです。未読のかたにはぜひとも、ちゃんと全部読んでいただきたいですが、とりあえず、冒頭のほうのサワリを少し。

小学校六年生のテストの時間、うっかりケシゴムを落としてしまった気の弱い少女、隣の席の男子に迷惑をかけまいとしてなんとか自分で拾おうとして挙動不審な行動をとったがために、カンニングを疑われる。ものがたりの書き手・語り手である「私」は、彼女をかばいたいと思いながらなにもできない。声にならない。

---

だれかいって、助けてあげて。違うっていってあげて。その人は何もしてないって、いってあげて……。

私は固く目をつぶって、両手を握りしめ心の中で祈った。そのとき、

「先生、川瀬さんは消しゴムを拾おうとしていたんです。私のところから見えました。カンニングじゃありません。隣の広田君のイスの下に落ちてます」

大きな声が響いた。自信と、激しい怒りのこもった声だった。みんなはその声の主に注目した。私も見た。

美しい少女だった。

「何も事情を聞かないで、頭から叱るなんていけないことだと思います」

（氷室冴子著『さようならアルルカン』より）

——素晴らしいでしょう？　過不足がなく自然で現代的（当時もいまも）なこの文体。主人公（ちなみに柳沢真琴さまとおっしゃいます）の登場の鮮やかさ。語り手（いわばワトソン役）が、主人公（ホームズ役）にほれこんでしまうこのエピソードのさりげなさ。リアルさ。

ちなみに物語は、意外にも、吉屋信子的な「エス」な方向には進みません。有象無象の級友の中で常に凛々しいトリックスターだったはずの真琴が、年齢をかさねるにつれ、道化師《アルルカン》になっていくさまに、語り手は激しく幻滅し、ある日、レポート用紙にエンピツでひとことだけ書いて下駄箱にいれるのです。「さようならアルルカン」と。そこで話が終わるわけじゃなくって、実は、みたいなのがまたある構成もすごいのですが。

それにしても、あーた。「アルルカン」ですぜ？　時は一九七七年なのですよ。ハーレクイン・ロマンスの日本上陸が一九七九年なんですから（ハーレクインとアルルカンは同じ単語のイギリス風読みとフランス風読み、ねんのため）日本中でいったいどれだけのひとがこの単語の意味、ニュアンス、その他なんだかんだを知っていたでしょう？

比較的せっせと本を読んできたつもりのわたしは、確かいちおー知ってはいましたが、そんな単語を日常生活で使ってみたことなんて皆無ですよ。ハーレクインなんて、ハーレーダビッドソン一二〇〇ccに乗ってるバリバリの暴走族クィーンのことなのかと勘違いしていたぐらいで、しばらく「ハーレ・クイン」となかぐろ（「・」のこと）をいれちゃってたりしましたからね。

それを、高校二年の女子（登場人物たち）が使いこなす！

下駄箱にいれて（この落差がまたよい！）秘密文書（？）のようにやりとりしちゃう！

書いた側は、読む側にその意味が通じることを確信しているのです。

わからないはずの彼女ではない、と。

か……かっこいいーーーー！

美しい！

「おお、なんとおハイソ！」とわたしは感じました。いや当時はハイソなんてコトバもなかったですが。

物品ではなく、知性と教養とセンスのハイソサエティ。クラクラしましたね。

これこそが、わたしの読みたかった種類のおはなしだ。

これこそが、小ジュ（「小説ジュニア」のこと）のこれから目指すべき方向だ！

きっぱりそう思いましたです。

氷室さんの文庫デビュー作の表紙は実に美しかったです。ほとんど、『ビリティス』です。あったんです、デヴィッド・ハミルトンという写真家の写真集とか、映画とかが。ちょーどその頃大人気でした。美少女と美女をあくまで妖精のようにお撮りになるかたで、はっきりいえばロリコンですが、昨今のそれのようなモロなエロではなく、ひたすらひたすら美しい。ヌードも、ロマンチック。日本では、お若い頃の風吹じゅんさまが、D・ハミルトン撮影の写真集をお出しでした。

もちろんティーンは「性の目覚める頃」です。なんかこうモヤモヤとしはじめる頃だし、好奇心もムクムクする頃です。

が、しかし、当時の女子は、そのものズバリのセックスにはまだまだ嫌悪や恐怖が強かった。小鳥のついばむようなキスはよし、好きなひとの腕に抱かれて眠るのはよし。

しかし「最後の一線」は、おヨメにいくまで守りたい！……ていうか、最初にエッチしたひとと、一生そのまま幸福に結ばれたい！　そういう憧れというか、無理な（ですよね）目論見を抱いてしまっているひとが、まだまだそーとーに強かった。

わたしはロマンチックなとこはロマンチックなんですが、実際的なとこはクールに実際的な人間なので、初潮をむかえてわずか一年未満の中学一年の頃からもう（たまさか夏休みにプールにいかなきゃならなかった時になっちゃったのでいきなり必要にせまられて）生理の時には、タンパックスタンポンを愛用してました。めちゃくちゃ多い日って、ナプキンだけだと、モレるしさぁ。タンポンとナプキンを併用すると、長時間とりかえなくても血まみれの恥ずかしい思いをしなくてもすむ。こんな便利なもん、みなさんにもぜひオススメしたいと、同世代の友人たち何人もに実物を渡しては、何度も何度も拒絶されました。

「はいらない！」っていうんですね。「どこにいれたらいいかわかんない」とか。「こわい」とか。さらには「そんなところ自分でさわっちゃいけないような気がする」とか。

若いうちだけじゃないんですよ。

四十代になってから、とある友人といっしょに温泉にいったら、生理になっちゃったという。

「じゃあ、これ使えば」と渡したのですが、恐ろしげに後退され、ぶんぶん首をふられました。一生、なにがなんでも使いたくないというのです。ちなみに彼女は、未婚です。処女かどうかは存じませんが。あくまで貞操（?）を守りたいんですかねぇ。

なんだか話が恐ろしく下世話なほうにまいりましたが、ようするに、われわれの世代の性意識はまだまだ「罪悪感」とか「恐怖感」とかに彩られていたのでございます。ハハオヤ世代より上だと、もっとコワい場合もある。

なにしろ、生理中は神社の敷地内にはいっちゃーいけないいっつーんですから……女の性は「ケガレ」ているもの、って、思われちゃったりなんかしていて。

生理中だけどヤッちゃったらラブホのシーツがすごくてカレシにひかれちゃったよー、なんてセキララ告白（?）をストリート系ティーン雑誌の読者欄にバンバン投稿しちゃう昨今のティーンのみなさんからすると「マジ?」「ありえない」なんじゃないでしょうか。

でもですね、わしらの頃でも、ゲイジュツの世界ってのは、当然のことながらエロスに満ちてたんですね。

いや、団鬼六先生の諸作品とか、「奇譚クラブ」とか、『家畜人ヤプー』とかそういうスゴイ方面の話ではなくて、谷崎潤一郎先生とか、川端康成先生とか、三島由紀夫先生とか、ふつうの良い子が知らん顔して手に取れるあたりでもです。作品によっては、十分にそーとーに「エッチ」で「ヘンタイ」です。泉鏡花とか、文楽のほうとか、あっ、そうそう、岡本かの子さまの『金魚撩乱』なんかすげーですよー!

で、エッチに興味はあるけど、モロないれたり出したりはどうもなぁというタイプには、ブンガクというのは「いくらでも妄想できる」お宝の山なわけです。

こんなことというと氷室さんは怒るかもしれませんが、『アルルカン』の少女同士の関係性は、けっしてレズではない。肉体関係なんか皆無です。しかし、非常に抑制のきいた、理知的で濃厚なエロスです。たいへん美しく、読んでいてキモチ悪くならない、こころがぽわぁっと幸福になるようなエロス。

「なるほど、ここに、ニーズがあるなぁ！」

と、わたしは思いました（ナマイキにも！）。

冷蔵庫と食器棚の間のスキマに、キャスターつきのスパイスラックをつっこむことができるのを発見した時のような喜びが、わたしの全身を震わせました。

実際にその年齢に近いからこそ書ける、わたしたちの世代のキャラクターの、ヒリヒリするような日常。こーゆーのもっと読みたい！　そう思いましたです。この時点では、自分で書こうとはまだあんまり真剣には思ってません。

「こういう世代の作家がもっと出てきてくれればいいのに！」そう思った。

「わたしたちの感覚にぴったりくる小説を、もっともっと！」と。

そう思ったのはわたしだけではなかった。

当時の小ジュ読者には、まだまだ「文学少女」が多かったんですね。

クラスのほかの子たちが校庭でバレーボールかなんかしているあいだ、教室や、あたたかい日ならおおきなニレの木かなんかの陰で、文庫本を開いているような。

ほかの子たちがソックスをはいて、ゆるくパーマをかけて、キティちゃんやキキララの髪飾りをつけているのに、黒いタイツ（ストッキングは不可）をはいて、いつも長い髪をきっちりとミツアミにし、かざりけのない黒いゴムでまとめているような。

めったに口をきかないけれど、必要な時には、みんながドキッとするような鋭いことばをいって、しかもそのことを自分で別にたいしたことだと思っていないような。

そんな少女たちが、ええ、実在したんです！

彼女たちが読んでいたもの、それは、ハイネ詩集だったり、岩波やちくまや中公や社会思想社（冥福を祈ります）の文庫になったばかりの世界の名作文学だったり、庄司薫さまだったりしたわけです。

ちなみにわたしは、小林信彦さんの『オヨヨ大統領』とか、星新一さまのショートショートとか、小峰元さんの『アルキメデスは手を汚さない』とか、栗本薫先生の『ぼくらの時代』とか、わりと「軽めの」「文学臭の薄いもの」が好きだったんですが、あーそうそう、唯一の例外として、新潮文庫の金井美恵子さまの初期作品のたぐいには平身低頭傾倒して、何度も何度も読みかえして影響うけまくりましたね。

橋本治先生の『桃尻娘』を読んだのはデビュー後ですが、これまた、強烈な一撃をうけましたです。

それと……ＳＦ。

あれはわたしが高校生だった頃だから、七〇年代だと思うんですが、ハヤカワが、やたらにしっかりと分厚いツクリのハードカバーのシリーズをどんどこお出しになりました。わたしの乏しいお小遣いでなどとても買えないお高い本だったのですが、幸いにも！　五つ年上のイトコが、ほぼ全巻そろえて持ってたので、つぎつぎに借りてきては、居間のソファにねっころがって（アオムケだと重たくてまいりました）読みました。ハインラインとか。クラークとか。アシモフとか。『アルジャーノンに花束を』を読んでわぁわぁ号泣したりとか。

よーするにわたしはいわゆる典型的な「文学少女」ではなかったのですが（どっちかというと、サブカルチャー少女ですね）、氷室さんの端正さには、ほんとうに感動しました。

そして……ほんの三つ上のひとにこれだけのことができるなら、ひょっとすると……と、少しずつ、少しずつ、思いはじめたわけです。　なにしろ少女マンガ家たちは早熟で、十代デビューあたりまえでしたから。

わたしも、もしかしたら。

そんな気がしてきたわけです。

というわけで、小ジュがコバルトに変革していく怒濤の時代を、フロントランナーとして疾走した……というより、むしろ、ブルドーザーのように開拓して、あとから進むものたちのためのコース設定をしてくださったのが氷室さんであり、日本マンガ界ぜんたいが手塚治虫先生ヌキでは語れないように、氷室さんがいなかったら、いろんなことが「こー」はなってなかっただろう、というのがわたしの感想です。

# 4　輝く鬼才・新井素子

氷室さんは、ゆってみれば、ヒマラヤの高地に咲くという、伝説の青いケシでした。その神々しい存在は、過酷な冒険をなしとげ帰還したものたちにのみ語られた。語られていたけど、ほとんど神話とかマボロシと呼ばれ、実在を疑われすらした。実物を目にすることなど、ムカシはちょっと考えられなかった（その後、花博にアッサリ出ちゃいましたけど）。

しかし、ある日突然、それはわれわれの前に現れたのです。

われわれはそこに確かにそれがあることを知ったのです。

地球上でいちばん天空に近い場所に、誰にみられることもなくひっそりと咲いていた、可憐な花！

清楚に青く、しかも、阿片戦争のヒキガネにもなった危険な毒草でもある、ケシ！（青いケシからもヘロインが精製できるのかどーか実はよーしらんが）

存在そのものが、二重三重の意味で衝撃。

しかし、その花は、そんな空気の薄い栄養の乏しい環境の厳しいところでも、きっちり生き残ってきた、この上なき逞しさも、もっていたわけですね。

ようするに、彼女は、もはや絶滅を危惧されていた「文学少女」が、いまだしっかり存在していることのアカシであり、内心そーでありたいと思うオトメたち、あるいは「そんなのは自分だけじゃないかしら」と思っていたひっこみ思案なムスメッコたちの、闇夜のみちしるべとなるべき北極星であり、実践的精神的実利的トップスターでした。

北海道（という、本土からは想像もつかないほど寒くて、暮らしていくのがいかにもたいへんそうなところ）のご出身であられたということも、ヒマラヤに通じません？

その「お育ち」の（傍目からの想像上の）過酷さは、「清らかさ」あるいは「凛々しさ」「生臭くなさ」を想起させずにはおかなかった。

確かに北海道はイナカです。ドイナカです。しかし（非北海道人にとっては……また『鉄道員《ぽっぽや》』などをみることになるはるかに前の若者には）……一種の「別天地」であり、どこまでもひろがる大地や、なかなか消えぬ積雪の白さ、など、いってみれば「遠い外国」のごときイメージ（なにしろ海外！　青函トンネルもまだなんですから）の、フロンティアの土地であったわけです。

ちなみに『北の国から』の放送開始が一九八一年です。

そーいえば、氷室さんの名前も、かなりクールというか、サムくないです？

いや「冗談がスカだ」というほうの意味ではなくて、マジな体感温度として。

氷室ですもん。冴子ですもん。

冴え渡って凍ってる。

でもって『さようならアルルカン』（道化師になんかなるもんか）なんですから。

はたまた、国文科の女子大生であられたわけですから、「古典文学に対する造詣」も、「日本語力」も、とーぜん、そんじょそこらのうぞむぞよりかはるかに高くかつ深くていらっしゃった（そのあたりは、のちのジャパネスクとかそーゆーあたりにも結実するわけですが）。

コレに対して、新井素子ちゃんはというと、……あのー……タンポポ？

黄色くて丸くてかわいくてまんべんなくそこらを明るくして春のおとずれを表してくれるもの。珍しくはないけど、でも、アレをきらいなひとってめったにいないでしょう（外来種セイヨウタンポポがニホンタンポポを絶滅させつつある、というのはさておき）。

踏まれても踏まれてもへーきで生き延びるばかりか、カフェインレスのコーヒーのもとになったり、『たんぽぽのお酒』にもなったりする……。食ってもうまいらしい。

というか、彼女の場合は、そーゆーいかにも危険じゃなさそうなタンポポに擬態して地球征服をもくろんでいるうちに、こどもたちに花冠に編まれたり、「ふー」とかされて綿毛飛ばされて、そこら飛び回ってるのが嬉しくなってしまって、なんかここでこうしているのっていいなぁと思ってしまって、それで当初の（地球征服という）目論見をもうどうでもいいやと思ってしまったエイリアンだ、というほうがアタリな気がしますが。

なにしろ練馬です。生まれも育ちもどっぷり練馬です。火星植民地にも練馬をつくっちゃうひとで、練馬でも、自分のふだん歩いてる道から一本はずれると、間違いなく迷子になると、本人が断言ジマン（？）してるぐらいにきっちりと練馬原住民です。

ただし、練馬というのは、ダイコンもさることながら、そうそうたるマンガ家さんたちの産地でもあるんですが……。

いくら七〇年代だって、都内出身にして在住の女子高生で、自分のすんでる町からほとんどまったく出たことがないやつなんて、めったにいなかったでしょう。

江戸時代の町民じゃないんですから（江戸では、暮れいくつだかになると大木戸がしまって、住民は好き勝手に出歩いたりできなくなりました。つまり、みんなに門限があったんですね）。いや、江戸のひとだって、一生に一度ぐらいはお伊勢参りとか、善光寺参りとかいきましたよ。新井さんだって、修学旅行とか、取材旅行とかにはそりゃーいったことなくはないでしょうが、それにしてもあくまで両足がずぶりと練馬の大地にくいこんでいる。そして精神が宇宙を駆けている。まったく、……かわってます。風変わりなひとです。

モノカキなんて多かれ少なかれ変人ですが、新井さんほど「テンネン」にとっぴょうしもなく、なんら他者の影響をうけつけないようにみえるひとはなかなかいないですね。これ悪口じゃないですからね。ねんのため。

ちなみにわたしは小学校で四つ中学で二つ転校を経験したので、モノゴコロついた時にはイッパシの「渡世人」「無宿人」気分なやつでした。小学校六年生の時には、当時すんでいた田園都市線（この名称も当時）の北千束駅から大岡山だったかなに出て、目蒲線にのりかえて目黒に出て、山手線にのって新大久保のロッテの裏のほうにある進学塾「学増」まで、毎週セッセとかよってました。そのゆきかえりには目黒で降りてそこらほっつきあるいたり、自由が丘まで遠征してそこらほっつきあるいたり、やってました（単にウィンドウショッピングしたりしていただけでグレていたわけではありませんよ）。「知らない町」自分の町じゃない町を、誰でもない通りすがりの人間として歩く、ということが、わたしにはあたりまえだった。

そーゆーわたしには、生まれた町でずーっと暮らして、ずーっとそのまま大きくなるひとたち、あたりにいる人の全員と幼い頃からお互い知り合いで、家族もみんな知り合い同士で……みたいなのは「体験したことのない世界」なんですね。

わたしにもし「地元」といえるものがあったとしたらそれは親の故郷である盛岡市ではありましたが、狭い盛岡市内でもあっちこっちテンテンとし、学区がかわると知り合いなんか皆無な中にとびこむわけで、ちっちゃな頃からずーっとツルんでた「おさななじみ」っつーもんが、わたしには存在しなかった（転校してももとの学校の子と文通とかはするわけですが、しだいしだいに疎遠になるし。平均的にいって、その年代の女子にとって、ともだちっていうのは、毎日いっしょにトイレにいく、お弁当をいっしょにたべる、相手のことですからねぇ）。

そーゆーわたしにとっては、「どっぷり地元」でダンコとして揺るがない新井さんの感性というのは、ものすごく新鮮で、ある意味では羨ましいものであり、ある意味ではぜんぜん羨ましくないものであったりします。

新井さんとわたしがはじめて会ったのがいったいいつなのか？

しいません、まっっっったく記憶がねーっす。

よほど消したいような記憶だったのか……よほど印象に残らない記憶だったのか……

それはさておき、「はじめていっしょに仕事した時」のことは、よーーーっく覚えてます。下北沢パラレル・クリエーション（パラクリ）で、小松左京先生の『さよならジュピター』のムックのための対談をやったんだな。土屋裕さん司会で。一九八四年なはずだな。昭和五十九年か。ここでパラクリのことを説明するべきなのかもしれないけど長くなるのでアトにまわします。

新井さんってのは、なにしろムチャクチャよーしゃべるひとやなぁ、と、その時（ジュピターのしごとの時）わたしは思いました。

わたしも口はまわるほうだと思いますが、素子ちゃんのしゃべくりと身体言語（彼女はしゃべりながら両手をひねり、ふりまわし、目をつぶり、目をまわし、頭をふり、のべつ全身で感情や意図を表現します）の総体についていくには、かなりの集中力を必要としました。それに話がどんどんズレてって、どんどんふくらんでいくし。

はっきりいって、はじめて「対談」した時には、わたし、ほとんど、目をまわしておりました。対談なのに、口はさむスキがない！　どうしても口をはさもうとすると、素子がわずかにいいよどんだ隙をすかさず狙って「だからそれは！」とやらないとならない。ほとんどスポーツ。

まとめた土屋さんも苦労をなさったことと存じます。

たぶん、彼女の頭のＣＰＵは、人類の限界に近いほどものすごいスピードで動いてるんだと思います。ベロも。

ちなみに新井素子が注目されたのは、その奔放な想像力（でもどこでも練馬）もさることながら、そのよどみなく流れゆく饒舌体の完成度の高さゆえです。

新井さんの発明（?）した、キラキラの文体。

典型的と思われるヤツ、引用します。『星へ行く船』（いいタイトルです！）です。

まず空港の混雑した情景が描写されます。一人称の主人公は、どうやら地球脱出を試みているようです。パスポートやチケットをチェックされながら、正体がバレないかとびくびくしています。最高に上等な個室《コンパートメント》の切符を持っているので驚かれたりします。


---

「お荷物は……?」

「これ一つです」

黒の旅行鞄を示す。

「予防接種は？　すべて済ませてありますね？」

「はい」

「結構です。ダフネ18号行きの小型宇宙艇乗り場は、七番ゲートです。ライト・グリーンの表示にそっておすすみ下さい。あと六分で第三便が出ますので」

「はい、どうも」

俺は、係官に紙幣を握らせる。彼はそれこそ顔全体がほほえみ、といういささか無気味な表情を作り、おじぎした。

「よい御旅行を」

は。多少、気が抜ける。世の中万事金次第ってのは本当だな。

小型宇宙船のシートベルトをしめ、サングラスの奥の目をつむる。何も考えないことにしよう。考えることが多すぎる。だから。

［中略］

そして、軽い振動。小型宇宙艇は、地球を離れた。

☆

本来ならここで自己紹介なんてのをする筈なんだけれど……俺、森村拓、二十一歳。本当はこれ、兄貴の名前なんだけれど、この先ずっとこれで通すつもりだから、たった今から、これが俺の本名。

……実はね、俺、ちょっとばかりわけがあって、家出してきたところなんだ。家出ついでに故郷の星――地球からも出てゆく処。あん？　たかが家出なのに、地球出て他の星へ行くこともないだろうって思う？　ま、そりゃそうなんだけどさ。（新井素子著『星へ行く船』より）

---

うううう、あまりの流れるような美しさに中略しつつも長引用してしまいました。

おわかりいただけます？　このスゴさ。シンプルさ。よどみのなさ。完結さ。そして「は。」です。「あん？」です。「本来ならここで自己紹介」です。

われわれは、新井素子作品においてはじめて、「自分たちがふだん使っているしゃべりコトバで、書かれた小説」を目にしたわけです（ま、ゲンミツにいうと、非常に繊細にコントロールされたそれであって、口語そのものではないんですが。つつーのは、口語というのは、口から出た瞬間に消えていって、再検証されないものであり、だから強調のために何度も同じことをまわりくどくいうとこがあったり、本来あるべき語尾が消えてなくなったり、日本語能力が高くないひとだと、主語と述語がとっちらかったり、他動詞と自動詞が混在したり、必要なはずの用語が省略されたりなど、いろいろと「まちがい」を犯していても、へーきで通用していますから)。

ここで、「ちょいと森村拓、アンタは、どこの誰に向かってしゃべってるのさ?」といじわるに問うのはカンタンですが、それは、こーゆーものが「はじめて出てきた」時に、ぶつけるべき壁ではありません。

ちなみに。

口語一人称饒舌体というのは、かならずしも新井さんが嚆矢ではありません。

こないだ参考に名前だけあげた庄司薫さんの「薫クン四部作」が既にそうでした。

はたまた、橋本治先生の桃尻娘もそうでした。

しかし!

このおふたりは男性です。庄司薫さんとその同名の主人公の個性はいわゆる男性的な男性ではなく、当時としては革新的に「フェミニスト」だったし、橋本先生のバアイは、生物学的にはともかく、ジェンダーとしての男性の範疇にいれていいのかどうか迷うところなんですけど……ともかく!

『女子高生が、自分のコトバで語りはじめた!』というところに新井さんの第一の意味がある。

それは確かです。

そのあまりの衝撃に、彼女のストーリーテリングの力とか、想像力のすごさとか、そういうことが隠れてしまった部分もなきにしもあらずですが。

そして、その頃のわたしなどにとっては「くそー、いいなぁ、ズルイなぁ」だったのは、新井さんは女子読者よりもむしろ「青少年男子読者」に、超人気だったのです。とり・みきさんに聞いてください。あの、ピンの甘い写真に「クラクラ」してしまったとどっかで告白なさっておられましたから。星新一先生や小松左京先生にも注目された。「素子ちゃん、素子ちゃん」とチヤホヤされた。これはけっしてヒガミではなく事実です。小松先生なんかいまだにわたしと大和真也の区別がついてないにちがいないですから。

それは彼女が、最初からSF作家としてスタートをきったからであり、SFというところは、一般大衆娯楽小説とは、いまもむかしも「ビミョー」にしかし厳然と隔たっているからだと思います。あの筒井先生が何度も候補に挙がりながら実は直木賞をとっておられない！　ということを、お若いかた、ご存知です？　『大いなる女装』じゃねぇ『助走』をお読みになると、そこらへんの詳しい事情と、筒井先生の忸怩たる思いがよーくよーくよーくわかります。

誰とはいいませんが、筒井さんよりずーっとずーっとつまんないくだらないどーでもないいなくてもいいような小説とその作者が、たーくさん、受賞しているのに！　です。

世の中には、SFがわかんないひとが、いっぱいいるんですねぇ。

たぶん、SFというのは、ニューロンかどっかに、SFホルモンをうけとめる受容体を持ってるひとと持ってないひとがいるような種類のものなんでしょう。受容体を持ってるひとは、少しのSFにもすぐに感染します。新しいSFには熱出します。もともとそういう受容体を持ってないひとは、わざわざ擬似受容体でブロックして予防するまでもなく、SFには感染しないんですね。そーとーに濃厚なSFでも。

(ちょっとまてスター・ウォーズはどうなのか、エイリアンは、ターミネーターは、マトリックスは、ユビワはどうなのか、ヤマトは、アキラは、エヴァは？？？？　……とつっこまれそうですが……ここでは映像メディアのもっている「直接的な快楽」と、ありえぬアクションをあたかもゲンジツにあるものであるかのようにみせる迫力に惹かれるのはあたりまえで、「真のSFがかならず内包せずにおかない大ウソなんだけどみょーに説得力があってかわいいそれ」に耽溺せずにいられなくなるためにはそれなりの経験値や特殊なシュミが必要なのだ、と申しておきましょう。野田テレワーク昌弘元帥が「SFは絵だねぇ」とおっしゃったのは確かです。SFモノだって、すっごいSF画像には感動します。しかしその絵は、CGやマット画でみせられるものではなく、本来、脳みそで、架空のものとして、想像力を駆使することによって、より鮮やかにみるべきものなのではないだろうか、とわたしは思うのです。このへんには異論もあるだろうし、わたしとしてももっとつっこんだ話をいずれしなければならないと思いますが、とりあえずいまはここらへんで)

SFが「ほんとうの意味では」わかんないのと同じように、世の中には「わたしらの小説」のわかんないひとも、いっぱいいてはります。あいにくながら。

ここで「わたしらの」というたのは、このヨタバナシの最初でいった「ライトノベルとか、ヤングアダルトとか、ジュブナイルとかうんぬん」のアレのことです。

では、一般大衆娯楽文学と、「そのへん」の違いって、いったいなんなんでしょう？　正直、わたしにもよーわかりません。でも、「もしかすると」コレではないかと思っているものはあります。

それはエロスの質です。

エロスというても、エロとちゃうよ。快楽。快感。官能。そうには違いないんだけど。「美的感動」というと、ちょっとわかるかな。

いってみれば、恋愛小説やポルノと「萌え」作品の違いです。

「まことより嘘が愉しや春灯」

この句に「ああ、そうよ！」といえる感覚をもっているかどうか。そこです。

なにしろ大衆の……特におとなの……大半は、とってもとっても「現実的」です。身の丈にあったモノか、それよりちょびっとだけ「上」なもの、世間からみて羨ましがられるようなものを指向する。文学のふりしたカタログで。

そこらへんをオチョくって楽しく分析してくださっているのが斎藤美奈子さまの名著『文学的商品学』です。笑えますぜー。

しかし、こどもは……コドモダマシイは、「夢」を指向します。

この世にはありえないもの、ほんとうじゃないもの、だからどこにも売ってないもの！　でも、「別の空間、別の時間、別の物理法則のもとでなら、あるかもしれない」もの。そういうものを、キレイだと思ったり、カワイイと思ったり、好きだと思ったり、ホシイと思ったり、憧れたり、熱望したりする。

一般的おとなにとっての「奇跡」は、せいぜいが、単なる幸運な偶然の一致にすぎません。

しかし、こどもには「魔法」がみえる。

「魔法」がある世界が確かに感じられる。

サンタは確かにいるし、ドラゴンは空を飛ぶし、伝説の勇者は十六歳のお誕生日になるとお城に呼ばれて冒険の旅に出発しなければならないのです。

そーゆー話を読むと、ふつーのおとなは「けッくだらねぇ」「コドモダマシじゃないか」と思うらしい。

なんでやねん？　どうせおはなしなんつーのは虚構で嘘で架空で、なんら現実的なものである必要はないやろが。マニュアルやカタログじゃあるまいし、実際の人生や生活で「役にたつ」知識にならなくったっていっこーにかまわねぇじゃん。

夢みる女コドモは、コドモダマシイを、なにより大切なものと感じる。せせこましいつまんない現実なんかより、すごい夢をみせてもらえるほうが嬉しい。この自分の貧弱な肉体を越えて、精神の力でどこまでも飛びたい。

たとえゲンジツには、マンションのちっちゃな一室でぴこぴこコントローラーを動かしているだけだとしても、こころは、アレフガルドに飛んで、魔王の軍勢と戦っている。その自分のほうがずっとリアルに感じられ、その自分のほうが好きで、その自分でいたい。できればずっとその自分でいたいけど、まぁ肉体はこの世に属してますから、ごはん食べなきゃおなかがすくし、トイレにいかなきゃたいへんだし、社会人なら生活費を稼がないとヤバい。ひきこもりっていわれちゃう。

というような意味で、ＳＦと、「そのへん」には、かなり近いところがあるんですけど……かならずしも「同じ」ではない。

ちなみにわたしなんかは、最初「そのへん」にいて、ＳＦに関してはただの読者だったのですが、その後「ＳＦの応援団」みたいな気分になり、ついには「ＳＦにしか居場所がない」と感じるようになってしまった。それは「そのへん」のほうが変容したからです。だんだん。少しずつ。わたしにはついていけない方向に。

## 5 えっ、うそ、わたしが？

前回、氷室さんの古典的なまでの正統的文学性と、素子ちゃんの革新的で親しみやすい口語文体（と同年代のオタク……ということばはまだなかったけど……な男の子たちに萌え要素をいかんなく発揮した最初の若年層作家であったこと）を、くっちゃべりましたね。

で、コバルトがだんだん変容してくるんだよおおおお、それはそれはこわいぐらいにかわっちゃうんだよおおおお、とまるでホラー映画の予告編のようなことをいいましたが（いいましたかぁ?）、いやはや、さすがにそれはちょっと気がはやかった。

変容する前にはある程度の「かたち」があったわけで、まずはその「最初のかたち」のほうについて説明する必要がありましたね。なにしろ私のデビューの事情を説明していない（笑）。あまりあわてずにいきましょう。

変容前のコバルト（というより正確には「小説ジュニア」）を象徴するのではないかとわたしが思うのは、えーと、たとえば「飯田智」さんです。わたしにとっては、すっごい印象的なかたでした。

一九七六年に『駆け足の季節』、七九年に『小鳥飛んでみた』、八〇年に『さよならの日々』が出版されています。ちなみにその八〇年にわし本人の文庫デビュー作も出ておりますが……その後の年月をたどると、「刊行数」でわたしと藤本ひとみさんが争ってて、わたしが敗れて去っていくさまがよーくわかってしまったりして、この表だけでいろいろと深読みができるわけですが……いやとりあえずハナシを戻して。

なにしろ自分の作品の載ってない「小説ジュニア」はとっくの昔に捨ててしまったので、確認できず、再読もできないのですが、「飯田智」さんというかたが、確か青春小説新人賞で大賞か佳作をおとりになって、誌面に現れ、わたしなどはたいへん衝撃をうけました。

ものすごく美しくて、せつなくて、いかにも繊細な、完成度の高い小説だったのです。しかも「いまの空気」をたっぷりとはらんでいた。

ちなみに飯田さんとわたしはたぶんお目にかかったことがないか、あったとしてもサラッと一瞬で、ザンネンながら記憶に残っていません。女性だったと思います。たぶん著者近影でみたんですが。ショートカットでボーイッシュな。わたくしめより少しだけおねえさんだったと思います。

『駆け足の季節』だったり『小鳥』が飛んでみたり『さよなら』だったりするタイトルから推測するに、傷つきやすい、いかにも「青春」って感じのお作風だったように思います。わたしのザル頭の猫記憶もそーだというてます。

わたし的には、飯田さんの作風は、初期の頃の大島弓子先生にカブリました。それも、……けっしてイヤなかたちではなくて。

「感性」というか。

どういったらいいのでしょう。けっしてモロではないんです。すごい特別な用語を使ってるわけでもない。ふつうの日常のコトバです。でも、そのくみあわせの雰囲気が……空気が……すごくビビッドな部分が、ビミョーに似てるんですね。

大島先生と、飯田さんは、いわば、「同じ血」を持ったかた、って雰囲気がした。

わざとのようにつっぱなして、抑制をきかせたいいかたにしているあたりも。

（ええ、実は新井さんのほうがよっぽどモロにかぶってるんですけど、なにしろ「星にいく汽車」で「すべて緑になる日まで」ですからね。こうまでモロだと、あからさまにオマージュなのがわかるので、あえて謎解きをする必要などまったくない。わかるやつにはわかる。とーぜんわかる。わかるやつしか読まないだろう、そういうわけで）

それにしても……どこにいってしまわれたのでしょうか、飯田さんは。ふと気がついたら、いなくなってしまわれておられたのですが。

良い作品を、うんと時間をかけて、少しだけお書きになられたかたでした。

あまりに繊細すぎて、耐えられなかったのかなぁ。

「勢い」がついてしまった頃のコバルトは、寡作では生き残れなかったのです。ゆっくりしか書けないひとには、活躍の場があたえられなかったのです。内田善美先生の華麗にして緻密なマンガが、とてもじゃないけどマンガ業界のペースでは生産できっこないのと同じことです。

水樹和佳（のち和佳子）さんも、かなり苦労してました。

徹底的にものがたりを作り込みたいひと、画面の端から端まで細かくカキコミたいひと、作品のスミズミまで自分でコントロールしたいひと（たとえアシさんを使うとしても）、には、マンガの出版ペースって、殺人的なんですよね。読者は週刊マンガや月刊マンガのペースになれているので、好きな作家の作品は、とにかくすぐにも続きを読みたいんですよ。三ヶ月に一冊ペースなんて「まどろっこしい！」といわれてしまう。しかし、そこまで速くって、なかなかそーそー書けるもんじゃないんですね。

それをこなすためには、おのずから「シリーズ化」する必要があり、「いつものキャラ」を出して、「いつものありがちな事件」をやるのが一番。

で、小説も同じで、氷室さんがクララをやりアグネスをやり、あっしがおかみきをやるようになったりするんですが……それはまだ先の話。

ハナシがいったりきたりしてすみません。

飯田智さんの、たぶん『駆け足の季節』を読んだのがきっかけで、わたしはとうとう「よーし、書いてみよう！」と決心しました。

その頃には、集英社文庫コバルトシリーズもできてましたし。毎月新刊が出てましたし。

そうそう。コバルトってわりと新しいんですよ（わたしの世代にとっては）。その前は……なんていったか忘れちゃいましたが、おっそろしくレトロな雰囲気の、新刊でも「古本」にしかみえないような、ノベルスサイズでぺたんこに薄いやつがありましたね。正直、あれは「貸本」っぽかった。自分のものとして持っていたくなるような、持っていることが嬉しくなるようなものではなかった。まだ、装丁とか、判型とか、ましてイラストなんてものに、そうそう目配りがきくような時代ではなかった。それが、七六年ですか、文庫がスタートした。最初は「書き下ろし」ではありませんでした。既存の作品、「小説ジュニア」に連載をした作品などを、まとめて、出版したわけです。

けど、飯田さんの「デビュー作」は、わりとすぐに文庫になった！

でもって、コバルト文庫（これは通称。正しくは先に書いたとおり）は……少なくとも、その前にあった、貸本っぽかったアレよりは、だいぶオシャレで、その当時の「いまどき」の中高校生に「手に取りやすい」雰囲気だった。

そして……魔の誘惑企画がいきなり持ち上がったのです。

小説ジュニア本誌に「原稿募集！」の告知が出たのです。それもあなた、枚数無制限、内容無制限、応募資格無制限、ようするになんでもありで、しかも、「すべての」原稿を、編集部のひとが読んで、批評添削して送り返してくれる！　というのです。

「ホントカイナ」正直わたしは思いました。「んーな無謀な企画、すぐにつぶれるんじゃないだろうか？？？」

この予測はきわめて正しく、この企画は確かにほんの何ヶ月かで頓挫するんですがね。

これをみて（いたって功利的なわたしは）「そうか、そんなチャンスがあるなら、やってみるだけやってみよう。とにかく自分の書くものがどのぐらいなモノなのか、プロにみてもらえるんだし。がんばれば、わたしにも雑誌に作文（↑その当時の意識）を載せてもらえるかもしれない。

なにしろわしらの世代の作家はほとんどいないんだから、若いってだけで、女子大生だってだけで、これはゼッタイにウリになるわ！」（↑この推察もほんとうに正しい）。

ちなみに……わたし作文には自信がありました。自分でいうのはなんですが、あざといほどうまかったです。なぜでしょう？　たぶん、ひとよりたくさん本を読んでたから……と、母方の祖父の「ほらふき」の血を濃ゆーくうけついでしまったからではないかと思うんですが。

小学生の頃から読書感想文などで、図書券を稼いでは、親に隠れて買わなければならない本を買うのにアテテいました。また、少女マンガ雑誌などの作文募集では、「これ」とターゲット（懸賞品）をさだめて……たとえば、和服一セットとかがあたる！　なんてゴージャスな企画だと、生きてピンピンしているうちのばーちゃんが病気でもう死にそうなことにして、着物姿のおばあちゃんと幼い頃の自分の大切な思い出などという「まったく存在しなかったもの」をへーぜんといかにもリアルに書いて、もちろん「第一席、盛岡市の菅原稲子さん」になって、買うと何万円かしただろうお着物セットをゲットしたりしておりました。目的のためなら嘘をつくのは屁とも思わないやつでしたねー。

おりしも小説ジュニアが例の暴挙としかいいようのない企画をたちあげたまさにその時、わたしは大学一年生になっていました。七八年です。小学生から進学塾にかよってマジメに受験勉強をやらされてた（というかやるのがあたりまえだと思っていた）わたしにとって、大学一年生の夏休みというのは、生まれてはじめておとずれた「長い長い、なんでもスキなことができる空白の時間」でした（小学生でも中学生でも夏休み冬休みなどなどは進学塾に毎日かよっていたわけです）。

幸い？　大学では、ほとんどのコマが二学期制をとっていて、一学期のラストのテストでいちおーその「単位」には決着がついてるので（落第していないかぎり）、宿題って、出ないんですね。「生まれてはじめて」のほんとうの、なにをやってもいいお休み。

そこで、いきなり、ゲンコウ書き出しちゃうんですから、わたしもワーカホリックというか、貧乏性というか、「ぼーっとする」ってことがニガテなタイプなんですねぇ。

書きました。ゲンコウ。

今思うと、「小説ジュニア」の募集要項には「詳しいこと」は書いてなかった。どんな原稿用紙を使うべきなのか、とか、どんなペンを使うべきなのか、とかは書いてなかったと思う。書いてたら、ちゃんと遵守したと思うもん。

で、わたしは、「コクヨ」のA４サイズのヨコガキ原稿用紙を一冊買ってきて、４Hのシャーペンで原稿を書きました。

なぜなら、わたしは右利きで、おまけに筆圧が強く、HBとかだとすこぶる男らしい極太な文字になってしまい、かつまた、タテガキだと、書いていくにしたがって右手の掌の部分で既に書いた部分のエンピツ跡をきっちりとこするため、ゲンコウが恐ろしく「きたなく」なってしまうにきまっていたからです。

当時、女の子は、４Hとかの薄いエンピツを使うのがハヤッテた、ということもありますが。それがいけないことだとは少しもまったく思っておりませんでした。

ワープロ応募原稿がほとんどの昨今、こんなこたぁいまさら言うまでもないかもしれませんが、万が一手書きゲンコウで勝負しようとお思いになるかたに忠告します。

ヨコガキはだめです。

薄いエンピツもだめです。

編集部のひとの大半は、「近眼」あるいは「老眼」なので、くっきりと大きくはっきり読めて目にやさしいゲンコウでないと「読みたい」キモチになりません。

「読みづらい」それだけで、あなたのゲンコウの評価は……その内容に一切かかわらず……評価ランクが二つ三つ落ちます。

ちなみにわたしは富士通OASYSワープロ↓パソコンに移行するまでは、おもに、LIFEのB4サイズの罫の薄い用紙に、ピグマのサインペンの「3・0」か、製図用のロットリングで、ゲンコウを書いてました。まず、用紙そのものがデカければ、それだけ字も大きくなります。ピグマやロットリングはインクの乾きが速いので、ガーッと書いてもそんなにこすりません。LIFEは紙質はとってもよいのですが、コクヨなどと違ってあいにく罫と罫のあいだにまったく余裕がないので、間違えた時は、スキマに書き込むことはできません。その一枚を最初から書き直すか、大量に書き直した分だけ、別紙をセロテープではっつけるか、キリバリして、ゲンコウにしていました。……すごい時代だったな。

ワープロ印字なさる場合も、募集要項などを遵守するか、とにかく「くっきりはっきり読みやすい」をこころがけましょう。行間と字間を工夫するなどして。

のちに知ったのですが、わたしの「応募原稿」は、封書をあけられたとたんの即刻、「ボツ」の箱に、つっこまれていたそうです。

（そーだ、封書の書き方についてもいろいろあるんですが……『新人賞の獲り方おしえます』のいっこめに懇切丁寧に説明してあるので、そっちみてください）

ボツ？

いや、「とりあえず却下」というべきか。

確か、どんな作品であろうとも、かならず全員に批評返却する約束だったんじゃないのか？とわたしも思いますが、この件に関して小説ジュニア編集部につっこんでたずねてみたことはありません。たぶんバックレたんじゃないかと思います。予想をはるかに越えるものすごい分量のゲンコウが届いちゃったらしいです。しかも九割九分まで「問題外」なゲンコウが……いずれにしろ、時効ですね？

ちなみに、この「無謀企画」から拾われたのは、わたしの知るかぎり、わたし、のみです。唯一です。

なんかもうおひとり、いちおー、連絡はしたらしいけど、おことわりになられたかたがあったとかなかったとか？

なんだか自分が、『孤児アニー』か、ディッケンズの小説の浮浪児になって、ハシの下で震えているところを、お金持ちのおじさんに拾われたヤツのような気がします。なにがきらいってわたし、寒いのとヒモジイのとビンボーなのがきらいで……（泣）。でも、おとぎばなしってほんとうにあるのよね。ごくたまにはね。♪あーさになればー、トゥモロー、なみだのあともきえて……おっと、このぐらいならJASRAC（日本音楽著作権協会）はみのがしてくれるだろうか。アニーのメインテーマはわたしのこころの賛美歌です。

その「唯一」の生還者という恵みをうけた御礼として、あるいは江戸のカタキを長崎で……ではありませんが、わたしも、『新人賞の獲り方おしえます』のいっこめで、発刊一週間以内限定で、しかも本を買わないと手にはいらない特製原稿用紙（分量最小）ならば、「どんなゲンコウでもとにかく批評返却する」をやってみました。往生しました。二百七十通きました。たった二百七十でもお返事書き全部やりおわるのにあしかけ三年かかりました。三年のあいだにひっこしてしまって、せっかく送ったのに戻ってきちゃったのが十通ぐらいありました。かくも「応募原稿」の量というのは、ナメてはいかんものなのです。

応募なさるほうのかたが理解なさるべきは、とにかく、数の中に埋没したら終わりや！　ということです。なんらかのかたちで目を惹く、最初に封筒をあける人間に好感をもたせる、それがどんなにどんなに大切なことか……というのを書きたくて『新人賞〜』を書いたりすることになるわけですが、それはまだまだ先の話。

もとへ。

カメラ、ズームしてください。「ボツ」の箱に。

どんな天使が魔法を使ってくれたのか、小説の神さまがお恵みを賜ったのか。

そこに、ふと、手が伸びるのです。

ひとりの女性の、たおやかな手が。

「小説ジュニア」で当時も既にたぶん現役最年長でいらっしゃったのではないかと思われるUさんとおっしゃる編集部の女性がふと、なにげなく、その、コクヨのA4ヨコガキ4Hシャーペン書き、という、本気で他人に読んでもらいたいとはとても思えない外見のゲンコウを拾い上げてくださった。あらま、ヨコガキ？　と眉をひそめつつ、一行読んでみた。次の行も読んでみた。その次も。


---

ぼくはその日、朝っぱらから気分が悪かったもので、朝メシも適当に食ってオヤジの書斎をノックし、『行ってくるよ』とだけいって家をとびだしたんだ。

この『行ってくるよ』というコトバは実に便利じゃないか。どこにが省かれててもオヤジにはナンとなく、学校にっていうように聞こえるらしいし、ぼくのほうではプールに直行しちゃうつもりでも、少なくとも、ウソはついていないんだから。いくらぼくだって、そうたびたびウソはつかないようにしているんだ。


---

「このコに連絡を取ってちょうだい」U女史は、明星編集部から配属がえになったばかりの若手編集者T氏の机に、A4ヨコガキコクヨの束をポンと投げた（とみてきたようなウソをつく）。

「イケるわ。つかえる感触がする。でも、まず、タテガキに、それに、もうちょっと濃いエンピツで書き直すようにいうのよ」

T氏はゲンコウを拾い上げ、一枚目にくっついていた連絡先を見て、目を丸くする。

「連絡先って……上智の学生みたいですけど……阿佐ヶ谷の修道院付属女子寮ですよ⁉　帰省先は……うわぁ、岩手県だ」

「ますますけっこう」U女史はニヤリと笑いながら腕を組んだ（とますますみてきたようなウソをつく）。「いまどきねぇ。ちょっとおもしろそうなコじゃない？」

修道院に電話をかけるのに自信のなかったT氏は（ほんとか？）速達ハガキを書いた。

「ご応募いただいた作品について相談したいことがあります。都合のいい時に編集部にきてほしいので、とりあえず、連絡ください。電話番号はコレコレです」

イエズス孝女会修道院付属女子寮清恵寮では、さまざまな大学に所属する（かならずしも洗礼をうけた信者ではないが、他の宗教を信奉していないことと、できれば毎晩のミサに出席することを期待されている）約四十名の生徒あての郵便物は、それぞれのカギを外出時に預かるのと同じタナに、分類される。

確か一月のことだったと思う。

ある日、大学からかえったわたしは、知らないひとからの速達ハガキをみつけて、きょとんとし、玄関ホールのソファにすわって、そのまま読んだ。

地下一階、地上四階の修道院全体に、アフリカ原住民が猛獣を倒した時のごとき雄たけびが轟きわたり、居合わせた先輩のみなさん（わたしはまだ一年生だったから後輩はいない）およびシスターのかたがたが、「なんだなんだ」とハシってきた。前にそのアホな一年生はやはり雄たけびをあげたことがあったが、それは地下風呂場で掃除中にハダシのアシの上に極大なゴキブリにのられたからであったから、「……またなにかムシでも出たのかしら?」「けたたましいことね」などの会話がかわされたかもしれない。

**「やったー!」**太ゴチ活字で、一年生は叫んだ。**「集英社だぁー!」**

ちなみに、「小説ジュニア」などという、いかがわしい本をそれまで読んだことはおろかさわったこともなかったシスターの中には、そんなあやしい編集部にいくと、ハダカにされて、いけないポーズをとらされて、へんな写真を撮られて、脅迫されるのではないかと心配してくださって、いっしょについていってあげましょうか? とそうとうな覚悟をもっておっしゃってくださるかたもあったが、

「だいじょうぶです」一年生は両目をキラキラさせながら、ハガキを握りしめた。「これは、わたしの……栄光へのスタートです!」

(ここらへんの描写には一部、誇張・脚色・勝手な空想・ウソ八百などあったことをお詫びいたします)

ちなみに……気づいたかたは気づいてくださったのではないかと思うのだが、応募したのは夏休みであり、返事がきたのは一月であった。

わたしはすっかり忘れてた。ていうか「やっぱダメだったんだなぁ」と思っていた。

小説ジュニア本誌には、ある月から突然、例の企画の案内がパッタリなくなっていたし。

誰かがそこで認められて、作家デビューした、なんつー話題もまるでまったく出なかった。

とにかく……そんなこんなで……いちおー親にも「わたし作家になるかもしれない」などとさっそく長距離電話をかけてあわてさせつつ……わたしは神保町への道筋をチカテツ路線図で調べるのだった。

それから何度も何度も何度も何度もかようことになる神保町を。

そして……その年の三月（はやいなぁ）山吉あい作「水曜日の夢はとても綺麗な悪夢だった」が「小説ジュニア」に掲載されたのでした。ちなみに山吉というのは母方の旧姓で、あいは本名イネコのイニシャルですが、この名前は「ババアくさい」と不評だったので、次の作品の時には『六連星愛』（↑これですばるいつみ、と読む）。星座の昴のうち目に見えるのは六つで、あっしはおうし座。アイにはまだこだわってました……最近だったらこのてーどの名前は別にたいしたことはないと思いますが、懲りすぎ、と不評だったので、次に、久美沙織、とつけました。

すると、編集部に呼ばれて、コンコンと諭されました。宣伝っつーのはいったいなんのためにあると思うか。書く作品、書く作品毎回ナマエをかえられたのでは、宣伝のしようもないではないか。

わたしはテキスト主義で、なかみさえよきゃ作家なんてどーでもいいじゃんと思っていたのですが、いわれてみれば自分も大島弓子先生の作品だぁ！　ってわかれば読む、みたいなことがあるんで、じゃ、もうこれでいいです、ここでウチドメにします、というわけで、クミサオリはクミサオリになったのだよ。

ついでにいうと、デビュー作の原題は「水曜日の夢はひ﹅ど﹅く﹅綺麗な悪夢だった」だったのですが、おじさま編集部員のみなさまに、「ひどく」という単語は悪い意味に使うものなので、おかしい、まちがってる、だからここは「とても」にしなさい、と説得されて、しょうがないから（だってイヤだなんていおうもんならデビューさしてくれないかもしれないじゃん）それでいいですといいました。

最近の「ヤバイ」もそうだし、ムカシなら「すごい」もそうですが、もともとは「よくない」意味のコトバが「程度がたいへん大きなこと」の比喩としてフツーに流通するのは日本語の伝統だと思うのよね。

「ひどく綺麗」が時代の気分だったし、わたしの気分だったたし、あの小説の主人公の気分だったんですけど、それを主張するにはわたしはまだノンキャリア、しかも十九歳、ミギもヒダリもわからないし、仲間というべき誰もいなかった。よって、「なすがまま」こーしなさいといわれるまんまにしてしまったりしてしまったりしてしまったのでした。いま思うと、ちょっとくやしい。

# 疾風怒濤の巻

## 1　一ツ橋vs音羽

ある時期、「こども向け路線の版元」には二大派閥がありまして、一ツ橋系と、音羽系でした。東京にすんでないひとにはなんのことかわかんないといけないので急いで説明するとコレは地名です。

一ツ橋というのは、御茶ノ水駅から坂をくだって、古本屋さんなどのとっても多い神田・神保町の交差点から、竹橋インターつまり皇居の方角に向かったほうです。ここに、小学館と、集英社と、白泉社と、祥伝社とかがあります。他にもいろいろあります。なにしろ書店街ですから。

音羽・護国寺方面には、講談社があり、東大（本郷の）とかお茶の水女子大学とかがあったりします。実は「一ツ橋」と「音羽」は、距離的にはかなり近いんですけど（神田の隣が御茶ノ水だってあたりから類推してください）でも、このふたつの「ナワバリ」は、なぜかどーしてもキッパリと別々なのでした。

なぜ、ここに、日本で一番でかい（社員数とか圧倒的）出版社であるところの講談社さまがあるのか、それが「原因」なのか「結果」なのかはよくわかりませんが……。

でもって……すみません。わたしは講談社さまのことはさっぱりわからんのです。ほとんどおつきあいないし。

一回つきあいかけたら、……いやごにょごにょ。

ともあれ、すみません、わたしは一ツ橋方面のほうのことしかよーしらんのです。

なぜか？　その理由らしきものもあるのですが、もうちょっとあとのほうで説明しますね。

その前にぜひご紹介したいのですが、
我らが集英社の社歌には
♪おおパイオニア！　われらパイオニア（うろおぼえ）

とかって部分があって、「家電メーカーなのかオノレは！」と思わずツッコミたくなるぞ、ということです（くだらねー？）。

もちろん、開拓者という意味だとわかってますけどね。なにもわざわざ有名他社のナマエをサビにいれなくったっていいんじゃないの？　って思いたくなりませんか？

社歌といえば（話がどんどんズレますが）学研はすごいですよー。

いまでもそうかどうか知りませんが、あのですね、わたし一時期学研でバイトしてたんですね。

小説書きだけで食えない時に。学研「高3コース」が「降参」に通じるのでよくない！　というので「Vコース」と誌名変更したおりしもその年、読者欄の「コメント」とかを書くバイトを、なぜかやらせていただけることになりまして。その時、毎月すんごいうまいイラストをばんばん応募してくれていたのが一本木蛮ちゃんで、当時からそのペンネームで、当時から顔も体型もいまとほとんどかわんなかったですねー（あんまりしょっちゅうハガキくれるんで、アソビにおいでよー、とかいって、あそびにきたら、まぁかわいいコでびっくりしました）。

で、読者欄のマトメなんていうのは月に一度、一日いけばすんじゃうぐらいのシゴトなんですが、まぁ朝からいってますよね。すると昼休みになる。すると、学研の社員のみなさんは「ざぁーっ」とシオがひくようにいなくなって（おそとにゴハンたべにいくんですね）メシ抜きでも今日じゅうにシゴトしちゃいたいフリーの人間だけが残る。そこに、校内放送ならぬ、社内放送がかかるんですね。「学研音頭」が。

全部は覚えてませんけどね。三番ぐらいまであるんです。でもってサビのとこが
♪ほ〜れトコトン、ほれトコトン、学研音頭で　ほれトコトン！

これはもうメロディラインと歌詞と共に（なにしろ三番ぐらいまで何度も何度も繰り返されるので）脳みそにくっきりと刻み込まれてしまって一生忘れられそうにないですね。

学研で（フリーで）働いた経験がある！　という人間同士がパーティなどでバッタリ出会うと、思わず「音頭！」と互いに互いをゆびさしあって（お行儀悪いです）手拍子をうちながら（時々スリながら）いっしょにこのサビの部分を歌わずにいられません。「おお、同志！」って感じですね。

さてよーやく「なぜわたしが講談社に詳しくないか」を説明するこころの準備が整いました。

それは、「ナワバリ意識」のせいです。

集英社というのは、もともと、マンガでアテた会社なんですね。

わたしらが「小説ジュニア」に参加した頃は、あの「少年ジャンプ」が、豪先生の『ハレンチ

学園』で、ＰＴＡの目のカタキにされていた頃でございました。少女マンガ系には、「りぼん」「マーガレット」「ぶ〜け」などなどがありました。

わかってるひとはわかってると思いますが、少女マンガの「絵柄」にこそ、一ツ橋系と音羽系の違いがクッキリハッキリみてとれるものだったりします。

でもって、わたしは、「りぼん」と「別マ」と「花とゆめ」が好きだったんです。

だから、どーせなら、集英社でデビューしたい！　と思うじゃないですか。

ところが……そこは……いまは知りませんよ、そんなことないかもしれませんけどね、少なくとも当時は、「虎の穴」でございました。

実はマンガ雑誌社としては後発だった集英社が、「ジャンプ」で大成功するにいたった秘密（？）作戦には、「友情・努力・勝利」の三原則をあくまでもどの作品にもかならず貫くという大原則と、読者アンケート結果をおもいきり重視する「徹底した実利・実力主義」がありました。

人気が落ちたら、どんなに実績のある有名マンガ家でも、切る。

たとえばアンケート最下位が三回続いたら「連載のどんなに途中でも、無理やり話をねじまげてでも、できるだけ早く終了させ、連載をやめさせる」。

それが集英社の「社是」でした。

そのかし、まったくのポッと出の新人であっても、読者人気のトップをとればたちまち扱いがよくなり、巻頭をかざり、表紙をかざり、特集が組まれ、コミックスはどんどん出してもらえるわけです。その後アニメになったりもして、とうぜん大儲け。

少年マンガの場合、モチコミ原稿や、新人賞の応募ももちろんありましたが、「偉い先生」「尊敬する先生」のアシスタントにはいって修行をつみ、誰かがうっかりシメキリに遅れたり、原稿をあげないうちにどこかに雲隠れしたりしたら（これを業界用語で「〇〇先生急病のため、休載します」などといいます）、すかさず、かねて「そんなこともあろうかと」用意してあった短編作品を差し出して載せてもらう（これを業界用語で「火事場泥棒」といいます）テがあった。ていうか、それ、わりとふつうで。よくあること、で。だからほら、少年マンガって「そっくり」な絵柄のひと多いでしょ。「先生」のスタンド・イン的な経験が長いからですね。

少女マンガ家さんの場合はある意味もっと過酷だったかもしれない。地方在住の才能あるティーンエイジャーがですよ、新人賞などに応募して、目をつけられると、とにかくまず高校を卒業したら、上京をすすめられるわけです。そして誰ひとり知人も友人もいない都会で、出版社が探してきたアパートの一室などに閉じ込められ、描くべし、描くべし、描くべし……！　になったりする。なにしろ週刊や隔週刊のペースっていうのはそりゃ地獄ですからねぇ。毎日、ただただ、描く日々。あう人間といったら、アシスタントと、担当編集者（↑ふつう、マンガ家さんのところに毎度いちいち原稿をとりにいきます。なぜなら、地方出身のウブなマンガ家さんは、東京の複雑な交通網を使いこなせないからです……偏見）だけ。そーして、男子といったら、担当だけ。で担当とデキちゃって、でもその担当は、師匠すじにあたる別の先生ともとうぜんデキていて、恐ろしいシュラバがくりひろげられたり……したこともあるかもしれない。いや、ウワサですよ、ウワサ。

そのような、「拉致監禁」状態の少女マンガ家さんたちが、唯一、ハメをはずせ、天下におのが名と作品のとどろいていることを実感できる場所が出版社主催の「クリスマスパーティ」とか「新春恒例パーティ」とかで、ゆえに、まぁ、その絢爛豪華なことといったら（だって、お衣装にぐらいしかおカネの使い道がないんですから）。とあるパーティでは、とあるすっごい有名で超一流なマンガ家の先生が、「さんど」お色直しをなさったのをわたくし、目撃したことがあります。

一見関係ないような話題が続きましたが、いやいや、実はこれが多いに関係あったんですね。小説ジュニアの「新人」たちに対して、集英社は（たぶん他社もですが）、この「少女マンガ家」にあてはめられていたシステムを、そのまま、適用させたからです。

人権意識とか、著作権意識とか、作家の共闘体制とか、ネットによる横の連絡とか、そーゆーものがまだ未発達、いや、へたすると皆無な時代。

しかもです。何度もいいますが、わしらの世代には「おねえさんおにいさん」がいなかった。いらしたのは、雲の上のような「大家の先生がた」ばかりで、とうぜんのことながら、そういうかたがたとわれわれチンピラは、世界がちゃう。「ごあいさつ」ていどはできても、親交なんて結べません。まったくぜんぜんハナシなんてあわないしさぁ。こわくて、目もあわせられねーっすよ。

海千山千の、ジャンプ方式で親会社である小学館を上回りつつあってハナたーかだかだった編集者のおじさんたちは（おばさんもおられましたが少数）、わしら「新人」の「おとうさん」ぐらいのご年配でした。

さからえると思いますか？　わしらが、太郎次郎の「おさるの次郎」状態になっていることに「気づきもしなかった」としても、しょうがないと思いませんか？　なにしろ、書かせてもらえるだけで嬉しかったたし。雑誌に載せてもらえるだけで、天にも昇るようなココチだったたし。おじさま担当に、おじさま担当ゆきつけの謎のバーにつれてってもらって、飲めないお酒の相手をしたり、真っ先に覚えたカラオケが裕次郎系デュエットだったとしても、無理ないと思いませんか？

ええ、そうです。わたしらはオボコかったです。わたしだけやないと思います。

正本ノンちゃんも、田中雅美ちゃん（わたしが二作目短編「プラトニック・ラブ・チャイルド」を載せてもらった時に、同じランクつまり佳作でデビューなさいました）も、素子も実は「東京生まれ東京育ち」だし、わたしも「半分盛岡半分東京」育ちなんですけど（氷室さんは北海道ですが）それでも！　みんな、ウブだった……ああ、なんて純情だったのでございませう（遠い目）。

わたしなんかデビュー時大学一年生ですからね、就職活動しようかどうしようか迷ってる頃に巻頭長編書かしてもらえちゃって、よーやく文庫が出て（あっそうそう、当時はね、新人はいきなり文庫一冊なんて書かせてもらえないんですよ。さんざんスパーリングさせられて、担当さまにダメだしをされて、ようやくヨシといわれてはじめて、出していただけるのです。わたしの場合、デビュー短編から、文庫まで、二年半かな、三年かな、そのぐらいかかりました)。

ようするに、あたしって、「はみだし」もんなんですね。

「社会」に出たこと、一度もない。

ガッコーの生徒から、そのまんま「作家」。

それも、オトナな編集さんのいうことを「ハイ、ハイ」って聞く、生徒みたいな作家。

ふつうのオトナな世界のことなんてなーんにも知らないまま、モノカキになって、しかも、「仮想設定読者・十五歳女子・地方在住」相手の小説を書きまくってたんですから、そりゃー、成長なんてしないです。世間知なんて、なーんにも身につきません。

そういうわたしにはやがて……遠からず……限界がくるのですが。

ちなみにいまのうちに書いておきたいことがもうひとつ。

「小説ジュニア」というのは、集英社の中では「お荷物」部署でした。だったそうです。

わたしたちが入所(おい)するまでは。

小ジュ編集部のひとは、廊下の「まんなか」を歩くことはできなかったそうです。

「ジャンプ」とか「明星」とかのひとがズンズンズン! と歩いてくると、サッとすみっこのほうによけて、そちらさまを先に通してさしあげなければならなかった(大名行列かい!)。

しかーし!

氷室さんのクララとアグネスがあたり、新井さんの星船があたり、コバルト文庫のウレユキがぐいぐいぐいっと右肩上がりになっていくと(なにしろ最初が最低ラインだったんですから、そりゃー、いくらでも上がります）、編集のかたがたは、ムネをはって、廊下の「まんなかを！」他の雑誌や単行本の部署のやつらを「ワキに追いやってどかしながら」歩くことができるようになった！　のだそうです。

この話をわたしは、担当（酔った時）から、何度も何度も聞かされました。

スミッコに追いやられていた時がどんなにくやしかったか、いつか見返してやる、いいや猟銃で撃ってやりたいと（そう、某担当さまは銃所持許可をもっておられるアウトドアなかたでした）思ったことだって何度もある、とおっしゃっておられました。

だったら、その結果をもたらしたワシらをチヤホヤ大事にするやろな、と、思いますよね？

思いますよね、あなたも？

でも、そうじゃなかったんですね。

「囲い込み」したんです。「エンクロージャー」です。少女マンガ家たちにしたように。

他社でしごとをしてはいけない。

よその編集にあってはいけない。

もし時間的余裕があるなら、とにかく一冊でも多く、ウチにかけ！

わたしたちはそういわれて、戦闘の真っ只中に、ズイズイ追いやられたのでした。

ほんのひとにぎりの、新人たちが、果てしもなくひろがる荒野の防衛をいきなりまかされたのです。

いいえうらんではいません。それがどんなにいい経験だったか、よくわかります。

なにしろ、作家、いなかったですからねー（笑）ってていてきに、数がたりなかったんですね。だから、へろへろの、ホヤホヤの初年兵でも、最前線で戦わなきゃならなかった。映画『あゝ野麦峠』をみた時、わたし、号泣しました。あまりにそっくりで。

イナカから駆り集められてきたけなげな少女たちは、劣悪な環境で一列にならんで、カイコを煮るひどい臭気の中、朝から晩までただただ働いた。効率よく、カイコさんから絹糸をつむぎ出すことのできるコは、すごくほめられて、お給金もいっぱいもらえました。ダメなやつは、ののしられ、オシオキされ、さらには健康を壊して死んでゆきました。中には、「上司」であるオジサンたちとイイナカになったりなんかしてうまいことトクをするやつとかもいたりしました。

しかし、日本の産業革命は、その少女たちの苦闘あってこそ、起こったのですーーー！

もちろん、楽しかったよ。スッゴイ楽しかった。チャレンジって楽しいんだもの。

だって、「なにやってもよかった」し。あの頃は。なにしろ、ほら、前にいったように「おにいさんおねえさん世代がいない」から、とにかく「きみたちの感覚」でイイと思うことならなんでもやってみろ、とはいってもらえたの。やってみてダメだと、ムッとされるけどね、少なくとも一回は、やってみることを許された。たまさかやったもんがちょっとあたったりすると、「もっとやれ、もっとがんばれ、どんどんやれ！」って、すごいほめられた。ちょっとぐらいなら失敗してもよかった。また次にがんばればよかった。でも……でも……。

前に氷室さんはブルドーザーで荒地を開墾したのだ、と申しました。いや、むしろ、『風と共に去りぬ』の「インターミッション」の前の、ニンジンかじって「わたしはもうけして飢えない

!」って凛々しくいうビビアン・リーだったかもしれない。なんの道具もなかったから、手で掘った。手で掘って、やっと得た資本で、ツルハシを買い、ネコ（一輪車）を手にいれ、そして、それから、ようやくブルドーザーの出番になったんです。

そう、氷室さんこそ、「♪おおパイオニア」と謳われるべき存在だった。

氷室さんがとりあえず道をつけてくれたから、だからそこを、わたしなんかも、徒歩とか、トロッコとか、オート三輪（知ってる？）とか、なんかそーゆーダサいもんで、フラフラ進んだ。時々、穴ボコにおっこちて、ケガして、みーみー泣いたりしながら。

するうちに、この部署は「儲かる」ということがわかったもんだから、どっか上のほうのひとが、なにかを決定し、道路公団が舗装しちゃったんですね。んでもって、年月が過ぎると、そこに高速道路とか新幹線とかまで通っちゃったわけですよ。

そこをいま、さまざまなひととクルマが、ものすごいスピードで通っていく。

どこへ向かって？

なにを目指して？

## 2　読者という〝強敵〟

音羽vs一ツ橋問題の陰？　に隠れて、いうべきことについて言及するのを忘れてたのに気づいたのでひとこと。「この分野」には「朝日ソノラマ」という老舗というか本舗というか元祖というかがあることを忘れてはいけないのでした。

しかし、ソノラマさまはですね、もともと「男の子の」ものだ！　という雰囲気があまりにも強かった。

実際、わたしは、当時、ソノラマの本はほとんど読んでませんでした。

夢枕獏さん、菊地秀行さんが、お書きになってはじめて、手に取ったのでした。

そして……あのう、こんないいかたは不遜なのではないかと思うのですが、ソノラマさまのほうから「ウチでシゴトしない？」っていっていただいたことが、モノカキ生活二十五年オーバー、ただの一度もないんですけど。向こうさまも「アレはウチには縁のないタイプだな」って、たぶん思っていらっしゃるんではないかと（ついでにいうとなぜか文藝春秋さまもそうなのですが、わたくし、なにか、ブンシュンさまのゲキリンにでも触れてますでしょうか？　「週刊文春」の今年のベストミステリーアンケートには、マジメにお答えしているつもりなのですが）。

なので、そちら方面のことに関しては、どなたかもっと詳しいかたに書いていただければと思います。

あそこはあそこで、時代に応じてどんどん変遷してきたりした経緯もあるだろうし。


さて、「囲い込み」エンクロージャー。またもテストに出るような単語が出てまいりました。

歴史は繰り返す。人間のやるこたー、業種がかわってもたいしてかわらねー。

エンクロージャーとは、荘園領主や豪族が、地元の小作人を束ねて、一種の「ちっちゃな王様」だったようなことですね。

出版社が……というか、実は「おのおのの編集部」が、なのであって、同じ社内ですら、部が違うと「対立」とか「競争」とかをやってたりするのですが……手にいれた有望新人をよそに奪われまいとするのは、とってもとってもあたりまえなことのようです。

そして、出版界では、いかにも日本的な「口約束」とか「暗黙の了解」が日常を支配していた。

これはかならずしも過去のことではないです。いまでもです。

たとえば、単行本などを書くことを依頼されたとします。もとから知り合いの担当だったら、電話かメール一本で「いついつまでに何枚ね」で終わり。ＦＡＸやメールなら「証拠」は残りますけど、そこに「ゲンミツな契約事項」は含まれません。はじめましてのひとでも、一回ゴハンたべて、そこで話して、「じゃ、そーゆーことで」ってあとは自主判断というか、自己責任にまかされちゃう。

昨今ではさすがにそれはマズイということになったらしく「契約書」というものを二通作成して、著作権者と出版社とが互いにハンコついてイッコずつ持ってましょう、みたいになってますが、たいがいそれが送られてくるのは「本ができてから」あるいは「印刷があがって配本する直前」です。へんだよねぇ。本来ならば、「やってください」「わかったやりましょう」って時に契約をかわすべきだと思うんですが。

笑っちゃうのは、「すでに原稿を渡してある」契約書に、「原稿を渡すべき期日」が記されていることです。とっくに過ぎた日付が。

これはやっぱあれでしょうねぇ……作家の大半は「シメキリ」を破る。守らない。守りたいと思っていても守れない。そのたびにいちいち「契約違反」になって「違約金」をはらわなきゃならなくなったりすると生活できない。だから、「温情」として、いかにも日本的「なぁなぁ」の感触で、そこらへんいい加減ですますかわりに、部数とか定価とかの決定も「こっち(版元)で勝手にやりますから」みたいな。そういう、「お互いさま」的な雰囲気がある。

最近は、アメリカ式に、「マネージャー」とか「エージェント」とかをお使いになっておられる流行作家のかたがたもおありのようですが、あくまで少数ですね。

この事態にかすかながら変革が生じたのは、ゲーム業界が出版に参入してきてからです。なにしろゲーム制作には膨大な人数が関わり、何ヶ月とか、へたすると何年とかいう時間がかかる。ゲーム内容やプログラムに関して守秘義務も生ずる。だから契約書によるシバリが必要になる。万が一のスパイ行為などがあったら、速攻、告訴に踏み切れるように。それにしても、ノベライズの分野ではいまだに「本ができてから」契約書、なのがちょっと不思議なんですけど（わたしの知るかぎり）。

ちなみに作家を、というか、おもにマンガ家を、「他の雑誌に書かないでね」と拘束するためには、「専属契約」というやつを結んだりもします。するようになりました。いつの頃からか。少なくとも○年間、あるいは、これこれの連載中には、ライバル他誌には、書きません、と、お約束をする。するかわりに、「ちょびっと」（具体的な金額はよーしりませんが）専属契約料金をもらう。専属契約だけしておいて実際にシゴトはもらえなかった、などという悲劇もあったりなんかしたりすることもあったりしたようですが、詳しくは知らない。誰か詳しいひと、語ってください。

いまはどうだか知りませんが、コバルト黎明期、というか、まだ雑誌のほうは「小説ジュニア」で、文庫コバルトがたちあがったばかりの頃のわれわれにはそのような、われわれにとって美味しい保証であるはずの「専属契約」とか「契約料」なんてものは、まっっっっっったく、ありませんでした。そんなコトバとか概念とか可能性があるなんてことにすら気づいてなかったですねわたしなんかは。実際の「忙しさ」が、ヨソでシゴトをすることをほとんど不可能にしていたのはこないだいったとおりです。なのに、他社の編集とかから電話かかってきて、「久美さんにあいたいんですけど」っていうと、ぶっきらぼーな態度をとって、ことわったりとか、したりして、ひそかにジャマしていたらしいです（新聞社とか、取材系は別ですぜ）。

なんでそんなにしてまで作家を確保しなきゃならなかったのか？

忙しかったからです。

ヨソでしごとされると、自分とこのシゴトがはかどらなくなるからです。

じゃ、なんでそんなに忙しかったのか？

使える作家が少なかったから、と前に申しました。

ほんとうにそんなに少なかったのか？

わたしが、コバルト文庫を出してもらえるようになった時、つけられた作家番号は「88」でした。少なくとも、わたしの「前」に八十七人はおられた理屈ですね。そのうちどのぐらいが「ご老齢の大家の先生」だったりしたのか、あるいは、すでに故人になっておられたのかは知りませんが……。八十八人（↑末広がりの良い数字ですねぇ、偶然なんですけど）もいりゃー、じゅんぐりに書いてりゃ十分間に合いそうなもんなんですがねぇ。

「使える」やつと「使えない」やつは、いたんでしょうねぇ。

ちなみにある日ふと気づくとわたしの作家番号は「く－1」になってました。

あっしの現役（つまり平成版再刊の『おかみき』を別にして）時代最後の作品であるところの『東京少年十字軍（下）』は、「く－1－44」です。これで、わたしが、コバルトに「四十四冊」書いたのだということがいともカンタンにわかるしくみ。しかし……アイウエオ順で、「く」からはじまるナマエの作家で、コバルトに書いたことのあるヤツの一番目がわしだったんでしょうが……よりによって「くのいち」かよ（笑）。山田風太郎先生の大ファンとしてはこれは大喜びするべきところだな。そのうち「くのいち忍法帖」でも書くかな。

えっとワタクシメは、「プロのものかきになったからには、とにかく読者を大切にしなければならない」ということだけは、ものすごーくキモに銘じております。

いや、もっと古く。転校しまくりの小学生中学生だった頃から、「おともだちはたいせつ」と思ってました。

なにしろさ、女子ってさ、基本的に保守的な生物でしょ。いきなり現れた知らないやつって、警戒されるし、仲間ハズレにされるし、カゲグチたたかれるし、へたするといじめられるわけ。で、男子は男子でさ、気になる子にはちょっかい出したりするじゃん？　転校生って、ずーーーっと生まれたまんまその場所で育ってきたひとにとってはトリックスターだからさ、なにかとかまいたがるのね。で幼い男子のかまいたがるって、ともすると「からかい」とか、スカートめくりとか、そーゆー方向に走るじゃない？

ところが、性格のキツいわたしはおとなしくみーみー泣いてなどいないわけです。

小学五年生までは格闘技で対抗しました。得意技は、蹴りと、噛みつきと、スピードでした。ブラジャーをつけないとチチが揺れるようなった頃からは、男子には色気で、女子には無視で、そして「教師一同」には成績と「マジメな良い子風の活動」でおのれをアピールするようになりました（ああ……なんてイヤなやつだ！）。

ほんま、自分でも思いますけど、まるで「少女小説の悪役」そのものみたいなやつでしたねわたしってば。

で……「小説ジュニア」だったか、それが「季刊コバルト」になって、さらに隔月刊になったりする頃からでしょうか、「作家」には「読者からのおたより」が届くようになったわけです。

思い出してください。集英社の社是。「アンケート勝者が一番えらい」

はい。

せっせと書きました。「お返事」を。

一回お返事を書くと、お返事のお返事がくるので、それにもお返事を書きました。

読者さま用の住所録ノートを作って、アイウエオ順に「顧客管理」を徹底しました。

そのかたが何歳で、何年生か、ぐらいまで、データを蓄えていったのです。

(あの頃エクセルがあればなぁ!)

しだいしだいに膨大な数になり、わたしの日常は、原稿を書いているか、読者からのレターにお返事を書いているかが「メイン」になってしまった。一日百通返事を書かねばならないような事態に陥った時には、ついに字のきれいな友人に「バイト」を頼み、「お手紙の開封」「封筒の宛名書き」「わたしが直筆で書き上げた手紙をきれいにたたんでしまう」「切手をはる」「例のノートに何回めの返事かのチェックをいれる」などなどのナガレ作業を頼みました。でないと、とてものことに終わらないいんですから。

毎月、「年賀状」を書いてるようなもんだと思ってください。しかも最低三ヶ月に一冊は新刊が出るので、新刊を読んでくださった「常連」のかたがたから、またドッとお手紙がくる……。

でも、これが、この作業こそが、わたしをいちおー「人気作家」の立場にしてくれたのだ、とわたしは認識理解していました。なにしろ、アンケートの結果もさることながら、段ボール箱で送ってよこさなきゃならないほど「読者からお手紙がくる」作家を、そりゃー、編集部は「人気ものだ」と思わずにいられないですからね。

それに、読者さまから、直接の感想を聞けるのは、確かに嬉しいしありがたいことだったのです。ある程度までは。

ある時、どっかの地方で、サイン会がありました。

列に並んでくださったお若い読者のかたがた（九割女性）のひとりひとりの目をみつめ、にっこり笑い、握手をし、差し出された本に「お名前をお書きしましょうか?」とたずねます。いわれたら、漢字などを確認して、書きます。そして、サイン。握手。ちょびっとおしゃべり。「がんばってください」「ありがとう」だいたい連続三十人ぐらいこれをやると、脳みそがほとんど空転してきてなにもわからなくなるのですが、顔はニッコリわらったままです。若くなきゃできないですね。

さて。それから半月ほどのち。

例によって段ボール箱でドサッと届いたお手紙を、例によってバイトに頼んだともだちと共に開封し、お返事制作作業をしていたとちゅうのわたしの手がピタリととまりました。

——くみせんせい。先日は○○市におこしいただきありがとうございました。実はあの日わたしもサイン会にいきました。あえるの、すっごくたのしみにしてました。でも……せんせい、わたしのこと、ぜんぜんわからなかったですね。もう何度も何度もお手紙をやりとりしていて、楽しくおしゃべりしていて、わたしのことはわかってくださっている、わたしの名前はとうぜん覚えてくださっていると、すっかり信じ込んでいました。だから、サインをおねがいして名乗った時、「まぁ、あなただったの！　いつもありがとう」といっていただければ……きっとそうなると信じて、胸をたかならせながら、プレゼントの花束を持って、一時間も雨の中おとなしく列にならんでいた自分が悲しく、みじめでした。かえってから、くみせんせいのごほんをぜんぶ焼きました。もう二度とお手紙は書きません。あなたには失望しました。さようなら。

---

イイワケはできます。

同年代の女子の名前なんてね、そっくりなのがどんだけたくさんあるか！

たとえば、サトウさんが、タナカさんが、マリコさんが、エミさんが、どんなにどんなにオオゼイいるか！

その全員をかろうじて区別して、「返事」「返事」「返事」応酬を成立させていたのは、実は「書き文字」だったのです。

同じ「佐藤恵美子」でも、ひとの字は、ものすごく違います。

それはカオと等しいほど違う。

だから、「音で聞かされたサトウエミコ」でわからなくても、そのさとうさんが、いつも手紙をくれる時と同じ特徴をもった文字で「佐藤恵美子」と書いたものを差し出してくれてさえいれば、わたしはきっと「まぁ！　あなただったの！　たくさんお手紙ありがとう！」といえたし、ひょっとすると、立ちあがって彼女を抱きしめさえしたでしょう。

けど……わかんねーって！　そうでなくても、こっちゃ、笑ってニッコリサインしつづけるだけで、ぐるぐるのへとへとだったんだって！

「くそおおおお」わたしはニギリコブシを固めました。「……そうきたか……そこまでいうか……おぬしらはわしにそこまで求めるのか！」

なにしろ負けずぎらいですから、挑戦をつきつけられると、戦ってみないうちは「負け」をみとめられないんですね。

そこで、

「あーあ、チューガクセーの女の子のワガママにも困ったもんだよ。アンタにとっちゃー、あたしはひとりかもしれないけど、こっちは毎月、何百通も返事書いてんだよ。そんないちいち覚えてられるわけねーだろうが。そのくらいわかれよ！」

って、肩をすくめられるような人間だったら、よかったのかもしれないんだけど。

「だいいちね、あんたら『こんどのご本も買いました！』って、やたら恩着せがましくいうけどさ、おかみき一冊、たった二百四十円だよ！　そのうち印税といってあたしにはいってくるトリブンは十パーセントの二十四円なんだ。六十二円（当時）の切手をはって、封筒と便箋と用意して、ともだちにバイト料まではらって返事を書いてるわたしの、どこに、あんたらに借りがあるのさ!?　とっくに赤字なんだよ。モチダシなんだよ！」

なんつーことも内心は思ってるんですけども（もちろん、セッセと働いているわたしと、お小遣いをもらってるだけの読者のかたがたとの「可処分所得」の違いはね、そりゃわかってはいますけどね、「買ってあげてるんだからこれぐらいトーゼンでしょ？」「人気作家さんで儲かってるんだから、平気でしょ？」ってな感じにうけとめられている雰囲気を察知すると「……それは違う！　違うぞ！　間違ってる！」と思っちゃうんですね、反射的に。だいたいね、いっちゃなんですが、こっちは書くのが商売で、本来は書いたものって「四百字一枚いくら」って商品なのよ。それを、ロハで提供しているだけでも、すんごい「サービス」だって思ってほしいのよね、それが何百人で、しかもエンドレスに繰り返しだった日にゃぁ、あーた、出血大サービスって意識がこっちにあるのも、無理ないと思いません？）、それでも、「ちくしょう、負けるもんか」なキモチのほうが強いんですね。

（ちなみに中には返信用切手を同封してくださる読者とか、返信用封筒にきちんと自宅住所を書いてしかも名前のあとのほうに「行」と書いておいてくださる読者とか、「切手など同封いたしますと先生がご負担にお感じになるのではないかと案じます。どうか、お忙しいならば、お気になさらず、他の用途にお使いになってくださいね」なんてカワユイことといってくれるやつだって、いた、確かにいた！　そういう読者が、最初の頃には「すごく多く」やがて「だんだん少なくなっていく」のをわたしは確かに目のあたりにした。それは、小ジュ読者……年齢のわりにおとなびた文学少女→コバルト文庫読者……年齢のわりに幼くてちょっとミーハー――の変遷と、みごとに相関しているのであった）

だいいち、読者の「全員」が手紙くれるわけじゃないですから。わざわざ手紙を書いてくれるほど「愛して」くれたことに感謝しなかったらオレ、鬼じゃん！　って、わたし、思ってましたから。

「わかった。このミスは二度と犯さない。犯してなるものか。もう一度同じ轍をふみそうになる時、それはわたしが返事を書くのを完全に放棄する時だ！」

と、この時わたしは決意をし……

以後、「サイン会」がある直前には、徹底的に「予習」をするようになったのです。

そのサイン会の地方にすんでいる「しょっちゅうお手紙をくれるコ」の名前とデータを確認するのはもちろん、例の「読者住所録」にも、さらなるデータを加えていきました。同封してくれた写真をはるとか。どんな話題をしたとか。なになに高校の何年生だとか。何部に所属とか。どの作品のどのキャラが好きか、これまでのお手紙で話題に出たのはどんなことだったかとか。

（ああ……あの頃、エクセルと、モバイルパソコンがあれば！）

ノートは、出張先に持ってゆき、サイン会直前まで、何度も何度も確認し直した。

そして、サインをもとめるひとの名前を聞いたとたん、ハッとしたようにクビをかしげ、

「……鈴木宏美さん？　もしかして、〇〇高校の？」

「そうですー！」おどろくヒロミ。「うわぁ、覚えていてくださったんですかー！」

「ええ、もちろんよ。何度もお手紙ありがとう。こないだのタコ焼きの話は傑作だったわ！」

などとやらかしたんだからあたしも役者というか努力家というか。

ちなみに、最大時、わたしは、約二千名の読者少女のデータを、ほぼ把握・暗記していました。テストしてみたら、それぐらいでした。

フルネームと、都道府県名をいわれれば、「どこのどんな子でどんなカオか」八割ぐらいは正解できてました。さすがにミチバタですれ違ったぐらいではわかんないかもしれないけど、サイン会にきてくれたら、わかった（二十代の、しかも、やけっぱちに奮起した脳みそだからこそ、可能だったことでしょう）。

大量の「補充資料」をセロテープでくっつけられまくってぱんぱんにふくれあがったノートの背表紙がやぶれはじめた時、ふと、ドッと重たいものをオボエ、

「そろそろもう……限界かもしれない……」

そう思いました。

そして……「わたしはもう年賀状には返事を書かないからね」宣言を出しました。

数百通分の年賀状に返事を書くより、次の小説を書いたほうがいいんじゃないか、と、そこまできてよーやく、気がついたのでした。

バカですねぇ。ジャンプ方式をサカテにとって、要領よく「人気作家のふり」ができてるような気になって、実は「良い作品を書く」というもっとも重要なことに割けばいい、割かなければいけない、精神的エネルギーや自由になる時間をどんどんすり減らしていたのですから……。

でも、受験間近な読者には、どんな霊験があるか知りませんが勝手に作った「合格祈願」お守りまでいちいち送ったりしたし、「久美沙織通信」通称「くみつー」というものも何号か発行し

ましたよ。これは、一度に処理（ひどい用語ですみません）しなければならない要返事物件のひとつひとつに対してかけることのできる時間および手書きするわたしの右手の疲労を軽減するためには、「印刷物」をいれて、あとは「それぞれにひとことぐらい」書く、という作戦が正しい、と判断したためです。

そのくみつーの実物が、いまも、とってあります。

手書き文字と、ワープロ印字、あまつさえ、「ケシゴム」や、「スタンプ制作オモチャ」で作ったスタンプなどなどを使い、当時ウチのコピー機ではできなかった拡大・縮小をわざわざコンビニにいってやって、キリバリして作った写植原稿を、近所の「印刷所」（年賀状とか名刺とか作ってくれるとこ）に持ち込んで、数百枚、両面印刷した、その、残りです。

あの、ローテクな時代に、最大限努力した結果の「ですくとっぷぱぶりっしんぐ」じゃった。なんとか「見て楽しい、読み応えのある」くみつーを作ろうと、いやもうほとんど意地でしたね。つーか、いまこうしてこういう文章を書いてることとか、拙サイト『久美蔵』をせっせと更新していることとかでおわかりのように、よーはわたし、そもそも「ひとに向けてなにか発信すること」が好きなのね。できれば、サービスよく、相手がウケて喜んでくれるようなかたちで、それをやりたいのね。

この件には、いまはもうどこでなにをしているのか知らない当時のカレ。そのカレが、手伝ってくれたことも大きかったです。ありがとうタカハシ。いろいろあったけど、あの時いっしょに戦ってくれたことだけは忘れない。

でもって……

愛と憎しみはコインの裏表。

あまりに愛されるのは、憎まれるのと同じこと。

そして、くれる愛にせいいっぱい応えようと努力することは、へたすると、勘違いストーカーを作ってしまうようになること。

もひとつ。

数はそれ自体で暴力だということ。数の中には、こちらが思いもかけないような反応をしめす相手がかならず何パーセントか存在してしまうということ。

「最近、くみさん、冷たいよね」

「ちょっと売れたからっていい気になってるんじゃないですか？」

憎悪や怨嗟の感情むきだしの手紙を目にする機会が増えてゆきました。

いっしょうけんめい作っているつもりのくみつーでも「手抜き」といわれるのです。

「昔は、便箋何枚も、自筆で返事くれたのに、いまじゃ、ほんの走り書き一行だもんねー、人気ものはたいへんだよねー」

皮肉もいわれるし。

「こんにちはー。こないだお返事もらった小林有香でーす。すっごい嬉しくてともだちに自慢したらみんなも返事ほしいんだって。だから、このコたちにも書いてやってね。それぞれに別々のメッセージおねがいしまーす。ちなみに、ナナエとタカはいつも回し読みしてる仲間だけど、レイコとマミにはこれから布教しまーす。［……以下、四名分の住所と名前］」

……彼女たちは、本当の意味で、読者なのだろうか……？

……彼女たちは、わたしの本の、なにをどう読んでくれているのだろうか？

……わたしは彼女たちにとって、なんなんだろうか……？

静かな、しかし、強い、消せないつらい痛い疑問が胸の底に黒い沈殿を作りはじめた頃、わたしは人気の絶頂でした。六巻で終了する予定の『おかみき』は、売れるからもっと書くようにといわれ、一年の猶予を経て「高校篇」を書き足すことになりました。

そして、……時期はあるていど前後するかもしれませんけれども……その頃までに、唯川恵さんが、藤本ひとみさんが、そして、のちに桐野夏生さんになる野原野枝美さんたちが、われわれの「軍」にくわわっており、講談社は「対抗」文庫を作り、コバルト自身もまた、絶頂中の絶頂状態を迎えていたのでした。

## 3　蝶はここにはすめない！

愛と憎悪は裏表だと前回申しましたが、ファンのかたが「好きな相手」に対する感情というのはどうもそれの「極端な」やつに走りがちだ、というのが、「そういう季節」を一瞬の瞬間最大風速だったとはいえ過ごしたわたくしめの正直な感想であります。

松田聖子さんがトンカチで殴りかかられた事件とか、美空ひばりさまも硫酸をかけられた事件とか、もちろんジョン・レノン暗殺とか、なんか過去にもいろいろありましたが、いや、アイドルやスターのかたがたというのはほんとうにほんとうにたいへんだと思います。ひとの妄想をかきたてるのが宿命な商売なんだから、といえばそれまでですが。

「スキ」なあまり、「自分だけのものにしておきたい」あまり、チヤホヤされているすがたをみたり、他人と親しげにしている姿をみると、激しい嫉妬や独占欲をかきたててしまう……ものなのでしょうか？

いま思い出してもいちばんゾッとしたのは、「ファンレター」にまじって、なにやら分厚くフカフカしたデカめの封筒が届いた時のこと。「あーら、ひょっとしてTシャツとかでも送ってくださったのかしら？」とるんるん気分であけてみたら……わたくしめの本が……確か『おかみき』の一冊めだったかと思いますが、メチャクチャに切り刻まれ、しかも、「灯油」か「ガソリン」のようなものをかけられているのでした。その切り刻みかたがねぇ、また、「ハサミでやったな」ってはっきりわかるものなのですね。カッターとか、ムカシ学校によくあった「裁断機」とかそーゆーもんで「バッサリ」一発ならまだわかるんですけど……文庫って、ハサミで切ろうと思うと、けっこうたいへんですよお。ちからいります。根性もいります。手が痛くなりますよう。それをやって、ほんとにこまかくコナゴナに近くなるまでやりぬいて、しかも、なんだかわかんないけど「揮発性」のみょーな物体をかけた。それほどの「負のエネルギー」を、わたしのいったいなにが誘発してしまったのでしょう？　……中にはなんの「手紙」もはいってませんでした。「差出人」のとこには、住所とお名前が明記してあったんですが（それがほんとかどうかははかりしれませんが）これが、例の分厚い住所録を調べても見当たらないし、いくら考えても、ぜんぜんまったく少しもなんにも、こころあたりがないんですねぇ。

これにはさすがに強気のわたしも往生し、すぐに担当に電話をかけて、「こわいもんが届いちゃった、送り返すから、そっちで処分して！」と頼みました。まんまんがいち、自宅のゴミ捨て場を「チェック」とかされて、その始末についてさらなる「おしおき」をされたんじゃあたまんない、と思った、……というか、正直「ほんまにこわかった」です。

以来、「すまんが、わたしあてのレターはかならず開封して、ブキミなもんとか、いやなもんとか、わたしがみると落ち込みそうな悪口とかが入ってないか確認して、ないやつだけ送ってくれ。わたしにみせないほうがいいだろうと思うものは、そこで握りつぶして、そういうもんがあったということも、こっちには一切知らせないでくれ」と頼むようにしました。ズルですが。そうでもしないと自衛できませんですもん。なにしろ原稿の真っ最中とかに、いきなりドツボに落ち込んじゃったりしようもんなら、シメキリやぶりますから。

もういっこ。それに比べると、「こわい度」は少ないといえば少ない、いや実は多かったのかもしれないのは、あれは、確かバレンタインデーだったでしょうか？　それとも、ひょっとしてわたしの誕生日だったでしょうか？　ある朝、早朝、六時ぐらいですかね、当時すんでいた下北沢のアパートのベルが「ぴんぐぽんぐー」と鳴ったのですね。

ちなみに当時（大学を卒業して、例の修道院付属女子寮でも無事四年間のおツトメをツトメあげ）あっしがすんでたのは、一階がクリーニング屋さんで、二階と三階をアパートにしてひとに貸している、という状態のとこの三階で、道の向かいには「成徳学園」という、いま日本の女子バレーボールのエース少なくとも二名（木村沙織選手と、大山加奈選手）を輩出した名門校があったりなんかしました。月曜の朝とかは朝礼の「……まっすぐ並びなサーイ！」なんて拡声器罵声で否応なしに起こされてしまう、という健康的な環境だったです。駅から近かったし。

その後、このクリーニング屋さんとアパートはファンションビルに立て替えられてしまった。

このクリーニング屋で現役バリバリで働いていたじいちゃんつまりわたしにとっての「大家さん」は、時代劇に出てきそうな日本男児というか、国粋主義者というか、国民の祝日になるとデカデカとヒノマルをかかげるかたで、わたしがモノカキだと知ると、「ちょっときなさい」とおウチにあげてくださって、すでに自決なさっておられた「ミシマユキオせんせい」の御ジキヒツ

（額入り）をみせられたりとか、なかなかおもしろかったんですが（当時は、毎月、きまった日にお家賃を直接オオヤさんにワタシにいくシステムだったりもしたので、オオヤさんとタナコにはかなり交流があったわけですね）じいちゃんがヒマだと、ヤマトの国が世界の中でどんなに特別で素晴らしいかについてなど、いっぱいかたっていただきました。たぶんビルが立て替えになったのはあのじいちゃんがお亡くなりになったからだと思います。アーメン。じゃなかった。成仏してください。きっと靖国神社の英霊と、天国……じゃないのかな、エーと、極楽？　で、「あの時ミッドウェーでうまくいってさえいれば……」とかって「タラレバ」の話で盛り上がってるにちがいないと思います。

そんなじいちゃんのオオヤさんがいて、なにしろじいちゃんですから朝が早い。きっとまたなんか急用なのにちがいないと思って、あわててパジャマにドテラかなんかひっかけて、ドアをあけてみたら……知らない男の子が立ってました。メチャ思いつめた目をして。じみーな、いかにも当時の「学生」というか、むしろ「浪人生」みたいな雰囲気の服装・髪型・ルックスのかただった、ということしか覚えてないです。

「…………」

無言で、差し出されたのは、花束だったか、なんか小さなプレゼントの箱だったか。

とにかく驚きかつ動転したわたしは、それをうけとり、「どうもありがとう、でも、すみません、まだ寝てたし、お化粧もしてないし……ごめんなさい！」とかなんとかいって、にっこり笑いながら、ドアをしめ……へなへなと腰を抜かしました。

なんでだ？　なんで住所がわかったんだ？

なんと、恐るべきことに、その当時、「小説ジュニア」には「作家の現住所」が載ってたんですよお！　作品のおしまいのほうの欄外に。すぐさま厳重抗議しましたけどね。おかげさまで、以後、作家へのおたよりは編集部気付にするように、というふうになりましたが。

直接ジタクに（事前の連絡なく）押しかけてきたのはそのひとだけでしたが……その程度のことですんでラッキーだったと思いません？

これらのことがらに比べると、たとえば最近どっかでバッタリ知り合うひととか、たまさか予約をいれたオーベルジュ（宿泊施設）の予約担当のひとが「ムカシ、ファンだったですー！」っていってくださるのにはもう耐性がつきました。

ムカシってどうよ？　わたしはいまでも現役なのよ！　そう叫びたいキモチは、いまではちっこい丸い石になって、トゲトゲのところも丸くなり、胃の底のほうに落ち着いております。

みなさん、「ムカシ」好きだった作家にあっても、「ムカシ、スキだった」とはあんまりおっしゃらないほうがいいですよ。せめて「これこれという作品がすっごく好きです」にしてあげてください。過去形はやめてあげてください。あなたが思う以上に相手は傷つきますから。それはそれはグッサリと。

さて、話が前後していつの間にか下北沢にひっこしてしまいました。こうなるのはほかでもない、実はわたしは大学を卒業するまではほとんどモノカキらしいシゴトはしてなかったのです。

大学卒業しました。修道院付属女子寮も出ていかなきゃならないことになりました。

二十二歳です。

ほんとは、親は、盛岡にかえってこいとゆーたのです。

しかし、かえっちゃうとねー、ぜったいマジで書かなくなるな、と思った。

シゴトしてる、勝負している自分というのは、既に、高校生までのわたし、親に「わたし」としてみせていたわたしとちびっとズレてる。親元にかえってしまうということは、そのズレを、自分でビミョーに使い分けながら生きてかなきゃいけないってことで、それはどうもHP、MPを激しく消費しそうである。

しかも、なにしろ集英社は一ツ橋にある。チンピラ作家は、なにかというと、呼び出されます。呼び出された時にはホイホイ、と素早く腰軽く出かけていけないと、ちっちゃなシゴトでももらえない。ちっちゃなシゴトというのは、ホラ、例の「愛の告白体験記」とかそういうののデッチあげとか、そーゆーこと。あと、新人賞のシタヨミ。一本読むと(当時)千円だったかなぁ、それとも千五百円だったかなぁ。すっっっごいありがたかったですよ。

なにしろ、プロデビュー一年目のわたしのモノカキ収入は三十万円ぐらい、二年目が七十万円ぐらいでしたから。三年目からよーやく、三桁万円になんとかなった。

これじゃ、バイトでもしないと、東京でひとり暮らしなんかできゃしません。

残りたい、就職しないで、小説家でやっていけるかどうか勝負してみたい、と申しますと、親はもちろんイイカオしませんでした。

そこで「三年。三年まってくれ。三年の間に、家賃が払えなくなるとかなんとかで、助けをもとめたら、そっこーで盛岡にかえって、見合いでもなんでもする。とりあえず、いまは猶予をくれー！」と頼み込んだのでした。

幸いにも、その三年はコバルトが極端な右肩上がりの成長をやっている時で、わたしもかすかながらオコボレにあずかって、毎月七万円ほどの家賃を遅れずに払い、光熱費等も払っていくことができたのでした。まだ文庫は二冊かそこらしか出てなくて、ぜんぜんまったく無名だったですけど。ほら、学研でバイトしたりとか。

ただ、『ガラスのスニーカー』を書いて、それが文庫になったことで、突然音羽方面からハナシがきたんですね。『ガラスニ』は、マジメイッポウでみなりにかまわなかった女の子が、突如、美容とかお化粧とかにめざめて、ふたりのオトコをテダマにとりながら（？）出世していく、みたいな、わらしべ長者もどきの（？）ハナシだったんですが、これが、とある女性編集者の目にとまった。

こんどうちで「Be Love」というレディスコミック（↑革新的でした。少女マンガ以外の女性マンガの嚆矢といっていいでしょう）雑誌を創刊するんだけど、それに、なんか笑えるエッセイみたいなの書かない？　毎月、みひらき二ページで。

はいはーい！　とひきうけたわたしは、その頃からナカヨシになっていた（パーティでみかけてヒトメボレした。前からそのひとのマンガはカッコいいと思っていてペンネームを覚えていて、近くのひとに「あのカワイイの、誰？」と聞いたら藤臣柊子さんよ、といわれて、猛ダッシュでかけていってストレートにも「おともだちになってください！」と頼んだのであった）柊子といっしょに、アホアホエッセイ「やだ！　はずかしい」の連載を開始することになるのです。いやー楽しかったです。毎月好きなだけヨタを書いてたんですから。柊子のマンガもかわいかったし。んで、打ち合わせと称して、ビーラブの担当女性Kさんとその部下の男性と四人で六本木はイモ洗い坂のとあるカラオケ屋にくりだしては、歌いまくって騒ぎまくっていたのでした。バブルのはじまりの頃だしねぇ。ちなみにそのカラオケ屋さん（正確にいえば、バー）のもうひとくみの常連さんが中央競馬会さまつまりＪＲＡ（ジャパン・レッド・アーミーと読んではいけない）で、いっつも背広すがたのなんだかオカネモチそうなかっこいいおにいさんたちがいて、わしらアホなふたりぐみが「ながさきぃんわー、きぉおおもぉぉぉ、あ、め、えだぁたぁぁぁ（↑柊子のもちうた）」をやるとヤンヤと喜んでくださったものだったりします。のち、ていうか去年、柊子があたらしくなった府中競馬場の案内小冊子の取材と絵を担当したりしたのもなんつーか、遠い遠い縁なんでしょうか？

ちょっとまて。音羽には縁がなかったはずではないのか？

はいすみません。嘘つきました。っつーか、ただのエッセイだし。「小説」書かなければそんなに問題にはならなかった。さすがに、いちいち「音羽方面からこういう依頼がきたんですけど、ウケてもいいですか？」と聞かなければならないほどの「ちから関係」ではなかったですから。

楽しかったですー、ビーラブ時代。なにしろレディコミのはじめみたいなもんだったので、いろんなことがありました。沖縄旅行（ご優待サービス価格）の企画がもちあがったのにヒトがあつまんないんだよーといわれて、すかさず、「なかま」をつのって出かけていったり。そうそう、この時、おーちゃん大原まり子ちゃんもいっしょにいってるんだよな。しかし、ビーラブの編集長がかわったら、わしらのページは「クビ」になってしまって、終わってしまいました。一冊にまとめられないこともない分量はあったのですが、需要がなかったのか、単行本化のハナシはまっっっったくありませんでした。わりと面白いことやってたと思うんだけどな。ちゃんと「毎回のそのページ」は切り取ってとってあるので、もしかしたらそのうちサイトかなんかで紹介しますよ。なにせハナシが古いので、笑ってもらえるかどうかわかんないけど。

そうだ。あんなに楽しかったのは、Kさんが「おねえさん」だったからだと思う。わしらよりたぶん五つかそのぐらい上だっただけだと思う。おとうさん年代の担当編集者しか知らなかったわしらは、ようやく、「自分たち」にかなり近い、それでいて自分たちよりちょびっと「世間知や社会性」のある司令塔を手にいれたわけですよ。そりゃー、新鮮な感覚でしたね。

で……。

下北沢。

なぜシモキタにすむことになったかというと、これがまったくもって「神のお導き」としかいえないのです。母の大親友「恵子ママ」とその旦那さま（子供はいなかった）がシモキタにすんでた！　ただそれだけが理由だった。よーするに母としては、鉄砲玉で爆弾ムスメなこのワタシが、あまりにアホなことをしでかさないように、恵子ママのナワバリにおいておいて、なにか困ったことがあったらすぐにいけ、「時々、恵子ママのところでゴハンも食べさせてもらいなさい」などと指令したのでした。

わたしはちっちゃい頃から「イキ」で「カッコいい」恵子ママがダイスキでダイスキで、恵子ママの旦那さまだったマツシマノオジチャマもダイスキでダイスキで、ですから「恵子ママのそばにいろ」という指令には、逆らうつもりはまったくありませんでした。

そして、下北沢には、なんと、パラレル・クリエーションがあったのです。

パラクリについてはだいぶ前にちらっと書きました。

ごくごく大雑把にいうと、これは地元の（実はシモキタではなく東北沢にお住いなのですが）豊田有恒せんせいが、若手SF作家たちに、互いに協力し合ったり競争し合ったりするような場を提供しよう！　とお作りになられた場所です。いや、でした。コピー機とか、ゲーム機とか、その当時「出現したて」のハイテク器材も、いち早くそこでさわることができました。

パラクリに所属していたメンツ、出入りしていたメンツを、思いつくままにあげると、星敬さん、岬兄悟さん、火浦功さん、とり・みきさん、ゆうきまさみさん、コマケンつまり小松左京研究会の面々、特撮関係の面々、SF関係各誌の編集部のかたがた……、そして豊田さんちの奥さん「チャコ」さんはじめムスコさんたちムスメさんたちと、大原まり子姫。

パラクリのあるマンションの別の部屋には、いつの間にかブッちゃんこと出淵裕さんがすんでて、そこにいくと、LDのキカイと、すごい名作映画のコレクションがありました。『肉弾』も『クラッシャー・ジョー』も、そしてあの名作『うる星やつら2　ビューティフル・ドリーマー』も、わたしはブッちゃんのへやで生まれてはじめて見ました。

同世代作家があんまりオオゼイいない……と思っていたそのさなか、わたしはここでいきな

たのですよ、なんとなくですけど。「SFマガジン」が「SFマガジン」であることの魅力とかね、そういうもんが。わたし個人としては、ここでまず「同世代」にあってしまったわけですね。そんなにうんと毎日いりびたっていたわけじゃなかったけど……。「科学者」鹿野司さんにパソコンをおそわったり、シモキタじゅうのオコノミ屋さんを制覇したり、いろいろやったなぁ。ついに辛抱たまらなくなって富士通FM7を買い、ぴー、ぴぷー、ぷるるる……と「データレコーダ（という名のカセットテープレコーダー）」のつぶやきを五分ばかり聞いてから、「なんとかBEE」という、ひたすら蜂を打ち落とすというゲームなどに熱中、おーちゃんをつれてきてそれをさせて彼女もパソコン道にひきこんでしまったり、シモキタでいっしょに飲んでたハヤカワ（当時）のK氏（いまは「コンプティーク」かな）と、まったく同い年であるばかりか、まったく同じ甲斐バンドの武道館コンサートで、わたしは観客、カレは「バイトのガードマンつまり客を押し返す係」をやっていたことを知って思わず感動で抱き合ってしまったり、♪ヒーロー、ヒーローになるとき、アーハー、それはいまー！　と、アパートの隣のひとから文句つけられそうな声でうたいまくったりしたなぁ。そしてわたしらは語り合いました。おれたちはまだまだ路地裏のチンピラ（『路地裏の少年』！　ハマショー浜田省吾さまもだいだいだいだいだいすきだったですー！）さ。でも、あすはヒノキになろう。あすなろう！　……アー恥ずかしい、キタガワエリコじゃあるまいし。

ま、青春ってやつが、そこにはあったわけっすね。

で、ですね。

禁じられていたはずの「他社でのシゴト」にわたしはとうとう手を出してしまったのです。

それは、あの憧れの「SFマガジン」でした。

「ＳＦマガジン」との出会いは、中学生の頃で、マタイトコにあたる親戚の男子シンちゃんの家に母親につれられて遊びにいったらそいつの本棚にそれがズラーっとならんでいて、「こんなおとなっぽい本を読んでるのか！」と驚いた、というのが最初でした。

で、前にもいったけど、高校生の頃には、別のいとこの本棚から、『愛に時間を』とか『異星の客』とか『アルジャーノンに花束を』とかを借りてきては、せっせと読んでいた。

……すごい……！

というのが、まだアマチュアで、ウブだったわたしの、ナマの感想です。

そーいえば、もっとちっちゃい頃には、メアリー・ポピンズとか、ナルニアとか、ドリトル先生とか好きだったわけです。それはＳＦというよりはどっちかというと「ファンタジー」ですけども、ようするに「いわゆる中間小説以外」ということでいえば、いっしょ。

でね。コバルトには、素子ちゃんがいたでしょ。

そこで競いたくなかったのね。

もし、ＳＦとかファンタジーを書くのなら、ハヤカワで書きたい。

いつしか、そう思うようになっていたのです。

なぜなら……コバルト編集部にはＳＦまたはファンタジーが好きでよくわかる人がただのひとりもいないことがそれはそれははっきりしてたし（当時は。今は知りません）、その頃のコバルトの読者には、わたしが「サイコーだ」と思うようなタイプのＳＦもしくはファンタジー小説はたぶんウケないだろう、と、容易に予測がついたからです。そんなとこで書いてもしょーがない。

幸いにも、コバルト編集部は、「ＳＦマガジン」に短編を発表することに関しては、まったくぜんぜんなんにも関与してきませんでした。

「どーでもいい」と思ってたみたいです。そこで書いたわたしの作品が、明らかにコバルト向けでなかった、ということもあったでしょう。

その頃あっしが書いたもんは『あけめやみ　とじめやみ』（ハヤカワ文庫ＪＡ）で読めますんで、よかったら読んでくだせぇ。すげぇワカガキで恥ずかしいけど、「理想」とする、「こんなのやりたい」を、けんめいにやってたりするニオイは感じていただけるのではないかと思います。

でも、自信、まるでなかったんです。

だってさぁ。五〇年代ＳＦって、名作の宝庫なのよ。そりゃもう、すごいのなんのって。アシモフさまひとりだってすごいのに、ハインラインさま（↑やや軍事系すぎるけど）だけだってすごいのに、それからまた時代を経るに従ってどんどこどんどこもっともっとすごいかたが出てくるのよ。

ハードルが高すぎる……

こんなスゴイものはわたしにはとても書けない……

だって科学的知識もないし、歴史とか、文化とか、わかんないし……

こんな「すごいもの」を読んできた読者のかたに向けて、書けるものなんて、ない……。でも、やりたい!!

どーしょーもなくそう思ってしまうわたしは、その頃自分が、「いまのコバルトの読者の好み」

からだんだん離れてしまっていることをヒシヒシと感じずにいられなかったんですね。

もう一度、あくまで読者ウケする方向に軌道修正することはできなくはない。

そのぐらいの器用さはある。かろうじて。

でも……わたしはほんとうにそうしたいのだろうか？……？？？　どんなに読者が少なくても（「ＳＦマガジン」とコバルトの読者の差はケタでふたつぐらい違ってたと思います）ほんとうに自分がやりたいことをやるほうがシアワセなんじゃないだろうか？　でも家賃が払えなくなったらどうしよう？

三年間に一度でもムシンしてしまったら、盛岡にかえってお見合いかもしれないのよ……!!

見合い（ムンクのポーズ）。

そう。およそわたしなんかに見合いなんかさせたってろくなことにならないことはわかりきってると思うんですけど、一度だけ、話がきたことあったんですね。寮にいた頃ですよ。二十歳になる前じゃなかったっすかね。

相手は歯医者さんだったかなぁ。オカネモチっぽかったですよ。わたしはカオも知らないです。で、その野郎は、わたくしめの写真をみ、「かけだしの小説家だ」ということを聞くと、おっしゃったそうです。

「ああ、文学ですか。上品な良いシュミですね。ぼくは反対しませんよ。家事のじゃまにならないていどなら、続けてもらってもかまわない」

電話でこの伝言を聞いたわたしは、うっかりそれを耳にしてしまったシスターたちが思わず顔を青ざめさせ十字を切るようなタンカをきって電話をたたきつけ、仰天するみんなにガンをとばしながら、ついでにあたりじゅうのものを蹴飛ばしながら、イカリの咆哮をあげましたね。

いまだにその時のハラワタの煮えくり返るような感情を思い出しますね。

世の中には傲慢なやつがいっぱいいるとは知ってましたが、めんとむかって（ではなくて伝言なんだけど）イッコの人格に対してこんな失礼なことを平気でいってなんら自分では悪気のないつもりなやつに出会ってしまって、地獄の炎をあびたような気になりました。

あんたにとっては「オレの内助の功をチャンとつとめて家事の片手間にやってるぐらいならいいシュミ」かもしれないけど、これはわたしには、自分そのもの、人生そのものなのよ！

こんな野郎をオットと呼んで暮らさねばならないぐらいなら、わたしはミカン箱で四畳半で極貧でひとりぼっちでもモノカキを続けてやる！

そう思いましたね。

というわけで、「見合い」というコトバはわたしにはほとんどトラウマというか、前門の虎後門の狼天に怒りの天使軍勢地には血に飢えた死神の山、という、最悪の状況そのものをさすのでした。

のち、ドラクエシリーズで、何度も「世界を救うため、悪の大王と戦う」経験をイヤというほど積んだわたしですが、そのたびに「勇者」になりきり、「勇者」に憑依されたような状態になっていましたが、それは、確かに苦しかったけど、ものすげー喜びでもありました。そーゆーふーに生まれちゃったんだからしょうがねーす。

それと比べると、

おとなしく、ふつーの「きちんとしたおうち」の奥様におさまる、これは、わたしには、まったくぜったい「ありえない」、そんなになって平穏という名のぬるま湯の日常をなんら生産性のないルーティーンな家事だけをソツなくこなしながら生きていくぐらいなら、とっとと舌かんで死にたいようなことなのでした。

自分のやりたいシゴトはしたい。

でも最低限生活できるだけのカネは儲けなきゃならない。

そして……手書き原稿はワープロになり、じーこらじーこら一行ずつ出していて一冊分にほとんど一晩かかるプリンターは、「うおーはええ！」なレーザープリンターになり（五十万円しました）やがてインターネットな世の中になっていくのです。

ただお話を書いて、ゲンコウのかたちにして、編集さんに手渡すためだけにも「投資」が、それもどんどん新しい「投資」が必要な時代がやってきつつありました。

いったいわたしはどうしたらいいの。

## 4　シタヨミ職人たちに花束を

わたしら世代の作家には、いきなり文庫デビューはありえなかった、とは以前に申しました。まず雑誌に短編を掲載してもらい、少しずつ実力（？）をつけていって、一冊分ぐらいの分量の作品を書いてみて、それを編集さま（おじさまたち）に読んでいただき、なんだかんだとダメだしを食らう。ダメだしにもいろいろありまして、そもそもその作品の存在意義（と作者が勝手に考えている部分）を否定されてしまったりすることもあり、そーなるともう「書き直し」ですむ話ではない。しょうがないから、それはオクラ入りさせて、永遠に闇に葬って、まるで別なものを書く。というようなことを何年かやっていくわけです。

いくらいまよりは日常の生活費が安かったとはいえ、これでは食べていけません。で、実際会社などにおつとめになりながら、「余暇」を利用して作品をコツコツ少しずつ書いたり、「♪ほ～れトコトンほれトコトン」の他社に「バイト」の口をみつけたり、読者からの応募のハズの扇情的「告白体験記」をデッチあげてこっそり原稿料をもらったり、大学在学時代は寮生活なので親がかりだったりとか、まぁいろいろしながら糊口をしのいだわけですが、そんな中、もっとも美味しいバイトのひとつが「新人賞の一次選考」だった。

コバルトに人気作家が誕生し、本屋さんにコバルト専用のタナができ、新刊はヒラヅミでセンデンしてもらえるようになると、青春小説新人賞への応募総数はウナギノボリに増えたのではないかと思われます。すると、編集部から電話がきて「一次選考やってくれる?」とたずねられるわけです。もちろんやりますと答えます。すると、数日後に、段ボール一杯の未開封の応募原稿が「どさっ」と届きます。だいたい五十編ぐらいでした。そうです。未開封でした。いま、各社がやっている新人賞ではどうか存じませんが、少なくともわたしが「ド新人のぺーぺー」だった頃は未開封でした。

たまさか偶然にもわたしのところに届いてしまった原稿は、わたしがハサミで開封し、読んで、「ハシにもボーにもかからんなコレは」と判断すると、その原稿は「二度と誰の目にもふれることなく」燃えるゴミの日にナカミがわかんないように(特に住所など個人情報が見えないようにして)捨てられる運命でした(だからひとつの封筒に二作品以上いっしょに入れるのはゼッタイにやめたほうがいいです。いくら送料が余分にかかっても。なるべく郵便局に持ってく時期もズラしたほうがいいです)。

もちろんレポートのようなものは作成します。確か、応募者の年齢と性別はチェックして提出することになっていました。判断基準に関しては編集部からそのつど「お達し」がありました。詳しい内容に関しては、うろ覚えなのですが、

Aランク……即刻デビューできるレベル・作品。多くても五編程度。全体のトップ五~十パー

セント。

Bランク……編集部がコンタクトを取って、はげまして、次作品を書かせてみるべきだと思われるもの。いわゆる「一次選考通過」で雑誌にタイトルと名前を掲載するもの。多くても五編程度。Aランクの次の十パーセントのレベル。

Cランク……一応読めるが、内容に問題がある（サベツ性が強いとか、文体が古すぎるとか、明らかになんらかのパクリだとか）もの。名前と住所などは控えて編集部に送り返していたかも。

Dランク……読みにくい、あるいは読むのがあまりにも苦痛なもの。小説の暗黙のルール（会話はカッコで閉じるとか、「、」「。」を時々つけるとか、そこそこ段落わけをしておくとか）を理解していないもの。中には、「右とじ」ということがおわかりになっておられなかったのか、学校の出席簿に使うような黒いぶあつい紙で表紙をつけてきっちり「本」のかたちに綴じてこられたのもありましたっけ……大切になさりたい気持ちはわかりますが、ここまで「へん」だと、既に、読むほうは「ヤバイなぁ」と先入観をもちますです。

Eランク……それ以下。

ってな感じだったと思います。わたしら一次選考読み（シタヨミともいいます）が「編集部に返す」べきものはAとBのみで、たまに「すみませんがわたしには判断できないので、他のひとにも読んでもらってみてください」なものをつけたす、みたいな感じでした。

でもって、アトのことはよく知りませんが、たぶんまず編集部で二次選考をやって、ある程度まで数をしぼりこみます。一次選考を担当する人間が少なくとも十人ぐらいはいますから、ひとり五編ずつ返送したとしても、五十編残っちゃいますからね。なにしろ未開封で、たぶん到着順でくばるので、一次選考担当者の全員のところに平均的に同程度のレベルの作品がバラけるとは限りません。やたらレベルの高いひとばかりが集まってしまってれば、点がからくなります。そうではないかたがたのが集まってしまえば「うーん……とてもAとはいえないけど、中では一番コレがマシかなぁ」というのなどが返送されることになります。この五十編は、さすがに何人かでマワシ読みをし、評価をつける（たぶん）。そうして、ようやく連戦を生き残った最後の五編かそこらが「最終選考委員」のもとに届けられ、そのひとたちが時間をかけて丁寧に読んで、集まって討議をし、大賞とか、佳作とか、今回は受賞ナシとかを決定するわけです。で。

セチガライ話になりますが、この一次選考で「ひと封筒」読むと、千円いただけました。確か途中で千五百円になったかな？　そりゃあもうあなた、助かりますよ！　だって、文庫本一冊出てるか出てないかでゾーサツなんて夢のまた夢。雑誌に次にページをわりあててもらえるのかどうかもわからない、まるでなんの保証もない、ほぼ無収入に近い身の上。それが、ただゲンコウを五十編読んで感想をいえば五万円いただけるんですぜ。応募総数があがると、「今回はなんかすごくて、ヒマだったら、できるだけたくさん読んでほしいんですけど」なんて編集部からいっていただけることがあり、「読みます、読みます、あるったけ送ってください！」っていいますよ、そりゃ。

毎月百通ぐらい、コンスタントにシタヨミがあったらいいのに……と、当時の（どビンボーな）わたしはホンキで思ってました。

だってさ。

ここからは、当時の応募者のみなさまから呪詛と憎悪の嵐をうけそうですが、正直に申します。経験というのは恐ろしいもので、作品本文を二行読んだとたんに、いや、梗概（あらすじ。コーガイというのがアラスジって意味だって理解してないとしか思えないものがかなり多かったですねぇ。全体のアラスジじゃなく、「文庫のカバーのめくったとこ」にあるように、ヒキのとこまでしか書いてないやつとか）をみたとたんに、いや、タイトルをみたとたんに、いや、開封したとたんに……いえ、さらには応募原稿の「おもてがき」をみたとたんに、まるで占い師か超能力者のように、「あ、これはC以下」ってわかったりするんですね。

この確信は、九十九パーセントの確率ではずれません。

なにしろ根はマジメなわたし、しかもチンピラのペーペー作家ですから、最初の頃は、どんなに苦痛で目と脳みそへの暴力（だって手書き原稿なんですから）であっても、なんとか最後まで読み切ろうとしました。ありがたいバイトでしくじりたくなかったですし。

（のちに超流行大作家になるかたの修行時代のやや未熟な作品をうっかり見落としてしまって、事情通の間ではひそかに「戦犯」扱いされているシタヨミあるいは編集者も皆無ではないようです。わたくしめの知っている例で申しますと、某社の編集のかたが、天下の内田康夫先生にはじめてお目にかかった時に「江戸川乱歩賞に応募してくだされればよかったのに」といってしまって――しまったこれじゃ某社にした意味がないな――（応募したけど、あっさり落選させられたんだよ」といわれて、青ざめた、という話を聞いたことがあります）

とにかく。

あの頃の応募制限は確か百枚ぐらいだったかなぁ？

ワープロもパソコンもなかった頃、手書きで百枚しあげるっていうのは、それだけで、たいへんなエネルギーです。情熱です。きっとすごい思い入れをして、たくさんの時間をお使いになって書いておられるでしょう。だから、できるだけ、どなたのどんな作品にでも、ひとつでもいいところをみつけようと必死になりました。

でも、何回か体験してからは、すみません、告白します、あまりにもあまりにも読みにくすぎるものは、十ページぐらい努力をするのがせいいっぱいで「やっぱアカン……すまんけど」と見切りをつけてしまって、「ダメ」のハコにほうりこみ、サッサと次の封筒を開封するようになりましたです。なにしろいくら割のいいバイトといっても効率よく読まないと時間ばっかとられちゃうし、いっちゃなんですが、ヘタは伝染します。あまりにも難解というか意味不明な日本語をムリやり読むと、頭がウニウニになったり、吐き気すらしてくることもあり、自分のシゴトにすごい悪影響あたえちゃうってことにも気づいちゃって。

わたししかみない、わたしが「ダメ」と判断してしまったら、その存在は闇に葬られる、その恐ろしさを重々自覚した上でも、読めないものってほんとうにどうしても読めないんです。ムリに読もうとすると、マジ具合悪くなってくるんですねぇ。どうしてもニガテな食べ物をムリに口にいれて、飲み込もうとするのを想像してください。表現は過激ですが「おえっ」ってなっちゃう。ほとんど反射的な生理的反応ってやつが、きちゃうんですよ。ほんまに。

ということはです。偶然にも、C以下の作品ばっかりを効率よく（？）うけとっていれば、「アッ」という間にしごとすんじゃうわけです。ヘタすると、「ものの数分」で千円稼げます。こんな割のいいバイトはめったにあるものでありません。

でも、読書好き、自分もまた修行中・勉強中の新人作家であるわたしとしては、「読んでおもしろい作品」にめぐりあたるほうがそりゃダンゼン嬉しいんです。自分が発見（！）した作品がみごと大賞をとったりすれば、まるで馬券でもあたったように嬉しいです。だってそもそも読むの好きなんですから。コバルトを愛してましたから。うまくて達者な作家のひとにどんどん仲間になってもらって、みんなで盛りたてていきたい！　って。優等生ぶってるって思われるかもしれないけど、本気でそう思ってましたから。

よく、強力なライバルになるかもしれない人間はツブそうとするにちがいない、って疑惑をもたれるかたがあるみたいですが、そんなことはまずありません。つまんないモノを書くやつに腹をたてることはあっても、おもしろい作品はちゃんと評価します。ホメます。でないと、自分の「読解力」を信じてもらえなくなるし。どの新人賞でも全員が全員ぜったいにそうだとは言い切れませんが、ライバルを蹴落とそうなんてことを考えて選考委員をやっておられるかたは、たぶん、おられないと思います。ていうかそう信じたいです。

で、
ウブだったですから、わたし。

いま考えると、そんなことやっちゃいけないことだったのかもしれないし、少なくとも間違いなく「たぶんやらないほうがいいこと」だったんですけど。

「惜しい……」と思うひとには、お手紙、書いちゃったりしたんです。個人的にコンタクト取っちゃったんですね。全員じゃないですよ。そこまでわたしもヒマじゃなかったし、優しくないですから。ただ、「ううううん、こいつ、なまじ自分を固めちゃってるから、このままだとこのアヤマチに気づかずにまた同じタイプのを応募してくるぞ！」と思ったりすると、つい、オセッカイをしたくなっちゃったりしたんですね。

あなたの×××という作品を読みました。工夫もいっぱい感じられたし、情熱に感激しました。でも、ここがへんです。ここもおかしい。こういうクセはなんとかしたほうがいい。字はできるだけ丁寧にきれいに書いてください。判読できない漢字がたくさんありました。封筒の宛名もへんです。編集部「様」っていうのは、日本語レベルが低いのを露骨にしめしてしまいます。「御中」にしましょう。やぶれやすい素材の封筒とか、サイズがあまりにギリギリでハサミで切るとゲンコウのハシッコが切れちゃう封筒とかはやめてください。原稿を書きながらポテトチップスやチョコレートをめしあがるのはいかがなものかと思います。蚊をつぶしたり鼻血が出たりして汚してしまったら、その紙はおねがいですから書き直してください。シメキリぎりぎりになってからあわてて応募するぐらいなら、もっとゆっくりあわてずに書いて、ちゃんと推敲して、誰かおともだちとか家族とかにも読んでもらって、アドバイスうけて、しばらくしてから書き直して、次のチャンスの時に応募してください。どうしてもギリギリになるなら、簡易書留にして速達にするのをおすすめします。原稿を大事にしているんだなぁって感じがしますからね。

などなど。

個人ごとに、その相手の個性をなるべく尊重しつつ、自尊心を傷つけないように配慮しつつ、でも「ここが欠点」と指摘してあげよう、としたのです（あーオセッカイ）。

ちなみにもちろんジバラです。ふうとうびんせんゆうびん切手などなどは。そしてもちろんわたしの時間も。

ただ、一作品千円の「判断料金」があまりにも高額でありがたくて申し訳ないので、せめて、なんらかのかたちで誰かの役にたちたい一心だったのです。

ホラ、自分の「拾ってもらった」デビュー作品が、もうちょっとで闇に葬られる運命だったでしょう？　だから、恩返ししたかったっていうか。地球規模のエネルギーの無駄遣い（紙だって資源ですから）がもったいないとも思ったし、ほんとに「ここが肝心なのに」なとこがわかってないまま、書きつづけるとしたら、そのかたがあまりにもあまりにも気の毒で。

するってーとですね……返事がくるんですね（いちおー編集部の住所を書いて出しているので直接ウチにはきませんが）。

たいがいのかたは、「感想ありがとう、嬉しかったです。具体的なアドバイスに感謝します、まだがんばります」みたいな、そーゆーお返事だったんですけど、中には「ケンカ売ってくるひと」とか「脅迫してくるひと」とか「賄賂をもちかけてくるひと」とかがいました。「合格させてくれたら賞金はみんなあなたにあげますから」とか。シタヨミを脅迫しても買収しても、ぜんぜんなんにもならないんですけど……。

自作をけなされると自我がキズつくんだなぁ。明らかな欠点でも、指摘されるとムッとするんだなぁ。いくら親切で（大きなお世話のオセッカイで）いっても、ぜったい自分を曲げない、聞く耳もたないひとっているんだなぁ。

この時わたしは痛感しましたです。

と、いうような経験が何年かあったので、いつか書きたいなぁと思ってました。

小説新人賞に応募するために最低限理解しておくべきことがら、把握しておくべきルールの参考書みたいなものを。受験産業があれだけ旺盛なんですから、小説新人賞に応募してくるひとがこれだけ多いんですから、それがあったっていいだろう、と。

世の中にすでにあった『文章読本』のたぐいは、たいていの場合、純文学系の大家のかたが、ご自身の思想とか美学とかをお書きになっておられたもので、Cランク以下のひとたちには関係なかった。おおぜいの人にとって明らかに必要だったのは「そういうレベルまでいけてない」場合の話だった。

「なぜきみは一次選考を通過できないのか」。タイトルもきまってました（のちに担当に却下されて、これはオビ文句にされましたが）。

大賞をとるとらないってレベルじゃない、文学かどうかなんてまだいえない、少なくとも、一次選考を通過するためのノウハウ、シタヨミ委員に「……またか」とガックリさせない程度のことがらだけはわかってから書こうよ。じゃないと原稿用紙も、青春の（書き手の大半は若かったですから）貴重な時間ももったいないよ。できれば、シタヨミのわたしたちも、少なくともある程度のレベルをクリアしているゲンコウだけを読みたいよ。そう思って。いわば、小説新人賞応募希望者における「デルタン」というか、「基礎からの小説創作」みたいなのを、やってみたいなぁ、と。

そんなこんなのある日、川又千秋先生からお電話がかかってきました。

西武池袋コミュニティ・カレッジで、幻想小説関連の創作講座をやっているんだけど、受講生の中にコバルトに応募したがっているコたちが何人もいる。そっち方面のことは自分にはよくわからないから、よかったら、一度ゲストにきて、彼ら彼女らの質問に答えてやってくれないか。

いいっすよー、と気軽にお引き受けして、いって、しゃべくりました。

なにしろ、いいたいことはたまってたし、具体的な「こういうとんでもないゲンコウがあった」みたいな笑いのとれる（そして受講生のかたにとって参考になるはずの）話もできました。

すると、その時間が終わったあとで、コミュニティ・カレッジのひとに「ちょっとちょっと」と陰に呼ばれ、「講習、もちませんか?」といっていただいたのです。

当時わたしは新宿にすんでましたから、池袋までかようのは、そんなにたいへんじゃありませんでした。ただ、「どんな生徒さんがくるか」は、正直、すごいこわかった。なので、たまさかファンレターをいただいたりしておともだちになってつきあっていた当時早稲田の学生さんだった男子二名に「サクラ」になってくれないかと頼み（彼らの実力は知っていたので、牽引車となって、クラス全体をひっぱってってってもらいたかった）、幸いにも快くオッケイしてもらったので、よし、じゃあ、やろう、と決意したのです。

（ちなみにこの男子二名は講習代金をしっかり払ってきてくれてたんじゃないかと思います。育ちのよい坊ちゃまたちだったからゆるしてくださったことじゃったなぁ。講義のかえりには、飲みにとかもつれてってもらって……だってわたしより、彼らのほうがずっと遊びなれてたもの……たまにはオゴッたかもしれませんが、そうでもなかったような気もする。ほんとに、ほんとに、優しくて頼もしいふたりでした。彼らがいなかったら、いまのわたしはありません。ありがとう！）

その時の講義を、その二名がまとめてくれたのが、あの『小説新人賞の獲り方おしえます』です。蛍光オレンジ色の一冊目ね。版元の徳間書店さまにも、すでに退社なさってしまった某女性編集担当者さまにも、たいへんたいへんお世話になりました。おかげさまで、この本の評判がよかったので、こんどは、「講義録」ならではのメチャクチャさをある程度整理したかたちの、蛍光ミドリ色の二冊目を出しました。なぜなら（ミドリの本でイイワケしていますが）、「よし、これでイケたろう。これでもうだいじょうぶなはずだ」と思った一冊目を「読んで」応募してくれたはずの、初版発行後一週間以内限定二百七十通「かならず目を通してアドバイスして返送します」作品の大半が、「……な、なんじゃこりゃあ！」なレベルだったからです。

ひとが、まさにこの本で「やるな」っつーてること、やってるやんけ！

やりまくってるしー！

そうか、あれでもまだわかりにくかったのか。じゃあ、もうちょっと整理して、いくらなんでもここまで懇切丁寧に説明したらわかってくれるだろう！　と書いたのがミドリので……でも、やっぱわたしは小説家で理論家ではないからかなぁ、どーしても、どーしても、うまく説明できなかったみたいで。なんで通じないのだろう、なにかもっとうまい方法はないのだろうか。忸怩たるキモチでいたら、今度はカドカワさまの「小説ASUKA」が「新人賞応募者へのアドバイスをくれませんか」っていってきてくださったのです。それを、一年間限定の連載にもっていく経緯そのものも、三冊目（この一冊だけ未文庫化）のピンクの本に書いてありますけど、未読のかたのために繰り返しいうと、ようは「マナイタの鯉」があればもっと具体的にできる！　と思ったわけです。お料理番組でもそうじゃないですか。ただ口でいってるだけじゃなくて、実際に、材料を切ったり、煮たり、焼いたり、盛りつけたりしてみせますよね。あれをやろうと。

しかしここまで徳間で出してきたものを……しかも世の中、まとめるというとたいがい「三部作」になるのがあたりまえなのを……いきなりカドカワさまに鞍替えするのもどうよ？　というわけで、いろいろとスッタモンダもあったんですが、ま、とりあえず、スタートした。

すげかったですよー。

あとからふりかえると。

あの時、なんの因果か、「小説ASUKA」を読んでてくださって、みずからマナイタの鯉となることを志願してくださったかたがたは、まるで「さだめに導かれ、おのずと集まった」伝説の勇者たちみたいでした。あそこで、わたしのワガママによってかってにキャラづけされ、あたかも「架空の登場人物」のごとくに好き勝手にイジられながら、落伍することなく最後までついてきてくださったかたがたの大半とは、その後も多かれ少なかれコンタクトが続いています。既にプロになったかたがたも何人もおられます。年に一度のSF大会創作講座にはいまも多くの「あの時いっしょに戦った仲間たち」が集まったりして、ちょっとした同窓会みたいになったりします。

しかもです。あれを……ネットが完備していなかった当時、いくら隔月刊とはいえ、郵送とFAXと電話でやりとりして連載いちども中断せず、頓挫もせず、成立させちゃったんですから……いま思うと、無謀というか、強引というか。よくやったよなぁ。

内容があまりにオタク寄りなため（だって「小説ASUKA」だし）いまだ文庫にならず、元本はすでにゼッパン状態なんじゃないかと思いますが、のちに出会った新人さんで「一番参考になったのは三冊目」とおっしゃってくださるかたが何人もありました。

そうなんだって。

どっちかというと、鯉のみなさんを好き勝手に切り刻んで、イタブッて、おもしろおかしく楽しいヨミモノを目指したのがねー。不思議なもんです。

そうそう。

二冊目にだったかな、わたしは「もしあなたがこれを読んで、それまで書いていた原稿に関してなるほどと役にたったことがあって、デビューすることができたら、ビールの一杯もおごってちょうだいね」みたいなことを書きました。おかげさまで、過去何名ものかたから、珍しいご当地ビール一ケースとか、ビール券とか、いっぱい頂戴しました。もちろんブツヨクというか「酒飲みの酒欲」を満たしてもらえて嬉しいというのもありますけれども、そーゆー「強欲」なことを書いておいたおかげで、「ボクは○○といいます。このたび、×××からおかげさまでデビューしました。だから約束のお礼を送ります」って、ちゃんと連絡がいただける、パーティなどでバッタリ出会って「あの『聖典』（↑おこがましいですが、ありがたいー）何度も何度も読み返しました。いまだにツマると読んでます」っていってもらえて、「あーら、じゃあオゴッてくれなきゃでしょ、ウフ」といって名刺交換したりとか、そーゆー「つながり」が実感できるというウマミもありますです。

もちろん、あんなものなくったって、実力がじゅーぶんあって、いずれデビューしたにちがいないかたがただってたくさんたくさんあるわけだけど。

「『新人賞の獲り方おしえます』シリーズが、その後の文芸エンターテインメント業界に輩出したおおぜいの若者に多少なりとも影響を与えた」ってことは、これは、すみません、自分でいうのはエラソーですみませんが、事実だと思います。

これと、『おかみき』を、あるいは『小説ドラクエ』を、『MOTHER』を読んで、「生まれてはじめて本に夢中になりました。小説を好きになりました」っていってくださったかたがたの少なくないこと。これが、わたしの、こころの支えです。いつも。いまだに。次の作品がなかなかうまく書けなくてオチコンじゃう時も。これはこんどは間違いなくイケるだろうと思って書いた作品がイマイチ評価していただけず、ちっとも売れず、ガックリきちゃう時も。

過去をふりかえってばかりいるのはよくないけれど、少なくとも、わたしのやってきたことには意味がなくはなかった。わたしってやつがこの世にいて、小説とかそーゆーものに関係した存在意義はあった。そう思える。そう思うことのできるプロジェクトにめぐりあえた（そういう時代にそういう立場にたまさかあった）ことの幸運に、感謝しています。

……もちろん……

『新人賞の獲り方』シリーズ等を読んだのに、それをきっかけに、いっしょうけんめい考えて、努力して、それでもまだご自身の最高の力を発揮する方法をみつけられないでおられるかたもあると思います。チャンスにめぐまれず、強力なライバルにたまさかブチあたってしまい、家庭の事情経済的事情その他いろいろあって、「まだ」イケてないかたも。

もしかすると、あれで、「諦めた」かたも。諦めてないけど、一生かかるかもしれないなと思っておられるかたも。あんなもんさえなきゃ、自分の「限界」を思い知らされずにすんだのにコンチクショウと思っておられるかたも。あんなのは古いリクツで、クソで、いまはもうぜんぜん違うよ、バカヤロウと思っておられるかたも。

それはそれでいい。過去の「原則」なんて乗り越えられるためにあるのだから。ライトノベルにはライトノベルの「書きかた」があるのかもしれない。誰か、それ、書いてくださいよ。あしたの作家たちのために。これから先、いまよりもっとたくさんのメディアがあふれる中に生まれてくるこどもたちが、ゲームとかＤＶＤとかアミューズメント施設ばかりじゃなく、本を読むことの楽しさをみつけてくれるように。いつかおはなしを作るひとになってみたいと、思えるように。

そして、もし、いつか、あなたの中の若さや文芸的熱情や創作意欲が死んでしまったら、どうか裏庭の「結局ただの一度もどこの賞でも第一次選考を通過することができなかった星の数ほどの作品たち」のお墓に、ちっちゃなジミなそこらへんに生えている野の草でいいですから、たむけてやってください。

そしてついでに、誰にも知られずろくに感謝もされぬまま、ものすごく多くの作品を読んで評価して新人賞というプロジェクトを支えているシタヨミ職人のひとたちにも、「さんきゅー!!」と思ってやってください。彼らは、誰よりも小説を好きで、良い小説、おもしろい小説が好きで、そういうものを書くひとをひとりでも多く応援してあげよう! と思っている。作家をこころざすひとたちの「守り妖精」のようなひとたちなので。

## 5　いまはもういないあのひとのこと

最初の文庫『宿なしミウ』を上梓することになった時、「イラストレイターは誰がいいですか？」と聞かれました。まよわず、新井苑子先生！　と答えました。ちなみにこのおかたさまは、あの『オズの魔法使い』シリーズの表紙をご担当なさったかたです。ハヤカワ文庫で。コバルト編集部は正直、イイカオしませんでした。「なんかおとなっぽすぎないか？」とおっしゃるのです。

でも、強引にお願いした結果、この美しい表紙を、我が生涯の最初の一冊に賜れたことを、わたしはほんとうにほんとうに嬉しく思います。

ちなみに、コバルト文庫は作家ごとに背表紙の色をきめてくれるのですが、何色がいいか、といわれて、わたしは、当時いちばん好きだったマリー・クワントのマニキュアを持っていって「コレ」といいました。それは、金魚のウロコのような色の微妙に光る赤でした。

「勘弁して」担当はいいました。「金混ぜはコストが高いの。ムリ」

「じゃ、せめて、可能なかぎりこれに近い色を」

あとで思うと、金赤は中国のおフダに使うぐらいで「財産運」バッグンの選択でした。しかも、すっげぇめだったし（笑）氷室さんが静謐なまでのピンクだったのと、好対照なわたしでした。

二冊目と三冊目のイラストを描いてくださったのは、峯村良子先生です。実は「小説ジュニア」のほうの短編デビュー作の時にも、峯村さんをつけていただいたのです。「こいつの文体には、このポップで明るい感じ」と編集部が思ってくださったのでしょう。そのご判断にはわたしも異論はありませんでした。ちなみに八冊目の『抱いてアンフィニ』（↑実はこれ自分でいうのはなんですが傑作です）の時にもう一度峯村さんが描いてくださっておられますが、明らかに内容に即して意識的に絵柄を変えてくださっておられるのがよくわかりますね。

峯村さんに「もんく」があったとしたら、それは「独占できなかった」ことです。他のかた……たとえば、あの氷室さんの御作品にも！　峯村さんはイラストをお描きになっておられた。

ここで問題です。

小学生の頃から親に隠れてマンガを読むことに熱中し、幼稚園の頃からひそかにヲタの芽をつちかってきた血中ヲタ度致死レベルの人間にとって、「内容」と「絵柄」の一致は、どのぐらい大切なものでしょうか？

こたえ。……ものすごくものすごくものすごく大切！

そのわたしにとって……表紙および挿絵問題は、おのがヲタの血にかけて、早急に解決しなければならない重大問題でした。

あえてどなたとは申しません。いま言及しなかった初期作品のイラストについて、わたしは正直「……違う……」と思っていたのです。こういう絵は好きじゃないし、わたしらしくもない……もっとわたしの、わたしだけの、わたしらしい表紙が欲しい！　わたしは熱望するようになりました。

さて、「ガラスのスニーカー」が「小説ジュニア」に二ヶ月かけて半分ずつながら「一挙掲載」されたことで、よーーーやく、わたしも、「幕下」ぐらいの番付になったかもしれないような気がしてきました。編集部のほうでも、多少はわたしの希望とか願いとかそういうものを聞いてくれる雰囲気があるようになってきました。

それまでは……いまはすっかり講談社のほうにいってしまった風見潤さんと（↑当時彼は富士通のまわしもののようにOASYSを布教しまくっていて、シモキタの我が家にもきて設定を手伝ってくださった上、確定申告のやりかたとか、国民年金をはらわないとどういうことになるのかとか、そーいった「社会人としての知恵」をいっぱいいっぱい伝授してくださいました。ほんとうにありがたかったです。おかげで、一生、親指シフトがないと生きていけないモノカキになってしまいましたが）素子ちゃんの新作が一週間ではやくも増刷がかかったと聞いては、「いいなぁ」「ゾーサツってあたしまだいっかいもない……」「オレもないんだ」「いいよねぇ……だってゾーサツって、ゲンコウ、一字も書かなくても、銀行にフリコミがはいるんだよねぇ」「いいよねぇ」「いつかはゾーサツのかかるような作家になりたいねぇ」と悲しみのまなざしをかわしあい、溜め息をつきあっていたりしたものでした。

いったいいつはじめてのゾーサツを経験したのだったか、はっきり記憶はしておりませんでしたが、「おお！　これが著作権生活者というやつなんだ！」と思ったのは覚えております。ゾーサツのかかんない作家は、ようするにひたすらこぎつづけないと坂道をころげおちていく登りつづけの自転車操業ですから。

書く小説書く小説つぎつぎにゾーサツがかかって、毎月どれかにゾーサツがかかるなら、税務署のほうを心配することはあっても、家賃とか光熱費とかを心配する必要はありませんから。ちょっとゾーサツがかかるようになり、多少のワガママを聞いてもらえるかもしれないムードが出てきた時、真っ先にわたしがやったのは「イラストレイターを指定すること」でした。

ある日……次に書く作品の相談をしながら、さりげなーく、いってみました。

「こんどの本に、ぜひぜひ、このひとの絵が欲しいんですけど」

そして差し出し……ページをひらいてゆびさしたのが……確か「漫画ブリッコ」だったのではないかと思うのですが、かがみあきらさんの作品でした。

「えーっ！」Iさん（当時はまだ副編集長だったかなぁ？）は、いつものとおり細面の顔じゅうをシワだらけにして笑いました。

「だめだめ。こんなの。マンガじゃん！」

「……でも！」内心の怒りを抑えて、わたしはズイッと前に出ます。「いい絵です。すごく優しいニュアンスがあって。こんど書きたいと思っているものの雰囲気に、ぴったりなんです。このひとに描かせてください。描いてもらってください。連絡はわたしがつけます。了解してもらえなかったら諦めますから！」

（実はその時すでに前述のパラクリ・コネでかがみさんにあったことのあったわたしは、次に書きたい作品について説明して、もしできたら表紙と挿絵を描いてほしいと熱烈におねがいをして、「うーん、まぁいいけど……忙しいからなぁ」といわれていた）

「あのね」Iさんはいいました。「コバルトといっても、いちおー、ぼくらがやっているのは文学なんだからね。マンガとは、もうぜんぜんランクが違うの。読者も違うし、文化レベルも違う。だって、考えてごらん、ノーベル賞にも、文学賞はあるけど、マンガ賞はないでしょう？」

「それは単にノーベルさんが生きてる時にマンガがなかったからじゃ……」

「だいたいね、そーでなくても挿絵をやるイラストレイターのひとたちだって、生活たいへんなんだよ。マンガ人気に押されてさ。もういらないなんていえないよ。これまでずーっとお世話になってきたひとたちを、ぼくらとしてはいきなりきれないでしょう」

「でも、素子ちゃんは？『星へ行く船』は竹宮恵子さんでしょう」

「あれはガッケンで連載していた時からのご縁だから、特別の例外」

「でも、……素子ちゃんの本は売れてます！　それは、それは……もちろん内容もおもしろいけど、竹宮さんの絵が、ホンヤさんで読者のひとの目を惹いているからでは!?」

「あのね。最近はこどもが本を読まなくなったって嘆いてる親御さんたちから、コバルトなら読んでくれるって、感謝のお手紙がきたりもするんだな。そりゃ、マンガを使えば売れるかもしれないよ。でも、売れりゃあいいってもんじゃないでしょう。やっぱ文学には文学の誇りがないと。ここでへたにマンガ路線に走ったりしたら、そりゃあ先達への裏切りにもなるし、PTAにも嫌われるし。あー、だめだめ。ぜったいだめ」

だめ、とことばではいっています。

しかし、Iさんの顔の表情や、身体表現は「ぜったいの拒絶」はしめしていませんでした（と思いました）。「まよってる」とわたしは感じました。押すべきか？　引くべきか？　もっと時期をみるべきか？

なぜまようのか？

……ひょっとするとマンガ部署との熾烈な成績争いがあるからだな、とわたしは考えました。前にもいったように、マンガ編集部は、自分とこからデビューしたマンガ家さんを、よそに貸したがりません。たとえ同じ社内でも。マンガのイラストを欲しがるコバルト作家が増えると、社内のマンガ部署にいろいろと頼み込まなければならなくなる。実はマンガ家さんはマンガ家さんで、連載枠を争っている。連載枠をもってない新人のマンガ家さんにシゴトを作ってあげられ、多少なりとも援助ができるとしたらそれは「貸し」になる。逆に、人気マンガ家のカラー原稿を欲しがったりすれば、それは大きな「借り」になる。まして他社で描いているマンガ家さんをひっぱってこようとなんかしようもんならメンドウが増える。Iさんとしては「貸し」は作っても「借り」は作りたくないんだな。だからまよってるんだ。

……邪推かもしれませんが、わたしはそこまで考えましたよ。

「おねがいします！」わたしはさらに乗り出しました。「毎月コバルト文庫にこれだけの刊行数がある中に、ひとつぐらい、マンガ絵があったっていいじゃないですか。それに、かがみさんの絵は上品できれいです。少年マンガ系のひとで、一部にはとっても人気がありますが、まだそんなにすごく有名ではありません。いま、彼の絵をもらえるとしたら、それは先見の明です。実力はわたしが保証します。けっしてプロのイラストレイターのかたがたにひけはとりません。おねがいします！　一度でいいから、やらせてください。もしその結果、読者に反対意見が多かったら、二度と、わたしのほうから『このひとに頼みたい』なんてことは言い出しませんから」

そして……すったもんだのあげく、『薔薇の冠　銀の庭』が刊行されました。

もし、この本を古書店でみつけたら、どうか、ゲットしてください。わたしの書いたものもさることながら、若くして亡くなってしまったかがみさんの、貴重な貴重な作品のひとつです。表紙見本をみたときには鳥肌がたちました。わたしはかがみさんに「こんなふうな表紙を書いてほしい」などとひとことも要求しませんでした。しかし、わたしがバクゼンとイメージしていたものを……それ以上のものを……かがみさんは、書いてみせてくれたのです。中の挿絵は鉛筆の素描タッチで、他では（かがみさんや、かがみさんの別名である『あぽ』の研究所などにラフなどの資料はありますが、それで「完成」と本人が確信した作品としては）みられない非常に特殊で異例なものです。中でも、レイコというキャラの横顔の凜とした美しさに打たれずにいられないのはわたしだけではないと思います。

以後……数年を経ずして、コバルトの表紙に、さまざまなマンガ家さんが登場するようになり……むしろ、いわゆる典型的な「挿絵画家」のかたがいまではほとんどいなくなってしまったのは、ご承知のとおりです。

後日談その1。ある時、どこかのパーティだったか、パーティながれの二次会だったかで、若いコバルト作家のひとたちにIさんが、こういっているのを聞きました。

「コバルト文庫の表紙に、マンガ家を使うことに最初に決断したのは、このオレだよ！」

それは……確かに……オッケイを出してくださったのはほかならぬIさんだし、事実は確かに事実ですけど……あるいはひょっとするとIさんとしては、「口ではなんだかんだ反対してみせたけどクミのキモチはよくわかっていた、あれは試してただけだ」とか思ったりしたことがあり、あるいは何年かたつうちに、ヨソの誰かから「いやーコバルトすごいですねぇ、表紙のマンガ家の選択がまた絶妙ですねぇ」とかいわれているうちに、どんどん嬉しくなっちゃって、「自分の手柄」という意識がたかまってしまったのではないかという気もしなくはないんですけど……そして、彼の中ではそれは既にまぎれもない事実でなんら悪意も他意もないご発言なのかもしれませんが……あの時、ニコニコ笑いながらも、「だめだめ。ぜったい許さない」っていったのを、わたしは忘れてないですからね。

後日談その2。うちの亭主は、もしこの『薔薇の冠　銀の庭』を読まなかったら、もしこの作品があのかたちで存在しなかったら、それを読んでないし、自分もコバルトに応募しようと思っていないし、わたしを好きにならなかっただろうといいました。

後日談その3。かがみさんとの「ツーカー」な（なにしろなんにも説明しなくてもこちらがこうだったらいいのにと思う以上の絵を描いてくださるので）関係にすっかり味をしめたわたしは、その直後にもらった仕事すなわち「毎日中学生新聞」の「一週間に一回」の連載においても「イラストおねがいー」とおねだりをして……その第三話（一九八四年八月十九日発行）の原稿を送ったあとで、彼の急死を知ったのです。

八月十二日発刊の「第二話」の時点では、彼はもうこの世のひとではなかったのでした。

そして、……いまだにこの時のことを思い出すとわたしはなにをどう考えていいのかパニックになりそうになるし恥ずかしくて恥ずかしくて死にたいキモチになるのですけれど、とにかく「かがみさんがいなくなった」↓「第四話」のイラスト、どうなるの、どうしよう？　と真っ先に考えてしまったのです。プロといえばプロだが、冷徹といえば冷徹この上ない反応です。

あまりのことに騒然となっているパラクリにかけつけ、誰かれがしゃべる「どうもこういうことらしい」という事情を聞きながら、ふとたまさかそこに居合わせたゆうきまさみ先生をみつけて「頼めない？」とたずねて「あのね、悪いけどね、いまそんなこととても考えられないよ」とつめたい目でジロッとにらまれて、やっとワレにかえった。

代理イラストレイターは結局、「毎日中学生新聞」の担当のひとが、大急ぎでみつけてくれたのですが……。

わたしの……、せい……？

シモキタの自分のうちにかえって、へたりこんで、ぼーぜんとなりました。

かがみさんは、ちょっと太りすぎで、それがだんだん不健康な感じになってきていて、わたしはそこまでは知らなかったけど、実は当時かなり体調をくずしておられたらしい。なにしろ人気急上昇で、シゴト、たくさんたくさんきてただろう。そこにわたしはワガママをいった。余計なシゴトをひとつ増やした。もし、わたしが、あんなこと頼まなかったら。

このへんのことについてはいまだに自分でもなにをどう考えていいのかわからない。もしかしてわたし地獄に落ちる運命なのかもしれない。

ただ……鬼といわれるかもしれないけど……わたしの『バラギン』がかがみさんの絵だったこと、そしてそれが、コバルトの（だからたぶんいわゆる日本の「ライトノベル」全体でも）表紙を「小説家自身が、どうしてもこのひとに頼みたいと願ったマンガ家が飾った」実質第一回めであり、最初であり、かがみさんを贅沢にもイラストレイターとして使わせてもらった永遠に唯一（著者が懇願して、ご遺族がオッケイしたら、既存作品が転用されるということはあるかもしれませんが）のものになってしまったことを、なんて「光栄」で、恐ろしいほど運命的なことだったのだろう、と思わずにいられないです。

かがみさんじゃなかったら、わたしはIさんにあそこまで頼み込まなかった。

かがみさんの絵が、どうしても欲しかった。

かがみさんの絵がもらえるとわかっていたから、あの小説が書けた。

表紙や挿絵と小説は、コラボレーション。

信頼できる、尊敬できる、時にはダメを出してもそれに応じてくれるだけのプロ同士でなければ、いっしょにやる意味がない。

時にはツッコミ、時にはツッコマレ、時には罵倒され、時にはありがとうと泣きながら抱きしめ合う。それは、ダイヤモンドとダイヤモンドがこすりあうようなギリギリの作業だ。

コラボレする同士に必要なのは、なにより、同じ「なにか」を愛していること。

同じとこで笑い同じとこで泣き、同じものを美しいと、いちばん大切だと感じること。

その「なにか」の一致がなければ、コラボレは成功しない。

二十六歳の若さで（かがみさんの享年については諸説あり）……もっと生きていればどんなすごいものを描いたかもわからないのに……いなくなってしまったかがみさんのことを思うと、ちょっとやそっとのことでは負けてられないし、へこたれてられないし、自分を許せなくなるようなことで妥協はできない、とわたしは思うのだ。

いのちあるかぎり、寿命あるかぎり、彼も愛した「なにか」に、奉仕しつづけなくてはならないとも思う。

すまん。

かがみくんの話をするとどーしてもマジになり、はたまた、「霊感方面」にタマシイがもっていかれそうになってしまう。

ビリビリにビビッタはずのわたしは、それでもそれからものーのーと日常を生きていき、やがて、めるへんめーかーという「好敵手」にめぐりあい、「藤原カムイ」にめぐりあい、「佐藤道明」にめぐりあい、そのへんの道筋がようするにだんだん「コバルトの王道」から遠ざかっていく方向に傾いていくのである。

## 6 SFの洗礼

運命の下北沢でパラレル・クリエーション&そこにいくといるSF系のかたがたと出会ったわたし。正直いって、すごーくすごーく仲良くしていただいたとも思わないし、ほんとうの「なかま」と認知してもらえていたのかどうかちょっと自信はない。「たまたま近所にすんでる、かわりだね」ぐらいの感じだったんじゃないかな。

SF作家クラブには、もう長いこと所属させていただいてるんですけど(笑)。

でもなんつーか……

水族館でいうと、大水槽にいるわけでもない、イルカショーの舞台にいるわけでもない、鳥のくせに飛ぶより泳ぐのがうまいやつペンギン、みたいな? ちょっとタトエかわいらしすぎ?

しかも、ちゃんとしたペンギン舎で飼われてるペンギンならまだいいが、どっかの変人のひとのお風呂場で飼われてて、実は犬とヘビとウマも同居してるんです、みたいな。なんか我ながらミョーな、どうも安定してないポジションにいるよーな気がしちゃってならないんですねぇ。

別にどなたかに歴然とナカマハズレにされたりしたわけじゃないんですけど。

でも、そーか、当時のことでいえば。

わたし、SFまったく書いてなかったですからね。その頃は。まだ。

ただ、パラクリにいくと、ほぼ同い年ぐらいの、みょーに話のあうかたがたがおられ、時には出前のお寿司をご馳走になることができたり、当時はまだ一本一万円以上があたりまえの高価な品だったセルビデオや一作品七千八百円とかだったLDとかで名作を鑑賞させていただけたり、みんなでバンドを組もうという話が出ればコーラスのうちの一名として呼んでいただけたり（↑楽器ができないから）、みんなでスキーにいくんだという話を聞くと、いっしょにいきたいと主張し、サバイバーショットを背負って（うそ。ほんとは当時はまだ清らかなおともだち関係だった波多野《いまのていしゅ》くんがクルマで持ってってくれた）ついていって、ろくに滑らんでゲレンデで撃ち合いを楽しんでたりした。パラクリの男の子（当時）たちがみんなして『時をかける少女』を見て原田知世さまに熱狂してしまうと、そりゃーほんまにいい映画だしかわいいひとだなぁとは思いましたがまさか同じように彼女を我がアイドルにするわけにもいかず、ポツンとおいてきぼりな気持ちになったりした（それにしても知世さま、いまだに当時とほとんどぜんぜん見た目がかわらないっていうのはいったい……）。

このへんの話題は、時制が完全にいい加減で、前後の関係もメチャクチャです。

しかし。

はい。確かに。

「若手SF小説家」の何人かをコバルトに紹介したのは、わたしです。「すっごいおもしろいの書くひとがいるんですよー、おまけにハンサムだから、読者ウケしますよー」「天才です。すごいひとです。おまけに美人です」等々、遣手ババアそのものズバリに編集部に直接わたしが「オススメ」したのは、たぶん次のお三方です。

岬兄悟さん。

火浦功さん。

大原まり子さん。

いま思うと、贅沢すぎるぐらい、すごいメンバーでしたねぇ。

岬兄悟さんの『彼女とストンプ』は、昭和五十八年（一九八三年）十二月の発刊です。『瞑想者の肖像』でデビューなさって、『風にブギ』など、ひじょうにエッジの起ったSF作品をお書きだった岬さんの、はじめての……ひょっとして、唯一？　のノンSF青春小説です。ロック＆ブルース少年だった岬さんの、自伝的意味合いもちょびっとあるのかもしれない。その後、盟友とり・みきさんのイラストを得て、ちょっとエッチな妄想（願望充足型、といったら失礼にあたってしまうんでしょうか）SF『魔女でもステディ』シリーズでおおあたりなさる前の、一瞬の「実はこっちの方向もありなんだぜ」なステキにせつないお話でした。

ほぼ同テーマと思われる『青春デンデケデケデケ』芦原すなお・河出文庫（直木賞）が一九九二年です。あの「原田知世」さまと縁のおおありの大林宣彦監督でとっとと映画化されてもいます。岬さんのほうが、九年も早いぞっ！

あるいはもしかしてひょっとして、岬さんのこの作品も、純文学系の版元からハードカバーで出ていたら……？　と空想してしまうのは、残酷でしょうか。

（わたし自身、時々、もしかしてデビュー先がまるで違ったらまったく違う人生だったんじゃないかと思ってしまったりもするんですが）

岬さんは、マジな青春モノを書くのにテレたのか、一度で懲りたのか、それとも、軽く笑えるのを書くほうが好きだあるいは自分に向いているとお思いになったのか、その後、すごいスピードで、たくさんの作品をあちこちにお書きになられました。あまりの速さに、「岬さんに、注文しにいって、こんなテーマでこのぐらいの長さのをお願いします、っていうと、いったとたんにヒキダシをあけて、『ハイ、じゃこれね』って、原稿渡される」というウワサもたちました。あれほんとにウワサなんでしょうか。

対していまや日本一？　原稿を書かない小説家で有名な火浦功さんにも、「比較的たくさん書いていた」時期があり、『ジギー&ボギー』シリーズは、なんと、たった二年半の間に三冊も書かれています。いかにも火浦さんらしい、楽しくてオシャレでカッコよくて、ものすごく読みやすい、ページの下のほうに白いところがたくさんある、一見すると「ただ思いつくままにダラダラ書いているようにみえる」が、実は壮絶な思考と試行錯誤と無駄の削り落としの末に（でしょ？　なんだよね？）ようやく到達する、あたかも俳句や山水画のごとき、名作であります。のちにスーパーファンタジー文庫に再録されてたりするのは、けっして、火浦さんが「ちっとも新作を書かないから」火浦ファンが放置プレイに耐え切れず、せめて同じのでもいいからもう一回読みたいと思ったから、ではなく、「ゼッパンにしておくなんてもったいなさすぎる名作だから」だと思います。だよね？　わたしは火浦さんの小説の中では『死に急ぐ奴らの街』（徳間デュアル文庫で入手可能）がダンゼン一番好きですが、『高飛びレイク』をはじめて読んだ時にはほとんど、恋しました。作品のあまりの素晴らしさに、うっかり作者にもかすかに。本人にお目にかかって、そのルックスのあまりのカッコよさ（作品とちゃんとあってるし）にもグラッときました。しかし、火浦さんはあくまでヒョーヒョーとしてて、いっつもなに考えてるかわかんなかったので、とてもゲンジツのひととは思えなかったりしました。そのなに考えてるかわからないあたりから（たぶん）出てくるだろう、悪役ビランデルさまもステキです。

大原まり子さまは、単なる小説家ではありません。文化人さまです。その偉大なる御作品の数々にはひとつのハズレもありません。デビュー作『一人で歩いていった猫』を読んだわたしはあまりの素晴らしさに悶絶し、そのひとが同い年（おーちゃんが三月生まれでわたしが四月なのでたった一ヶ月違いなのに学年はひとつ違うのだが）であることに気づくとほとんど自殺したいぐらい絶望しました。はじめてあった時には、その美貌と、品格（聖心卒ですって⁉　まぁっその淡いグレイのいかにも質のよさそうなワンピースはひょっとしてほんもののPINKHOUSEではなくて？）、おっとりとしたものごし。……日本に階級社会がないなんてウソだ、ここに生まれながらのお姫さまがおられるではないかぁ！　と思いました、ほんとです。

のち、いっしょに沖縄旅行（！）にいった時、食事かなんかの時間になって「さっ、いくよー」と申したところ（↑すみません、尊敬しているわりにタメグチきいてます）「うん……わかった……」と、おーちゃんはゆっくりと起き上がられ（それまでベッドになんとなくアオムケになっておられたのだったような気がします）、ゆっくり、ゆっくりと、スニーカーのヒモを、お結びになられはじめられました。結び終わられるまでにカタツムリがあっちの枝からこっちの枝まで這っていくぐらいの時間がかかりました。フツーのやつがこんなことやってたら「さっさとしろー!」と怒鳴りたくなるところですが、おーちゃんの場合、あまりの優雅さと、邪気のなさのため、責めることなんてできやしません。御作品でしか存じ上げない森茉莉さまってこんなかただったのでは……あるいは森茉莉さまのお書きになられた「モイラ」ってこんな少女だったのでは……と思われるようなおーちゃんでした。

もひとつ。みんなで熱海(!)にいった時、朝の露天風呂で記念撮影をしたのですが、そこにいた四人(撮影しているわたし以外)のみなさんのタイドが実にそれぞれの性格そのものを表していて、おかしかったです。もしかして記憶違いがあったらごめんよ。小室みつ子ちゃんは、すっぴんでもものすごい美女なのに、髪をぬらさんようきっちりシャワーキャップをかぶり、まんがいちにもハダカが見えないように両手両足をカメノコのように縮めていました。藤臣柊子はあっち向きになって胸を隠してイタズラっぽい笑顔とピースをこっちに向けていましたがキュンとしまったお尻がそのままだとはっきりいってほとんどまるみえだったので、そっと角度をずらして、隠さないといけませんでした。正本ノンちゃんはごく自然体で、それでいて、ヤバイところはまったく見えません。ガードばっちりです。おーちゃんは……「お……おーちゃん!」撮影者はさけびました。「すわって。もうちょっとすわって。じゃないとDPE屋さんに出せない!」

そんなおーちゃんも、岬さんと結婚してから、だいぶかわったなぁ。なにより、ものすごくテキパキしたひとになって、その名も『SFバカ本』というシリーズを監修! なさったりしちゃうようになるとは。びっくりしたです。いちばん好きなのは『ハイブリッド・チャイルド』かなぁ。『吸血鬼エフェメラ』もすごいよなぁ。でも、ミーカもすげぇって。ほんとに。『フィフス・エレメント』が九七年？　それよりはるか十二年前に、ほとんど「ミラ・ジョボヴィッチ」です。いや、むしろ、ユマ・サーマンか？　リュック・ベッソン、日本語読めるんじゃないでしょうか。大原まり子をパク……いや、リスペクトしてるんじゃないでしょうか。

そうそう、おーちゃんは、作家が自分で自分のサイト（当時はホームページといってましたが）を管理運営した最初じゃないかと思います。

そのルーツは、あたしのシモキタの２ＤＫで、ＦＭ７でやった「蜂打ち落としゲーム」に何時間も何時間もひたすら熱中したことにある、とあたしは思ってるんだけど、いかが？

このすごい天才のかたがたを、三人も！　コバルト虎の穴に招待してしまったのは、わたしです、とさっきいいました。

いや、ひょっとすると、新井素子ちゃんのほうが仲良しだったし詳しかっただろうし、大和真也ちゃんのジュゼ・シリーズは確かもうコバルトにあったし、風見潤さんや星敬さんがアンソロジーのシゴトをなさってたり、小林弘利さんもいらっしゃったから、もしかすると「わたしが」紹介した、「わたしが」ひきずりこんだ、なんていうのはオコガマシイのかもしれない。

でも、「いっしょにやろうよ」っていって、「ウン……そうだねぇ」といってもらったことがある……ような気がするんだけど。そして、担当に、さっき書いたような、熱烈推薦をいって、コンタクト先も渡して、いいからとにかく早く連絡してよね！　と念押しをしたような覚えがあるんですが……ババアの妄想でしょうか？　そのわたしの挙動が、彼らのコバルトでの「短くも激しく燃えた」日々を作り出したのかどうかは、ともかくとして。

正直にいうね。

わたしは彼らがすっごくすっごく羨ましかったです。

ハヤカワのSFのシリーズから「期待の新人！」って紹介してもらえて、本のつくりとかもウチ（コバルト）の「ページ数が多すぎる！　このまんまじゃ定価が三百円を越えてしまうから、削りなさい」みたいなのとはぜんぜん違って、ちゃんときれいでリッパだった。担当さんとかとの話を聞いてても、ちゃんと「いちにんまえ」の作家として扱ってもらってるんだなぁ、って感じがして、憧れました。

彼らにはもう、はっきりとした「基盤」があるなぁ、って。

だがしかし。

ちょっと打ち解けたら、教えてもらえてしまったんですね。

某「SFマ○ジン」の原稿料が、どんなにアンビリーバブルに安いか、を。あのー、不確かな記憶なので、誰か「きっぱり」覚えているかたがあったら正確なところをおっしゃっていただければと思いますが、確か四百字一枚、千円ぐらいだったと思います。コバルトですら！　確か三千円はくれてたのに。翻訳とか、アンソロジーとか、エッセイとかいうと、ハヤカワさまの場合、もう百円単位で、「うっそお！」と驚いたのを、覚えております。

そして……コバルトでは、新刊の打ち合わせ、とかいうと、担当さんが何か食べにつれてってくれ、「領収証」をきってオゴッてくれるのが「あたりまえ」で、そういうもんだと思ってたのですが、彼らには「あまりそういうことはない」というのも、聞いてしまったんですね。たまに編集さんといっしょにメシを食いにいっても、ワリカンだよ、みたいなのを。

すみません早川社長。先代のお社長さま、歴代某○ガジン編集長さまも。こんなハジをばらして。

ちなみに、そーいえばわたしの原稿料はデビュー以来四半世紀たったいまでもほとんど値上がりしてません。だいたい一枚四千円か五千円です。しかも前にもどっかでいいましたが日本的謎な「あ・うん」関係によって、ギャランティの話が事前に出るということはほとんどありません。出るとしたら、フツーより「高い」場合のみです。ＰＲ誌とか、小説が専門ではない雑誌だと「ええっ！」と思わず叫んでしまうぐらい高い金額を提示していただいて、しかも「これで宜しいでしょうか？」って聞いてくれたりするので、まるで別世界です。とうぜん、平身低頭して「不肖くみさおり、たとえ泥の中に倒れてもかならずやこの作戦を完遂いたします！」と敬礼のひとつもしたくなってしまう。

でも、まー、つまり、「標準」や「労働基準」がない、というか、会社によって、編集部によって、その媒体のウレユキによって、あるいはスポンサーによって、ものすごーく違う、というのが現状なのでしょう。そしてもちろんヒトによって。書く側、作家側の「えらさ」「知名度」「人気」などによって。

なんにもいわなくても一枚「ウン万円」以上のシゴトしかこないようにとかなったら、超一流なんだろうなぁ、きっと。

　でもって、さらにですね。

　名のある作家のかたがたというのは、たいがい、「ひと粒で最低三度は美味しい」ようになっている。まず「週刊誌」とか「新聞」とかに少しずつ掲載して、原稿料をもらう。全部書き上がったら、ハードカバーが出版されて、印税をもらう。それが一年後とかに文庫になって、もう一回印税をもらう。ここまでで「三回」ね。たとえば映画化するとか二時間ドラマ化するとかすれば、その「権利」分もはいります。もちろん増刷がかかれば、そのたびに印税が。こうなってはじめて、小説家として生きていくのが楽になる……はずなんだけど、「流行作家」とか「人気作家」とかのひとって、ほとんどの場合、ものすごく多作です。短期間にたくさんの作品を並行して書きつづけでもしないと、前年度の「高額納税者リスト」に載っちゃうほどのバクダイな収入にかかる税金を払えない！　というウワサもありますが、そもそも、速く書ける、いっぱい書ける、どんどん書けて、本屋さんにいつも同時に何冊もヒラヅミになっているみたいなひとでないと人気者になれない、寡作じゃ読者に支持されない、ってことがあるのかもしれない。

　その点、コンスタントなシゴトが文庫またはノベルスの書き下ろしのみ、というわたしのようなやつは、ひと粒で「一回」美味しいだけなのがふつうですから、正直いって、四百字がおいくらのハナシであろうとも、「掲載」させてくれると、もうそれだけで「余剰利益」って気がします。

　その点、ま、よーするにひじょーに不利なわけですが、いわゆるオトナなひとの読む毎月出る小説誌、いわゆる「文芸誌」あるいは「中間小説誌」に、ついに居場所をみつけられなかった（過去形でいうな！　まだ諦めるな自分）のは、よーするに、そーゆーとこでウケるもんが書けない「資質」のせいなので、しょうがないですねー。

なんのハナシだっけ？

あ、だから、とにかく、SF作家のみなさんも一箇所でも多く、活躍の場があるほうが彼らだってゼッタイ嬉しいはずだ、たとえ文庫書き下ろしでも、と思っちゃったわけです。コバルトの担当さんはゴハンはオゴッてくれるし！　って。

例の、余計なお世話のオセッカイ癖ですね。

そして、あくどいわたしは同時に謀（ハカリゴトと読んでください）をめぐらしてもいた。

彼らの描くであろう上質なSF作品によって、コバルト読者を調教するべし！　と。

コバルトにいいところがあるとすれば（ってずいぶんないいかたですが）読者にとってシキイが低いことです。SFなんてなんか難しそうだし、早川の文庫ってどこにでもあるわけじゃないし。そういうものをこれまで、手に取ってみようと思ったことがまだ一度もなかったひとたちにも、SFに、なじみを、親しみやすさを、打ち解けた気分を、もってもらえたら！

日本のSF読者人口がもっと増え、SFマガジンの読者も増え、SF作品ももっともっとたくさん世の中に出るようになるぞお！

そーゆーオモワクも少しぐらいはあったかもしれない。

なにしろわたし、SFがあまりにもダイスキだったので。心酔し、尊敬してたので。

あまりに好きすぎて容易に手が出せないのは、男女の仲でもよくあること。自分にはとてももったいなくて書けない。でも、コバルト読者にも「SFが読める」コが現れるようになったら、いいなぁ！　そしたら、わたしが「そのコたちへの布教に成功した」ことになるんだぞー！　日本のSFの役にたつぞー！

わたしはSFに片思いだけど、せめて「いいおともだち」でいたいわ。

アホウのわたしは、かくも読みを誤ったのでした。

ええ。断言します。誤りました。

真のSFにはセンスオブワンダーというものがないとアカンということになっております。これはもう、疑ってはならん、そーだったらそーなのよそーなってるのよ、なもの、つまり定理ではなくて、公理です。

ではそのセンスオブワンダーちゅーのはいったいなんなのかどないなもんなのかというと、これがムッカシイ。よう説明でけまへん。わかるひとにはわかる。わからんひとにはまるでわからんらしい。感じるひとにはビビビとくる。感度のないやつにはピクリともこない。みえるのはただの表面だけ。ガジェット（コモノ）や、設定だけ。

ちなみに「SFであるかどうか」を問題にするのはそもそもおかしいんじゃないのか、とかの瀬名秀明さんがある年のSF大会のパネルディスカッションでおっしゃっておられました。SFモンはともすると、「小説としてはまぁまぁ。でもこれはSFじゃないね」とおっしゃる。いわれたほうはなんだかよくわからないけど腹がたつ……と。

「でも」とも、思索のひとである瀬名さんは、かすかに苦笑なさりながらおっしゃるのでした。

「ぼくも、『これはドラえもんじゃない！』って思うことは、確かにありますからね」

そーゆーもんなんです。

ようは、愛の問題なんじゃないかなぁ。

真にSFらしいもの、や、真にドラえもんらしいものに対して、無意識の「賛美」や「愛情」を抱いてしまっている人間にとって、コレが感じられない、単にコレを利用しているだけのようにしかみえないものをみつけると、非常に憤慨を覚える。

ほんとうはぜんぜん自分のオンナなんかじゃないアイドルでも、自分としては望ましくない役やらされたり、写真集出されたりとかしたら、「くっそお、オレのオンナになにしやがるう！」って気がしちゃうでしょ？

だいたいそんなかんじ。

そこらへんがさぁ。

よくわかってなくて。

すいません、若くて希望でいっぱいだったわたしには、世の中を疑うことができなくて、ひとはみな賢くて善人で信頼できるものだと思ってしまってて……まさか、ステキなものやことに「敬意」や「尊重」や「愛情」を抱かずにいられるひとがいるとは思いもよらなくて……次世代をになう若者の間に正しいSF信者・実践者を増やすはずだった計画は、挫折するどころか反作用を引き起こしてしまった……ような気がする。

つまりです。

SF「っぽい」ものをいとも安易に引用乱用粗製濫造消費するひとびと、ホンモノとイミテーションの区別がつかんひと、縮小再生産をなんとも思わんひと、偽ブランド商品で大儲けするひとすら！　生み出してしまう遠い原因になってしまったんやないかと。

こう思うと、ほんまに皺腹掻き切ってお詫びせんといかんのとちゃうかと泣きたくなりますが。

まー。

わたしがやんなくても誰かがやっちまったんやないかっちゅーか、時代の流れってやつがそーやったっちゅーこともあるんやろと思いますけど。

なんでも自分が「原因」だとか「嚆矢」だとか思うのは妄想だろうけど。

それでも、コバルトに「斬新なSFの風」を吹き込もうとしてしまったのは、（マンガ家による表紙イラストを熱望してジッゲンさせたのがそうだったように）少なくともその端緒の原因のヒキガネの一端は、このあたしです。A級じゃないかもしれないけど、たぶん戦犯です。

ついでにゆっとくと、「にぶんのさん」というタイトルを思いついて、これを数学的にフツー一般の表記でタイトルにしたいですといってダメだといわれてしょうがなく「二分の三」になったこともあります。『繋がれた月』というタイトルを思いついたけど「つなぐという字にはルビが必要だ。ルビが必要なタイトルはだめ」といわれて、変更させられて『燃える月』というつまんないタイトルになってしまったこともあります。なんてコトバだったかもう忘れたけど英語のタイトルをそのまま英語で表記させろといって、それも当然、拒絶でした。

『おかみき』が絶頂で、これはめるちゃんのおかげあらばこそだと確信し、幸いにも必要十分なぐらいには儲かっていたので、どーせ税務署にもってかれるぐらいなら「印税の十パーセントを、二対八とかに分けて、二をめるちゃんにあげるようにしてください」と頼み込んだんだけど「そんな前例がイッコでもできちゃったら、有名マンガ家使うたびにたいへんなことになるから、ぜったいダメ！」といわれ、それでもいちおー彼女の表紙カラー原稿の原稿料の値上げだけはしてもらったりとかしたこともあります。

いちいち戦う女（笑）それがわたし。

おとなしくしとけばいいのにつっかかるやつ。

つぎつぎに珍奇なこと、前例にないことを思いついては、それを提案し、その利を説き、やってみさせてくれよー！　と頼み、十中八九「だめ！」といわれて、しょうがなく諦めて……やれやれと肩を落とし……もっと力をつければ、もっと売れるようになれば、もっと人気ものになれば、きっと編集さんもわたしのいうことを「ウンウン」ってなんでも聞いてくれるようになるんだわ。だからその日のために、もっとがんばらなくっちゃ！　と思ってたこともあったなぁ。

鏡の中いまも震えている、あの日のわたしがいる。

夢みる少女でしかいられない。

ふと気づくと、いつの間にか、昨今の若いひとの作品タイトルとかは、かつてわたしがやりたくてやらせてくれーと頼んで門前払いで許されなかったことを「へーき」でやるようになってる。ちくしょう。いいなぁ。羨ましいなぁ。

でも、彼らには彼らの苦労があるんだよねたぶん。

なにしろいまや「毎月のそのへん」の刊行数そのものがあまりにも多すぎて……敵が多すぎて……自分のポジション、みつけるの、きっと、たいへんだと思う。

えー、そんなこんなで。

その後出てきたコバルトの「え……えすえ……ふ？　なのこれ？」を読んで、ガクゼンとし、自分の「はじめての」ＳＦ短編集は、なにがなんでも信頼のおける老舗・天下の早川書房から出してもらわなくちゃと拳骨を握りしめた、わりには、いまだに「みて、これがあたしのＳＦよおおおっ！」というのをちーとも書いてない、中途半端なわたしなのでした。

# 乱の巻

# 1　『おかみき』罵倒の嵐事件

確かあれは集英社か講談社の少女マンガ系のパーティでした。ふと、どうみてもPINKHOUSEまたはPOWDERのワンピースをお召しになったすっごく背の高くて顔がちっちゃくて細い女のひとがツカツカとこちらに近づいてきて「くみさおりさんですよね？」とやや甲高い早口でおっしゃいましたです。「わたし、めるへんめーかーです。いつも読んでます！」「おお！　めるさんでしたか！　存じてます存じてます、読んでます」握手！

で、それから、ハガキとか手紙とかでなんだかんだ文通を繰り返し（当時はサイトとかメールとかそーゆーもんはなかったのです）、やがて「ねーねー、こんどいっしょにしごとしようよ」という話に、そらなりますわな。

「めるちゃん、イラストいーっぱい描くとしたら、どんなの描きたい？」

「ぜったい女の子！」めるちゃんは断言しました。「かわいい女の子、できればいろんなタイプおおぜい！　でもって、みんなそれぞれいろんなお着替えをするの！」

「女の子おおぜい……しかも着替え……？　ううむ……したら女子校ものかなぁ」

「いい、いい。女子校ものなら制服が描けるわ。夏服と冬服と、少なくとも二種類は描けるわね」

「ちょっとまて。転校したら？　転校したのに、もとのガッコともつながってて、あっちこっちいったりきたりする必要があって、そーゆーシーンが頻出したら、あっちの学校とこっちの学校と、それぞれの夏服と冬服と、少なくとも四種類描けることになるよね」

「ウレシー！」

そーなんです。あの『おかみき』は、「そんな理由」で、あーなったんです。

めるへんめーかーが「かわいい女の子」を描けるようにすることを念頭におき、なるべく「いろんな制服を描けるように」『おかみき』の構成は、周到に練られたのであります。

めるちゃんとの出会いがなければ……めるちゃんが、かわいい女の子といろんなお洋服を描くのがそんなにも好きでなければ、この世に『おかみき』はありえなかったというわけです。

ちなみにしょっちゅう聞かれて答えたのでいまさらですが、わたしには女子校経験は「まったく一度もありません」。「カッコいいおねえさま」にポーッとなった経験もなければ、かわいい下級生からラブレターをもらった経験もなければ、お嬢様学校の「でしてよ」「およしになって」「ごきげんよう」などなど文化に染まったことも、はい、まったくありません。

このへんのリアリティは、実は大学時代の仲良しの友人からの「精密なレクチャー」のおかげだったのでした。

っていうか……わざわざ取材したわけではなくて、彼女と毎日しゃべってるともう抱腹絶倒というか、アンビリーバボーというか、メモをとらずにいられないというか。とにかく「ネタだらけ」だったのね。彼女は幼稚園の時から、一時短期間だけおとうさんの転勤で九州方面だかに転校した以外はずーっとバリバリの四谷雙葉で、しかも、「将来はきっとシスターになろう」とこころに誓ったひとで、成績優秀な超優等生でした。フタバは薄青い修道服も美しいサンモール会の牙城で、しかも四谷駅前交差点の向かいは東京でもかなりデッカイほうの教会であるところのイグナチオ教会（イエズス会系）でした。線路の向こうは迎賓館だし。うちの母校（上智）はCIAの巣窟とずーっといわれてるし。

都内でもここほど、夷狄文化密度の高い場所、は、他にそーそーないんちゃいますかね。

くだんの彼女はまさに、男女七歳にして席をおなじうせず、みたいな生活をマジ十八歳まで送ってきたわけで、その世界は、公立の共学（しかも時々は国立付属、時々は地元のフツーの学校）を、一匹オオカミ同然でテンテンと渡り歩いてかなりスサンで孤立した精神生活を送ってきたわたしにとっては、みたことも聞いたこともないほど「純粋」で、「善意たっぷり」で、ほとんどファンタジーな異界そのものだったのです。『おかみき』（あー、いきなり通称で書いてますがこれはいまだにわたしの前世の代表作といわれるところの『丘の家のミッキー』全十巻のことです）における未来（みくと読みます。おかみきの主人公にして一人称の語り手です）の「フツー考えられないほどオクテで鈍感でとんでもなくトンチンカンな感性」は、あれは、全部が全部私の創作というわけではありません。というか、この某友人から聞かされた「とある異界で、推奨されていた資質」を、やや誇張したもの、演繹したもの、にほかならないものだったのです！

これこのようなさまざまな要因が『おかみき』をあのようなものにしたてていったわけで、これはもう運命というか、あれはぜったいにわたしにしか書けなかった、あの時代にしか書けなかったものになってしまったわけだったりなんかします。

でもって、『おかみき』。

平成バージョンではない、めるちゃん絵の元バージョンをお持ちのかたは、ご確認いただければすぐにおわかりになられるように、最初は「一冊で終わる」予定だったのです。

続きを書くつもりなんて、ぜーんぜんなかった。

ただ、書いてみたらけっこう楽しかったので、長くなってしまい、当時のコバルトとしてはかなり異様に分厚い本にはなってしまいました。

そして……売れたんですねー、これが。

間違いなく、間違いなく、第一要因はめるちゃんの絵です。表紙です。

あの明るい黄色を基調としたかわいらしい少女の絵。

あれが「ヒラヅミ」になっていたからこそ、手に取ってみてくださったかたがあり、「ちょっと読んでみようかしら」と思ってくださったかたがあり……そして読んでみて、ガッコーに持っていき、ナカヨシのおともだちに「ちょっとちょっと、これ読んで。笑えるから」とススメてくださり……。

憧れのゾーサツが、なんだかスゴイ勢いでかかったんですね。

とーぜんのことながら
「続きを書け」

編集部からオタッシがきました。

「そもそも、この話はまだちゃんと終わってないではないか。いくらでも続けられるだろう。続けられるだけ続けろ」（出た、ジャンプ方式！）

「……っていわれたんだけど」わたしはめるちゃんに相談しました。

「いいよー。やろうよー。またかわいいお洋服出してね♪」

「あいあいー」

かくて、わたしは、楽しみつつ、また、さまざまに苦しみつつ（なにしろなに書いていいかわかんなくて苦し紛れに出したキャラが途中で消えちゃったりしてたりとかしますからね）、ゾクゾクと続編を書いたわけです。そりゃ求められれば嬉しいし。ウケれば嬉しいし。売れれば嬉しいし。確か、『おかみき』を書くようになってから、はじめて、わたしも「ほんもの」のPINK HOUSEのお洋服を買ったんじゃなかったかなぁ。だってお高くてとても買えなかったですもの。「っぽい」のでガマンしてたのよそれまでは。

しかし……。
J、L、N、Q、R、S、W、X、AA、AC。
これ、なんだかわかります?

実は、『おかみき』の1（実質は番号なし）から10までの「88のナントカ」のナントカの部分なのです。

わたしは『おかみき』を、『おかみき』だけを連続で書いていたわけではない。

あんだけウケてたのに。書けば売れたのに。読者も「早く次を」とどんどこ催促してきたのに。

それが、わたしにはどうしても、できなかった。

で、その間に、『花のお祭り少年団』とか『みやは負けない！』とか『燃える月』とか、実にまったくなんら統一感のない「単発もの」を書いた。

なぜか？

自分には自分をうまく分析できません。

ただ、もしかすると、わたしは本来一作ごとに「真っ白に燃え尽きる」タイプのモノカキなんじゃないかと思います。ツヅキものを延々と書こうとすると、いかにもツヅキが読みたくなるような「ヒキ」というやつをやらなきゃならなくなる。それがめんどくさい。ていうか、そもそもさっさとすませてしまえばいいエピソードをあっちこっちひきずりまわして、わざとこんぐらがらせて、ややこしくして、話を長引かせなきゃならない。人間関係もどんどんややこしくして、さっさと仲直りすればいいやつにわざとケンカさせたり、そのケンカを長引かせるために余計なことをチクるいやなやつを登場させてみたり、誤解を解決させるつもりがウラメに出て余計にドツボにはまっていくような、デス・スパイラル的なテクニックがいる。ワレながら、イヤなのね。これ。卑怯な感じがして。もともと短気で熱血型だからさ、そーゆーの、わざとやるの、我ながらウザくてたまんないのね。

ほんとは、どっちかっつーと、いわゆる「ジェットコースター型」というか、話がはじまったら、じわじわじわじわじわあがったかと思うといきなり急転直下事件が起こって、その勢いでドーンといって、あがったりさがったりループを描いたりしてきゃーきゃーいいながら、とにかくどんどん進んでテンションあがって、……はい、ゴール……みたいなほうが好きなのね。

そして……ザンネンなことに当時のわたし（二十代です）にはまだ、単行本で十冊分必要なほどの大作の構想をたて、それをきっちり十分割して、適宜書いていく、というような技量はなかった。ていうか、いまもないと思う。四冊ぐらいがせいぜい。それ以上になると、わたしの脳みそのハードディスクにはいらない。全体がみえないと、着手できない。「一話完結」で、毎度おなじみのキャラがすったもんだする話なら、また別なんですけどね。

もういっこの……そして、わたしの気持ちにとって最大の問題点は……

『おかみき』にウケてくれる読者の大半が、それを未来と朱海《あけみ》くんとの「ラブコメ」だと思ってしまってくれているらしい、ということだったのでした。

毎回毎回、お手紙でいわれました。

「じれったすぎます」「いつくっつくんですか」「はやく結ばれてほしい」

は？　なに？

すみません、わたし、マジ、困惑したんです。

わたしは「とある特殊な境遇にあった清純といえば聞こえはいいが融通のきかないタマシイが、別の（どちらかというと前よりはふつうで一般的な）環境に放り込まれた時に、どのような摩擦をうけ、どのように苦しみ、そうしてどのように自己変革して適応していくか」という物語を描いているつもりだったのです。いやそんな壮大なテーマをそーゆーカタクルシイ文章で意識してたってわけじゃないんですけど。

別のいいかたをすると、転校生人生を送りまくってきた一匹オオカミのわたしは（いやもっとすごい転校生やってきたひとはいっぱいおられると思いますよ、旅役者の一座のお子さまとかね、でも、ともかく）そういうことが皆無である「マジョリティ」に向けて、「一匹オオカミとはなにか」について、書きたかったのね。「一匹オオカミ」はこんなキモチでいるんだよ、できたらわかってあげてね、もしよかったらおともだちになってあげてね、って、いいたかったのね。でもって、華雅学園（お嬢様学校）と森戸南女学校（ややヤンキーがかってちょっと程度の低めのまぁふつうの学校）というふたつのまったく別々の、両立できない環境を「共に」愛してしまうという感情についても書きたかったの。

これは、でっかくいうと、宗教問題なんだよ。

いまそこできみは笑ったかもしれないけども。

イスラエルとパレスチナのように……アラブ諸国とアメリカのように……世界にはさまざまな「両雄並び立たず」な価値観があふれている。

お若い読者のきみたちは……まして、生まれた場所でそのまま育って、オムツしてた頃から知ってるともだちや親戚やご近所に囲まれて育ってきたきみたちは……そんなこと、ぜんぜんまったくわからないかもしれないけど……。

きみのその「あたりまえ」や「ジョウシキ」や「ふつう」が、通用する範囲っていうのは、地球全体からすると「これっくらい」ちっこいものなんだよ。

いつか、世の中に出ていくっていうことは……結婚するにしろ、就職するにしろ、あるいはひょっとするとほんのちょっと旅行するにしろ……その「狭い了見」が、どんなにグズグズな土台にたっているものなのかを、みせつけられることなんだよ。

そのことに……できれば、実際にキズつく前に、実体験して痛い思いをして消せない傷をうける前に……せめて「目」だけでも向けてほしい。

そんなキモチでわたしは書いてた。

あのオチャラケで、お笑いで、おバカで、へなちょこな小説を。

なのに……二十万部も買ってくれる読者の（回し読みがさかんだったたっちゅーから実際の読者はその何倍かになっただろう）いったいどれだけが、そういうところまで、気づいてくれるんだろう。読んでくれているのだろう。それがだんだん、わたしを締めつけていったんですね。

彼女たちはよく「わたしは未来にそっくりです」という。「ともだちからオクテすぎるっていわれます」「ドンクサイっていわれます」「わたしにも朱海くん（この小説のヒーロー）みたいなカッコいい彼が欲しいです」「でもまわりの男子には、あんな優しいひと、ぜんぜんいません」

いるわけねーって。

わざわざありもしない宝珠流なんつー流派をでっちあげて、香道などというマイナーの極致でこの世ではおよそふつーの役にたたない「しごと」を家業にしている、ただただ伝統と格式だけはやたらにある一家を設定して、その、女姉妹だらけのきょうだいの「総領」という、とんでもない境遇を彼に与えたのよ。

あんなオトコは、そーゆー、特殊な環境からしか生まれないの。

しかも、ほんの高校生であんな達観した僧侶みたいな性格になるなんて、およそありえないことなの！

そもそもわたしは十五歳中学三年生かそこらで「カレシ」なんて欲しがるなよと思っていた。デキちゃったらしょうがない。好きになっちゃったらしょうがないよ。でも、なにもわざわざムリして作らなくてもいいべさ。だって「恋」って本質的に地獄なんだよ。自分が般若になることなんだよ。いっちゃったら戻ってこれない門をくぐることなんだよ。たった十五歳でもうそこまで覚悟していいほど、満足にまっとーな世の中を生きてみたのかいあんたらは？

……このへんの理屈に疑問を感じられるかたは、わたしの『感じる恋愛論』（青春出版社）を読んでほしいです。わたしは「恋」と「愛」と「おつきあい」をぜんぜん別物として区別し、世の中の大半には「ソントクづくのおつきあい」しか存在しないと断定しています。きっと反論したいひともいると思うけど、だってそうみえるんだもん。

で……。

読者にウケたい、ウケたいにはウケたい、でもどうもこの読者にウケるものは本来わたしが書きたいものとビミョーに違うみたいなんだ！　この二律背反が、わたしをして、『おかみき』を一冊書くたびに多大なストレスを与えたので、その「毒」を抜くために（抜かないと『おかみき』本編が恐ろしい展開になります）別のものを書かずにいられなかった、と。そーゆーことなんですね。たぶん。

しかし……。

まぁ時代はアッという間に変遷し、いまや中学生が援助交際と称して売春まがいの行為をすることがたいして奇妙でもない世の中になっちまったんですから、わたしの「ブキヨウ」や「純情」は嘲笑われてもしかたありますまい。

読者のあまりの要望の強さに、さすがにわたしも覚悟をきめました。そんなにやらせたいならやらせてやろうホトトギス。しかしそれまで「こうだ」ときめて書いてきたキャラの性格をいきなり一変させるこたぁできませんからね。それにはそれだけの作戦をたて、こうなってこうなったらさすがの未来も、さすがの朱海くんも、やってもしょうがないだろう。そういうふうにもってって、書きましたよ。そしたら……旧バージョンの六巻が書店に並んで出た直後から、呪詛と非難と抗議の手紙がふだんの十倍量で殺到し、わたしをしてマジ驚愕させせしめ、かつ、地獄の底まで落ち込ましめてくださったのです。

なんでそんなに罵倒されたのか？

キスシーンが、お気にめさなかったんですね。

オザナリに書いたもんじゃないんですよ。すっごい考えて、工夫して、これなら感動的なものになるにちがいない！　やっと納得し、丁寧にこころをこめて書いた場面なんす。だってさぁ。あたしだってやるからにはちゃんとやりたかったのよ。延々とそれまで五巻も待たせたんだもん。せっかくだもん。

ほんといって、本人は、書きながら感動でうるうる泣いてましたもん。

なのに。

「許せない！」

と、かなりの数のかたがたがおっしゃってくださってしまったのでございます。

「未来ちゃんのほうから、する、なんて！」

………え？

わたしはマジ面食らい、脳天チョップをうけたような気になりました。

みくのほうから？

それがやだったの？

いんやー驚いたぁ。なるほどねぇ。それってそんなにイヤだったのかぁ。ふーん。なんでそんなふうに思うのかぜんっぜんわかんないけど、まぁ、なんてったってウブなオトメだもんなぁ。キス、って文字を手紙に書けないぐらい純情な子みたいだからなぁ。無理ないか。

数の中には、まぁそういう子も、「いまどき（↑当時の）まだ」そんな感覚をもっているオクテのひとも、いてもしょうがないのかも。なにしろ地方在住の中学生さんとかで。きっとマジメな子なんだろうな。

と、溜め息まじりに苦笑しつつ、次の手紙をあけて読むと、

「ひどい！」

怒りにまかせて書いたことを如実にしめす真っ赤で巨大なペン文字が目んタマから脳みそにズサズサ刺さるんですわ。

「さんざん焦らして期待させといて、どうしてよりによってこんな残酷なことを！」

はい？

「がっかりです。おかみきなんてもう二度と読みません。あなたには裏切られました。まさかこんなショックをあたえられるとは！」

もしもし？

「どんな理由があっても、女の子のほうからキスするなんてぜったい、ぜったいダメです！」

……そう？

こんなんばっかり十も二十も読んでいるうちに、どんどん落ち込み、ショックで呼吸困難になり、気持ちがすさんできました。みなさまのわたしを罵倒するさまといったらまさに苛烈をきわめており、いっさい容赦がありませんでした。なんだか自分が、幼女凌辱連続殺人犯かなんかで、人間のクズで、この世に生きている価値がない、一分でも早く死んだほうが酸素の節約になってよい、みたいな存在であるような気がしてきたほどです。

よくあそこで発作的に自殺しなかったもんだ。いたのがマンションの三階じゃなかったら、窓からとびおりてたかも。

みなさんが「ものすごく」怒ってる、ガッカリしてる、失望してる、のはよくわかりました。期待していたものを書いてさしあげることができなかった、それもよくわかりました。

でも、

なんで、女の子のほうからキスしちゃいかんのか、なんだってまた単にそれだけのことにこんなに驚いたり衝撃をうけたり傷ついたり「裏切られた」とまでいって怒り狂ったりすることができるのか、わたしには、さーっぱり、わかんなかったのでございます。

だって、
別にいいじゃん、「どっちから」するんだって！

クチビルがふれあって、そこで「応えて」「続けることを許可した」らもう「はじめたのがふたりのうちのどっちから」だろうと、いっしょだっつーの！

ていうか、
お願いだから、もっとちゃんと、ストーリーを、キャラを読んでくれよ！　とわたしはとてもとてもいいたかったです。

『おかみき』の主人公カップルの性格とそれまでのエピソードの流れからすると、カレシのほうが、カノジョに「いきなりキスする」などという破壊的（このモノガタリの場合はそうなんです）展開は、少なくともその六巻めの時点では「ぜったいにありえな」かったのです。まんまんがいち、無理やりやったとしましょう。カレシがカノジョにちゅーしたその次の瞬間、カノジョがパニックを起こしてカレシをぶん殴るかなんかして、絶交宣言をして、「朱海さんとは二度とあわない！」なんつって、たぶん町ですれ違っても口もきかない、あくまで避けるのが少なくともおよそ三巻ほど続く……という展開が自然でした。

でも、カレシのほうは、もういつだってくるならこいでオッケイだったんで（笑）。

わたしはわざわざ大事故を起こし、一時的にですが、カレシの目をみえなくさせ、カノジョの口をきけなくさせました。この非常事態になってはじめて、「いつだってわたしの気持ちをよくわかってくれるカレ」が機能しなくなり、機能しなくなっても読者から非難されなくなる（はずだった）わけです。なにしろ目がみえないんですから、好きな女の子の顔色が正しく読めなくったってしょうがないじゃないですか。同情してあげるべきですよ。でしょ？　あまつさえ、カノジョのほうは口がきけないんですよ。いつもの言い訳も照れ隠しの無駄ばなしもなんにもできない。で、筆談しようとしたって相手はみえないから読めない！　おおっ完璧なまでに悲劇的にコミュニケーション不全だっ！　そこで、でも、どうしてもいますぐ「あなたが好きです」「あなたが生きていてくれてよかった」そういう気持ちを、つたえたいとしたら……ねぇ。

女の子のほうからキスしたくだってなるってもんでしょう？

とっても説得力のある美しいシーンじゃないですか⁉

わたし、自信ありましたよ。

なにしろどうせ書くなら、しかもさんざん後回しにして大事にとってあったオクテなふたりのそのシーンなら、少女小説界の歴史と伝統に残るような「名場面」にしようと思うじゃないですか！　そうしたはずだったんですぜ。

なのに。

「ひどい裏切り」で「二度と買わない」なんですから。

わたしは自分も女子ですが、こういう時、ほとほと、女子ってキライだと思ってしまったりします。

自分の思惑からはずれたことが起こるとおのが洞察力の浅さを自嘲したり反省したりするので

はなくいきなり被害者面して補償を求めてくるとことか。

自分の期待に応えない人間は自分とは縁がなかったのだとそっと心の中で切りはなすのではなく、あんたってサイテーねこの世のどんな片隅にも存在することも許せないわと大声でおっしゃるとことか。

他人を思いどおりにしたくなると、諭してみるとか、説得するとか、お願いするのでなく、まずまよわず脅迫するとことか。

いえね。

もちろんですよ。

旧バージョン『おかみき』六巻を読んだひと全員がそこでそう思った、かどうかはわかりませんよ。いったいどういう割合でオッケイだったりイヤだったりしたのかわたしにはわかりません。とにかく「オッケイ」だったひとはあんまり手紙くれないんですよ。怒り狂ったひとほど、くれるんですね。それも、激しいのを、熱心に。

連日連日、『おかみき』と久美沙織の存在意義を抹殺するようなお手紙ばかりをいくつもいくつも読んだわたしは、すっかり拗ねて、スサンで、グレたやつになっていきました。もう『おかみき』なんてここでいきなりやめてやる、コバルトに小説なんて二度と書かない、ってほんと思ってました。

でも、ちょっと落ち着いてくると、「女の子のほうからキスをしてはいけない！」という（お手紙くれるカノジョたちにとって常識であるらしい）感覚ってば、いったいなんなのさ？　と考え込むわけです。

理屈じゃねーよな。

だって誰も「でしょ！」っていうだけで、なんでそうなのか、ぜんぜん説明してくんないし。

問答無用でそう感じてるらしい。

たぶん、これは、女の子のほうから恋人になってくださいなんて言い出してはいけないとか、デートに誘ってはいけないとか、まして、「せっくす」をしたがったりしてはいけないとか、多様な場面で同じようにありうる「タブー」なんじゃないかと思うんです。「戦略」としてはわかりまっせ。そら、人間、迫られればウザくなるものだし、逃げられれば追いかけたくなる。売り手市場買い手市場みたいなこともある。プロポーズは「する」のではなくあくまで「される」あるいは「させる」ものなのよとうちのママも言っていたわ。

ラブラブ気分にほだされて、ついついうっかりあんなことやそんなことまでしてしまい、うっかり妊娠なんかしちゃったりして、人生のポイント・オブ・ノーリターンを越えてしまうことになるのはオンナのほうだ。だってそこまでいっちゃったら、現実におなかはどんどこせり出してくるんだし。ほっとくと約二百六十六日後にはあたらしいいのちが誕生しちゃうし。

その点、オトコはんはそーでもない。なんたって自分の身そのものには、変化なんてなんにも起こらない。トボけてスカしてしらばっくれて、トンズラすればオッケイかも。フタマタもミツマタもかけてたってわかんないかもしれないし！

なのにこっちから「せまって」こっちから「たのんで」無理にそうなっていただいたんじゃあ、

ましてやばい。

「あんたのせいよ！」

「なんとかしてよ！」

「責任とって！」

というためには……そら、「最初に手を（あるいはクチビルを）出したのは、ええ、わたしではありません。あっちでした！」というべきなのかもしれないけど……そんなの。アンタ。誰も証人にならないんだしさぁ。

「そこでもしへたに抵抗していたらなにをされるかわからなかったです」

強姦かよ。

あーもー。

なさけねぇ！

てめーらなぁ、好きなオトコにぐらい、誇りと自信とよろこびをもって、自分から積極的にちゅーぐらいしろよー！

その好きなオトコはほんとはちゅーもしたかったろうにあんなこともそんなこともしたかったろうにこっちののろまなテンポにあわせてずーっと辛抱してくれていた偉いやつなんやんか、そんなカレにいまさら「抜け。おぬしから。ええい。抜け。抜かぬか」って迫るんか？　それ、それこそ、残酷だって思わんか？

そんなにあくまでどうしても正当防衛にしたいんかいっ！　そんなに純情で無垢でぶりっこで

いたいのかい！　相手がどうだろうと状況がどうだろうとあくまでジコチューに自分の都合ばっかいいたがるのか。

おめーらなんかきらいだ。

そんなセコくてずるい望みになんか、もうつきあいたくない。

おめーらに支持されるような小説なんか、金輪際書きたくねーわい！

っつーか、ようするにその一群の女子のような感覚をまるでもたないわたしには、この職場は「どー考えても向かないんだわ」と痛感したんですね。

「そんなこと当然わかっててくれなくちゃ！」なことがわかんないやつが類推して書くより、「そうそう。当然よね」ってちゃんとわかるやつが書くほうがそら、ぴったりくるでしょうが。

「この」読者のかたがたに向けてこれまでのように自由で自信と誇りをもてる気持ちでモノを書いていくのはわたしにはもう無理だ、限界だ、それこそ、「そうだ」とわかっているのにムリにやりつづけることこそ「真の裏切りだ」と思ってしまったりしたわけっす。

小説はウソで架空で虚構だと、わたしはいつも自分に言い聞かせるけれども、だから夢をみたがる読者が読むのであって、過酷なゲンジツなんて読みたくない、読みたい夢だけみせてくれればいいのだといわれると「それはちゃう！」と思う。夢だから、美しくあるべきだ。それはいい。でも、夢だからこそ、凛々しくありたい。くだらねーどーでもいいもんじゃなく、ありえないほど素晴らしいものにしたい。そう思うわたしはバカですか？

わたしは未来も朱海くんも大好きだった。だから、彼らに、容易な軽いご都合主義の、ムードだけの恋愛なんてさせたくなかった。一度「このひと」ときめたら、一生貫き通すような、そんな恋愛ができる「人格」が形成されるまでいわゆる男女のおつきあいを「つきあわせ」たくすらなかったのだ。ふたりともまだ若くて未完成だったから、ほんとうの「愛」に到達できるまでには、まだまだ時間がかかる、それを「待つ」だけの辛抱強さが、彼らにはあるはずだ、それだけの「相手への配慮」があるはずだ、そう思っていた。

ちょっとキスして、抱き合って、飽きたら二週間で別れましょう、みたいな、そんなキャラたちにはしたくなかった。

でも……どうやら、コバルトで「ウケ」る小説としては、そーゆーのって、もう「ふるい」んだな。

六巻への「罵倒の嵐」事件でわたしは確信し、別の居場所を模索したいと考えはじめた。のわりに、高校篇を書いたりしたのは、もちろん生活のためもあったけど、「気づいてくれ！　気づいてくれ！」という祈りだったと思ってほしい。あんまし通じなかったけど。

その次に、未来とは正反対みたいなグレた（それでいてぜったいにプライドを捨てない）ヒロインを描いた『鏡の中のれもん』の頃から、わたしは自分が「いまのコバルトの王道」にはもう居場所がないことを確信していた。出ていこう。でもどこに？

その頃、コバルトで人気のトップをとっておられたかたがたは、既に、既婚者で、お子さまもおられて、マンガ原作者などの経験をたっぷり積んでこられたかたがただった。「売れる」原稿を書く力をもってるひとたち、編集部の要望に応え、読者の好み要求に応えることが、たぶんまったく「苦」ではないかたがただったのだと思う。

別会社だが、花井愛子さんがいつかアンケートに答えておられるのを読んでガクゼンとしたことがある。「自分の書きたいことなんて別にないわ。読者が読みたがることを書くだけ」

そうか……そんなことができるひとがいるのか！

そんなひとには、ぜったいに勝てない、とわたしは思った。

この世界では。

この読者では。

わたしはもううけいれられない。わたしにはもう居場所がない……。

## 2　愛に関しての深遠な問題

氷室さんと新井さんと正本ノンちゃんと田中雅美ちゃんとこのわたしが、コバルト五人娘（笑うな！）といわれた時がある。みんなして、ヘアメイクさんにきれいにしてもらって、レンタルのウェディングドレスとか、スポーツウエアとかを着てポスターになったりした。

ある日、ふと気がついたのだが、この五人の誰ひとり、こどもを生んでいない。

現在にいたるまで。

隠し子があったら知らないけどみんなもうけっこうトシだから、マルコーだから、たぶん、養子縁組でもしないかぎり、コドモは生まれずに終わるだろう。

一代雑種、という生物学用語が思い浮かぶ。

こいつらはガンジョーでよく作物を実らせたりするが「増えない」のだ。

こどもがつくれない。ヘタすると「品種改良」？　で、わざと、ぜったいにタネにならないように遺伝子を改変されている。するってーと、「この作物が欲しいひと」は自分で増やすことはできないから、また「発売元」から購入しなきゃならないのである。

♪おお、パイオニア！　われらパイオニア！

開拓者には開拓者の資質。既に「十分に成熟した市場」にはすでに十分に成熟した市場に適した才能がある。開拓に向いた才能は、あまりに成熟した市場には、もしかすると、たぶん、あまり適さないのではないだろうか？

巨木の森を考えてもいい。巨木の森の中はかなり暗い。光を必要とする種類の若木は、巨木の陰になって一日じゅう日のあたらない地面では、けっして生き延びることができない。巨木の根元にはコケやキノコが生え、たまに小さな花は咲くかもしれない。コバルトは最初、里山の雑木林だった。そこには、多種多様な樹木灌木草木のたぐいが生存できた。わたしたちはそこで、いろいろな花を咲かせ、実を成らせた。

いまは、スマン、実はよう知らんのだが、なんだかとてもぶっとい樹が……それも互いに似たような種類のそれが……いずれもお互いより少しでも高くまで伸びようと、どこまでもそびえた森になってしまったようにわたしには見える。その森には、ちっちゃな雑木のはいりこむスキマはない。たとえタネがとんでいって根付いて芽を出しても、やがて巨木の影のあまりの大きさに、枯れてしまうだろう。とはいえ森の縁の、わずかにでも光のあたるところには、可能性があるにちがいない。巨木が一本倒れれば、そこに光がさし、腐葉土ができ、また新しい生命が生まれるだろう。

別のいいかたもできる。

マラソン競技で世界記録を出そうなんてー時には、ペースメイカーと呼ばれる選手が、ふつーの選手といっしょに、かならず「トップグループ」にまじって、時計をみながら走ったりするものだ。たまにそのペースメイカーのはずのひとが優勝しちゃったりすることもあるけど、三十キロあたりで、走るのをやめたりすることもある。

わたしは三十キロで「あのコース」を走るのをやめたランナーだ。

あのコースでゴールのテープを切るのは「自分にはムリだ」と悟ったランナーだった。

そーいえば……

（ババアの回想のいったりきたりをまた許していただきたいのだが）

われら「初代コバルトブーム」組の「特徴」で、思い出したことがある。

いつだったか、「キラキラ文章ゼミナール」とかなんとかいう企画があり、コバルト編集部に応募して選ばれた読者のかたがた何名かをお呼びして、あっちこっちに出かけていってなんだかんだやったことがある。講演会っつーか、パネルディスカッションっていうか、まぁそんなようなもので。わしら四名（その時は素子ちゃんがいなかった）が、たまさかそろったのは確か「新潟」のなんとかいうハイカラなホテルの一室だったような気がするんだが。

会場でですね、質問をされるわけですね。同じ質問に、四人がそれぞれ答えるんですね。マイクをまわして。たとえば「小説を書いていて一番嬉しいのはどんな時ですか？」とかって質問があったような気がする。

以下、ちなみにウロオボエですから、もしかすると、誰かと誰かのいったことを混同してるかもしれませんが、少なくとも自分がいったことはニュアンスは違っててもそのとおりです。

氷室冴子「書いている時そのもの。自分の頭の中に生まれたイメージを、かたちあるものに定着させていくのがキモチいいですね」
田中雅美「書き上げて、ヤッター、これで終わった。間に合ったー！　って時」
正本ノン「自分の本を本屋さんでみた時。はじめてみた時には夢かと思った。あと、読者のかたからおたよりをいただくと、ほんとに嬉しいです」
久美沙織「やっぱ、原稿料とか印税とかが振り込まれたのを銀行で確認した時っすねー」
別の質問「これまで書いてきた小説の中で一番好きなのはどれですか？」
氷室冴子「いま書いているもの。そしてこの次に書こうとするもの」
田中雅美「自分の書いたのは全部好きー！」
正本ノン「処女作。作家のすべては処女作にあるっていいますけど」
久美沙織「全部だめ。納得いってない。ほんとうのわたしはまだまだこれから」

……よろしいか？

読者のみなさま。

これらの互いにかなり相反する答えをけっして「ウノミにしてはなりませぬ」(笑)。すべての答えは実は四人共に程度は違いながらも共通するものであり、すべての答えにどこか諧謔とかウソとか演技とか「自己演出」があるわけです。

それをですね、この四人はなんら事前の打ち合わせなしに（なにしろどんな質問されるかなんて前もって知らなかったし）「役割分担」してのけた。

誰かがいったのと同じよーなことといったら聞いてるほうもつまんないし、いうほうもクヤシイ。だから、なんとか違いを出したい。別の魅力を出したい。お互いにお互いの違いを際立たせたい。そーゆー意識が、たぶん無意識のうちにすげー強かったんだと思う。この時の瞬間的な受け答えはその典型で、だからわたしも「おお、みんなやるじゃん」と覚えていたわけですが。

四人姉妹といえば『若草物語』（ちなみに原題は『Little Women』）。

むろん我ら四人は四人ともその名作を読み、その映画もみ、全員が間違いなく自分を「ジョー（次女。作家志望）」になぞらえて読んだでしょう。

しかし、ひと前では、あるいはマスコミ前では、読者に対しては、無意識のうちにそれぞれを『若草物語』の登場人物になぞらえていたような気がする。

氷室さんはしっかりものの長女メグ。母親の助けになって家庭（つまりコバルト全体）をきりもりしなければならないと決意していて、そのためにはある程度、自分自身の幸福などは二の次にしてかまわないと覚悟している。やや古風。

ノンちゃんはジョー。背が高くて男性的で、男勝りで、古風な姉に対抗してリアルな現代的女性への道を模索しているけれど、実のところ一番ロマンチストかもしれない。ちなみに『若草物語』は明らかに彼女がヒロイン。

田中のまーちゃんはおしとやかで天使のようにこころ優しいベス。なにしろまーちゃんは執筆の合間にピアノを弾いているのかピアノを弾く合間に執筆しているのかわかんないような生活していたようだし（少なくともその頃は）。虚弱で、優しくて、よその貧しい家の子の看病をしているうちに、チフスだったかなぁ、当時だととてもヤバイ病気にかかって倒れて亡くなってしまう。あの七〇年代にすでに近親相姦小説だの美少年監禁小説だのを書いてたまーちゃんのどこがベスだ！　とツッコミがはいりそうだけど、まーちゃんはようするに「この世のひとではない」度が高いのではないかと思う。

末っ子のエミリーはうるさくてワガママでジコチューなガキである。かーちゃんやねーちゃんたちの苦労、戦争いってるとーちゃんのことなんか、まだぜんぜんよくわからない。夢みがちに、ただボケーッと生きている。悪くいえば傍若無人、よくいえば天真爛漫。破天荒。

わたしは、四人が四人そろって対比されるような時には、すすんでエミリー的な役割を埋めたと思う。ヒトをヒトとも思わぬ物言いをし、ねーちゃんたちのいうことをいちいちチャカすことを楽しんだ。

映画の中、リズ・テイラー（なんとエミリー役をやっているのは、おっそろしくかわいいまだ十代の彼女なのだ）は、もっとハナが高くなりたい一心でセンタクバサミでハナをつまんで寝る。十分高いハナだと思うのだが、それでもまだもっと高くしたいのだ。センタクバサミ責めは痛そうだからわたしはイヤだが、「もっと高く！」「もっときれいに！」「もっとカッコよく！」じゃないと「わたしじゃない！」というキモチはよくわかる。「じゃないと、わたしはわたしが気持ちよくいられるわたしじゃない！」というあたり……。

そーいえば、いつだったか、このコバルト初期四人組でヨタ話をしていて、誰はどんな死にかたをするだろうかってハナシになった。

氷室さんは間違いなく、憤死。なにかに激怒して、激怒して、激怒するあまり、ある日コメカミの血管がプッツといって死ぬだろう。

正本ノンちゃんは、たぶんもっとも長生きで老人ホームで一番人気のモテモテで、誕生パーティかなんか祝ってもらった翌朝、眠るように幸福そうな顔でいつの間にかやすらかに死んでいるのをみつけられて、みんなにつぎつぎに手を握られて、さようなら、楽しかった、ありがとう、とかっていわれるだろう。

田中のまーちゃんは美食とワインでフォワグラ死だろう。

久美はたぶん誰かにいきなり刺されるだろうといわれました。通り魔か、ストーカーか、知人に恨まれてかはともかく、突然ブッスリやられるだろうと（↑「ぜったいそーよ、そーにきまってるわ」と嬉々としておっしゃったのは氷室さんです）。

そん時は、めんたまひンむいて、「なんじゃこりゃあーーー！」っていわなきゃだめかしらやっぱり……。

忘れないうちにもいっこいっとく。

日本で最初に、パソコン通信と「ネット仲間」をストーリーの中心にどっかりと据えたエンタメ小説を書いたのはたぶんわたしだと思う。『ありがちのラブソング』（88－V、初版昭和六十二年つまり一九八七年の四月だ。表紙イラストおよび挿絵は藤原カムイ）。あらすじ。とあるチャット場で人気の架空の電子人格アイドル（当時のことだからほぼテキストのみの存在）が、謎の

「誘拐犯」に拉致られた。そこで、その頃には既になくなってしまってたジミーな草の根ネットを過去に形成していた名うてのハッカー（日本におけるオンライン通信の初期使用者）たちが、ひとりひとり探し出され、再集結して事件解決をはかるのである。「敵」の正体があまりにショボくて、ミステリーとしてのデキは最悪だが、少なくとも「なにしろそーゆー世界がある」ってことをちゃんと書いた「いっとーさいしょ」である。そのことだけはジマンしてもいいと思う。

しかし……いまから十七年も前に、こんなもん書いて（しかもコバルトで！）ウケるわけない。よって、まったくなんら評価されなかった。チャットとか、ハッキングとかいうことばすら「難解」だったのだから。モデルになったのは無料でテスト運用してくれていたアスキーBBSで、さらわれるアイドルのような「人工無脳」と呼ばれる「架空存在」もまたその当時すでに実在していた。アメリカのなんだっけ、精神分析医ソフト、イライザだかなんだか、なんかそんなもんのパクリみたいなもんを誰かが（すげぇやつが）作っていたずらにチャット場にほうりこんだのだ。最初はみんなそれがネカマどころか「まったく架空の、いわば電子的九官鳥のようなもの」であることに気づかなかったりした。そらもう、SFがまさにいまゲンジツになりつつある現場みたいだった。んーな事情を知ってるひとはそりゃー少なかった。なにしろ家にパソコンのある人口そのものがいまとはケタが違ったからなぁ。

高橋源一郎（灘校もと生徒会長）氏がわたしの書いたもの（どの時点のだったかは忘れた）を評して、シニフィアンとシニフィエが遊離している……とゆうてくれたことがあり、哲学科卒の威信にかけてあわててラカンだのドゥルーズだのガタリだのの「初級入門書」（だってホンモノは難しすぎるんだもん）を読んでみて、それでも、ホメられてるのかケナされているのか結局のところまったく判断できなかったりしたことがあるのだが、遊離していたのは、むしろ、読者および編集部がコバルトで人気を得ている作家にとうぜんのこととして要求するものと、わたしが「やってみたいこと」「だってこれカッコいいじゃん？　と思うこと」だったような気がする。

たとえば……わたしは「男女のどーのこーの」がニガテらしい。

一般的にいってフツーな意味での興味は、ほとんどないらしい。

誕生日だのクリスマスだのバレンタインだのにどこをどうドライブしてどこでどんなメシをくってどんなエッチをしてどんなプレゼントをもらったら「嬉しい」、みたいな「カタログ」的なものに対する欲求感覚が、わたしにはスコンと欠如している。

ある時、ある雑誌に「オトナの男女の関係についての小説をひとつ」といわれて、ハイハイといって書き上げた。編集部から電話がかかってきた。「あのね……濡れ場がないんだけど」「はい？」「オトナな関係っていったら、そのことに決まってるでしょう！」……そ、そ、そうだったのか。わたしは「真に人間的にいっぱしのオトナな人格をもって対等にわたりあえる男女の友情と対立」みたいなものがたりを書いてしまった。以来、中間小説誌に、居場所がなくなったのは言うまでもない。

いやエッチを否定するわけじゃないですよ。わたしの二十代の最愛読書は『O嬢の物語』だったし。あまたなメディアがスケベな気分を盛り上げるために存在する……というか、ほとんどの場合「それ」で発展するということもよく理解はしているつもりだ。けど……あのさぁ……こんなとこでこんなこといっていいのかどうかわかんないけど……ストレートでモロなエッチって「ダサく」ない？　おとことおんながはだかになってすったもんだするなんていうのは、どこか物悲しいか、滑稽か、ただただ暴力的で破滅的か、それらの混合か、ま、どれかじゃないですか。

そのダサさや物悲しさや滑稽さをとことんつきつめていくことができれば、「人間」を描き切った「泣ける」名作になったりもするわけで、たとえば、映像作品ですが相米慎二監督の『ラブホテル』(石井隆脚本、だから当然ヒロインの名は「名美」)なんつーのは、もう、すすりなき↓号泣ものです。なにしろ主人公の寺田農さまは「自分のちっこい出版社をつぶしちゃったオヤジ」。ひとりで死ぬのがイヤさにホテトル嬢呼んで、……ああう。そう、「おとなの恋愛」というのはこーゆーのをいうんですね、きっと。

こーゆー「エッチ」ならいつか書いてみたい！　けど……そう簡単じゃない。

そーだ。いつかわたしノンちゃんとナニカのハナシをしていて「だって感情ってもんは、ようするに脳の中で化学物質の割合が変化することじゃん」といって絶句されたことがある。「……くみくんは……なのに小説書いてるの？」「そうだけど？」悲しみも喜びも苦しみも痛みも、わたしには「つきつめればどの範囲のニューロンをどう刺激するか」の問題に思えてしまうらしい。

まして「スケベな盛り上がり」は単純だ。ホルモンの暴走以外のなにものでもない。でっかい乳したねーちゃんが濡れたシャツでクチビルをはんびらきにしていればそりゃイヤラシイ雰囲気がする。正常な機能をもった男性ならばそーゆーものをみると勃起反応が起こるだろう。たてば出したくなる。それは生物の必然だ。この反応には知性はほとんどいらん。

赤坂なんとかホテルで、シルクのレースのシュミーズをぬがしたら、ヴヴクリコ（ちなみにこの有名なシャンパンの名前はクリコ未亡人という意味なので結婚式とか結婚記念日とかにはあまり選ばないほうがいいと思う。いや、死を賭してのSMをやってカマキリ夫人に殺されれば本望だっつーような場合ならばぴったりだが）を飲んでほてって吸いつくようになった彼女の肌がどーのこーの……みたいな「詳しい描写」を読んでも「へー」と思うだけで、「いーなー」とか「一度やってみたいなー」とか「ウチの彼にもこれ読ませよっと」とかと思うようなことは、すまんが、まったくない。

じゃあ、どういうのだと描き甲斐があるのか、書きながら自分もおうおうと萌えてしまうかというと……『小説ドラクエV』読んでください。腐った死体のスミスのビアンカに対する感情、あれがわたしが「愛」と思うものだ。ガンドフが双子の赤ん坊に対してやったこと、あれも。そーゆー「愛」にしか「きゅん」とこないヤツにとっては、ただの不倫とか、ヘンタイ的なセックスとかには、すまん、正直、あんまし興味も熱意ももてないのである。

ついでにいうと、そもそもふつーの組織集団の人間関係のなんだかんだもダメなのだ。

なにしろ学生→小説家で社会に出たことがないとは前にもいった。OLさんをやった経験は一度もない。「りんぎしょ」とは如何なものであるか三十何歳になるまで知らなかった。原宿竹下通りのアクセ売り場で売り子さんをやっていたことはちょっとだけあるけど、そこの経営者は遠い親戚だったし、あまりにも小さな職場で、たぶんフツーにいうところの「会社」組織の「したっぱ」としての自分を理解するところまではいたらなかった。

よーするにわたしは「ふつーいっぱんのおとな」とか「ふつーいっぱんのコバルト読者」が一番興味をもちそうなことに、どーやら、あんまり興味がない、へんなやつなのだ。

ちなみにいま『ファインマンさん最後の授業』を読んでるんだけども、すっっっごいおもしろい。カルテク級の科学者のみなさんの中にすら、「俗っぽいひと」と「そーでないひと」がいて、ファインマンさんなんつーのは「そーでない」最北端なわけで、そのファインマンさんの最後(ガンで死期が近いことは本人も周囲も知っていた)の日々をみつめつづけた若い科学者のことばのひとつひとつが、実におもしろい。素晴らしい。わたしには無限多元空間だのクォークのふるまいだのはぜんぜんわからん。しかし、そーゆーものをつきつめて考えることに人生賭けずにいられないひとのキモチはよーわかる。それはわたしが、「ドラゴンにはなんで翼があるんだろう? 航空力学的にはどう考えてもあれで飛ぶのはムリなのに……」と思いついてしまって、結局は「魔法」に頼らざるをえないのだけれども、それにしても単なるなんでもありの魔法ではなく、いちおう「ルール」を作って整合性をもたせる「魔法世界」をまるごと作らずにいられなかったのと、たぶん、なにかが「同じ」なのだと思う。

脳みその中で「何をするのが」一生で一番楽しいかが。ぜんぜんジャンルは違うけれども、「大真面目にバカをやる」ことや「ふつうの人がどうでもいいと思っちゃうことにとことん入れ込むこと」がどう考えても何より一番たのしいよオレは。シュリーマンがトロイ掘るのと同じっすよ。結果が何かしっかりしたもんに結びつこーがつくまいが。いや結びつくハズだと思ってやってんですけどね。

ちょっと遅れて読んだ今年の週刊朝日の三月十二日号に「マンガ原稿料が安いワケ」というたいへん興味深い記事があった。竹熊健太郎さんの『マンガ原稿料はなぜ安いのか？』（イースト・プレス刊）に関するみひらき二ページの短い記事であるが、その中に『マンガ産業論』（筑摩書房）を執筆した中野晴行さんというひとの発言が紹介されている。

「私の甥が小学5年のころ『マンガはストーリーが複雑で情報もごちゃごちゃして面倒だ』と言った。それで中学に入った今もマンガを読んでいません」

『おかみき』最盛期、わたしが読者からうけとったレターとそっくりである。

「最近のマンガはなんだかすごく難しくって、とってもついていけないけど、コバルトはわかりやすくて、バカなわたしでも楽しく読めるから好きデース♪」

ということなのである。

水は低いほうに流れる。

カネは需要がたくさんあるほうに流れる。

よって、業界は「成熟」するとかならず「てっとりばやく成功する道」を肯定するようになる。

「いまウケてるものにできるだけ似ていて、ほんの少しだけ新鮮なもの」を求めるようになる。

フツーな感覚の「おもしろさ」や多くの読者に「ウケるもの」にいまいち関心がもてず、しかも、自分なりの「カッコよさ（美学といってもいい）」にものすごい愛着があり、かといってプロなんだからそれで食ってけないと困るわたしの、あしたはどっちだ？

ゲーム業界だった。

見合い話のあたりを思い出してください。家事の片手間にやるなら許してやるといわれて激怒したあたりを。しかし現実問題として単に小説を書くだけにもかなりの設備投資が必要になってしまっていたことを。

（ちなみにこれはあくまで「当時の」過渡期だったあの頃の話です。なんつったっていまは、たとえばプリンターなんてほとんどいらないっすから。メールで送っちゃえばいいんだもん。新人賞はそうはいかないだろうけど）

食うために書けば書きたいものが書けない。

書きたいものを書いていたのでは食うに食えない。

いったいわたしはどうしたらいいの。

さめざめ泣いていたそんなある日だったと思いねぇ。わしの守護天使その一である大森望先生さまが「こんど糸井重里さんがゲーム作るんだけど、ノベライズやらない？」と声をかけてくださったのは。

このへんの詳しい話は次の節に譲る。

まずは大きなナガレをおさえておこう。

ともあれ小説版『MOTHER』ができた。この一冊の真っ赤な表紙の文庫本がその後のわたしの運命の舵をガガガガーッと切っていたことに、わたし本人もまだ気づいていない。

まずはその直後……わたしの守護天使二……『おかみき』シリーズという超ヒットを助けてく

れもしたあのめるへんめーかーが、電話をかけてきた時。

「ねーくみさん、ドラクエって知ってるー？」

「……名前だけは知ってるけど……やったことねぇ」

「こんど、Ⅲが出たんだけど、すっごいおもしろいんだよ。ぜったいぜったいやったほうがいいよ」

すなおにドラクエⅢをプレイし、感動のあまりひっくりかえったわたしは、めるちゃんと、とある編集さんと共にエニックス（当時。小滝橋通り……いまハングルとか謎のタイ文字とかでみちあふれてるあそこです……の裏通りにあった）をおとずれ、わしらにドラクエ大好き本みたいなのを書かせてくれないかと頼み……あっさりことわられた。ドラクエは、キャラなどの著作権問題が複雑で、そーかんたんにかってなことをされては困ると。でも……ワタナベくんは……守護天使三です……わたしの『MOTHER』を読んでくれてたんだわ。

「おもしろかったです。あのー、たとえば、ドラクエ本編そのものではなく、聖霊ルビスの少女時代の番外編みたいなのを、書いてみませんか？」

きっとあの時ワタナベは、ちょっとした短編のことを考えていたのだと思う。それがどうなったかは……またアトに述べる。

かくして、ついにわたしは、「ファンタジー」の扉にムンズととりついたのであった。

『綿の国星』だったかなー、作家のおとうさんが構想を得る時、いかにも重たそーな真っ黒でとりつくしまもなさそうな扉を全力で押して、ギギギーと押して、そこにスキマができて、ワズカな光がさしてくるシーンがあります。

まさにあれ。

腕が折れてもいい。

向こうがわの光に目がくらんでもいい。

途中で腰ぬかしちゃって、「ごめんなさい、できませんでした」ってあやまってもいい。まさかイノチまではとられないだろう。

とにかくやってみよう！

おもたいおもたいおもたい扉を、わたしは押しはじめました。

ゆっくりと。それから、ぐいぐいと。そして、ちからまかせに。


『MOTHER』が、続けて、『ドラゴンクエスト』のシリーズが、小説家久美沙織に、それまでとはまったく別の道を拓いてくれた。

それは、小説を書くということの根本までさかのぼっての試行錯誤と自己改革を、そしてなによりいのちがけの切磋琢磨を、おのれに要求する行為にほかならなかったのだが（なんちて）！

なにしろゲームのノベライズの読者はもとのゲームは十中八九クリア済みだ。つまりストーリーもキャラも「既に知っている」。だから、そんなもんをただなぞることには意味はない。重要なのは「あらすじ」ではないし、セリフでもない。

描写だ。

だからこそ、燃えたのだ。ここに、わたしの、わたしが信じる、わたしが伝えたい「カッコよさ」を発揮する余地があったから！

ゲーム読者は若い。

その「小説に対しての」感性はある意味真っ白だ。鍛えがいがある。教えがいがある。最初のホライズンをこのわたしが引いてやることができる（えらそー）！

このわたしが感じる「カッコよさ」を「すげぇ！　カッケー！」といってくれるような読者を、できるだけたくさん作りたい、増やしたい！

「かっこよさ」とは、データではなく、カタログ的ブランド的な「権威」でも「流行」でもなく、あくまでなんらかのものごとを切り取る特別の角度であり、なにかを語る場合の語り手を設定する選択眼であり、みつめる視線の置き場であり、エピソードを選択する判断力であり……そしてなにより、「知性」だ。

ホルモンで感じるものではなく、自動反応する感情ではなく、前頭葉を経て、「これまでのなりゆき」を知っているからこそ、「わかる」その一瞬の刹那の重さ。

ことばで、ただことばの力だけで、それを発生させること。あるいはこの世に本来はなかったものを、再現すること。

そしてはっきりと味わわせること。

もし、ゲームをプレイした時、自分が勇者として戦った時に、否応なく感じた「恐怖」や強い敵を倒した時の「満足感」に勝るものを、脳みその中で強烈に再体験させることができるなら。

やっほー、こんどこそ、「読んでほしい読者」に「読んでほしい読み方」で読んでもらえるようなものが書けるかもしれないぞっ！

それがわたしの、いたってワガママな決断に至った（しかも生活費を稼がなければならないという功利的な側面もしっかりともった）動機だった。

## 3　時利あらずして、雕ゆかず

「青春と読書」（集英社の新刊案内雑誌。定価九十円。おおきなホンヤさんでたくさん本を買うとタダでもらえたりもする。定期購読もできる）の二〇〇三年十二月号巻頭エッセイ、ノンフィクション作家の佐野眞一さま「新書ラッシュが生み出す将来の古典」から引用すると、

半年ほど前、出版流通に関するあるシンポジウムで同席したフランス文学者の鹿島茂氏が言った、こんな辛辣な意見が思い出された。
「いまの日本の出版状況は、カラオケボックスそっくりです。そのココロは、歌う者ばかりで、聞く者がいない。つまり、書く人ばかりで、読む人がいない。年間に七万点以上、一日あたり二百点もの新刊本が出ているのは、どう考えても異常です」

だそーです。
一日あたり二百点んんんん！？
そんなスゴイことになってたんかい。

どーりで、読んでも読んでも「ぜひ読みたい」と思って枕元に積んである本が減らず、ともするとわんこに倒されて危険な状態になり、買っても買っても「しまったまだ手にいれてない」本があると思った。一日二百点の新刊を、全部網羅できるわけがない。どんなに速読のテクを身につけても。ザッと眺めて自分には関係なさそうなものをとりのけていったとしても。「読みたい」ものを毎日ためこんでいくばかりで、とうてい読み切れっこない。

だから、いったんベストセラーになったものが爆発的に売れ（おもしろいから売れるんだろうし、てことは読むべき価値があるだろうと）、権威ある賞をとったものが売れ（ちゃんとしたものだから賞をとるんだろうと）、読書案内系の雑誌「ダ・ヴィンチ」がめでたく十周年を迎え、「このミス」だの「このSF」だの「このラノ」だのが「アンケート結果上位！」と発表したものがホンヤさんで特別のタナに飾られて、きっちりみなさんの目にとまって売れるシクミになっているわけだ。みんな、誰かにNAVIでもしてもらわないと、なにを読んだらいいやらわからない。すべてを自分で探し出すなんて不可能だ。

ちなみに文芸のカラオケ化の指摘は、このわたしもはるかムカシにどっかでいった覚えがあり、のち、文芸評論家の斎藤美奈子さまが、わたしの知らないうちにわたしより先にどこかでおっしゃっていたのを発見し、「申し訳ありませんが、剽窃ではありません、偶然の一致で、ほんとうに知らなかったのです、たんなるシンクロニシティです、どうか信じてください」と（万が一告訴されるといけないから）お手紙を送ったりした覚えがある。よーするに、出版界全体に興味をもってしまう人間にとっては、とうぜん出てくる比喩なのだろう。

で、ですね。

こんだけ書きたがるやつらがいて読みたがるひとが少ないということは、そら、一点あたり平均の購買数がごく低く限られるじゃん、ということになる。全国に図書館が確か四千だかあるはずで、その全部が「全部の新刊」を買い上げてくれれば、少なくとも四千部は売れるわけで、版元としてはギリギリでもとりあえず採算がとれるはずなんだけども、一日二百冊年間七万冊買う予算と貸し出し書架および倉庫スペースはどの自治体にも私設図書館にもあるまい（国会図書館にだけは全部そろってるはずだけど。なにしろキゾーされるから）。それでも一日二百点も懲りずにセッセと出しつづけてるのは、「いっぱつ」大あたりが出たら、コストが回収できるから。悪貨は良貨を駆逐するともいうが、玉石混交ともいう。数打ちゃあたる、ともいう。どの著者も、版元も、その「いっぱつ」を願ってやまないわけ。

かくてどうも「いっぱつ」が狙えそうにもない書き手は、ともすると後回しにされ、場合によってはさっさと見捨てられる。二十五年も現役やってきて、いまだに真の「いっぱつ」を持たない（コバルトで、あるいは、ドラクエのノベライズでいかにアテた過去があろうとも、おとなの版元の編集の大半の意識には、ようするに「コドモダマシ」でもはや過去のヒトにすぎない、とインプリンティングされているのではないかと思う。ヒガミか？）わたしのよーなのは、どーでもいい、マジメに相手にしなくていい、テキトーにあしらっておけばいい種類のモノカキにすぎないのだ。ちくしょう。

新人は新人であるだけで「可能性」に満ち満ちているから、少なくとも一回は日の目をみるチャンスを与えられる。ゆえに、できれば新人のうちに、真の大ヒットを出しておく「べき」なのだった。岩井（もと竹内）志麻子ちゃんの『ぼっけえ、きょうてえ』によるところの再デビュー、あるいは、ノリちゃんこと中村・女王・うさぎ先生の、ブランド狂↓ホスト熱↓全身改造サイボーグ歴のセキララ告白エッセイによるブレイクなんかは、ほんとうにみごとな、できることなら見習いたい「サバイバル」戦略であった。

根がウブでひとを信じやすいわたしには（きっと幼稚園のお砂場で教わったことがいけなかったんだ……なにしろ『聖母の騎士』幼稚園だったから……パライソでの身のふりかたしか教えてくれなかった！　地獄でのそれこそが必要だったのに！）、いったんわたしという書き手の書くものを「理解してもらって」強い味方になってもらった（とわたしのほうだけ錯覚している場合もあるかもしれないのだが）相手は、こちらが誠意をもってがんばっているかぎり、裏切ったりしない「はずだ」という、そろそろ修正したほうがいいんじゃないかな甘い思い込みがどーしてもある。

しかしながら、出版社というところはほとんどの場合「会社組織」であって、ということは、人事異動がある。「このひとについていけばだいじょうぶ！」と思っている相手が、雑誌編集部や文芸編集部や文庫編集部から、いきなり総務とか倉庫番とかになってしまう可能性もあるのだ。わたしのような本質的にマイナーな資質のモノカキを「ついヒイキ」してくれてしまうような酔狂な（こちらとしては「真に見る目のある」まことにありがたい）担当さんに限って、ある日とつぜん現場をはずされるか、胃を病んだり精神を病んだりして入院するか、いきなり退社してインドに放浪の旅に出てしまうか、……気がついたらいつの間にかよその版元に転職なさっておられたりする。

そもそも「このひとについていけば」の思い込みが大間違いだった、考えが甘かった、ということも多々ある。


『MOTHER』を書くことになった時、わたしは不安でいっぱいだった。

なにしろ、思い出してほしい、ずいぶん前の回に書いたことだが、コバルト荘園農場はエンクロージャー・システム、あるいは吉原の遊郭であった（少なくとも当時は）。アシヌケしようとしたり、よその置き屋に鞍替えしようなんてことをした女郎は、みつかったらオシオキされるにきまっている。

ハヤカワ屋さんは、エスエフというヘンタイさんのための特殊遊郭だったから、みのがしてもらったが、こたび声をかけてくださった矢来町の新潮屋さんは、大店中の大店。なにせイナカの高校の裏門に面した小さな書店で、もっとも大きな文庫コーナーを持っていたのが新潮屋さんだ。毎日のようにかよって端から端まで眺めた。タイトルを見ているだけでも心が躍った。そこは、憧れの店であった。『おかみき』のおかげでいったんお久美太夫の名声を得、金襴豪奢な衣装で高下駄はいて傘など傍らからさしかけてもらって仲見世を堂々練り歩いたことのあるこのわたしも、すっかり飽きられた姥桜、若いコたちがどんどんはいってきて、客なんかつかない、おいっ茶をひく毎日。もうこのままコバルト屋にいるのはミジメでならない、かといって、いったん脱出したら、二度と戻れまい。

するとで、新潮屋さんの偉いかた（確か文庫部の一番偉いひとだったんではないかと思う）と、当時まだ新潮社の編集者さまで別名だった大森望さんが、ごはんに呼んでくださった。

呼んでくださった先が六本木の当時のテレ朝の近くのイゾルデという思えば不吉な（『トリスタンとイゾルデ』は悲劇）名前の、なんだかすんごいゴージャスなお店であった。ようするにバブル真っ盛りだったんですね、その頃って。わたくしめにとって、もっとも明らかに確かにバブルを享受させていただいたといえるひょっとすると唯一の思い出がこの時ですね。なにしろ、すごいお食事で、お食事の席につく前に「食前酒」をいただくコーナーが別にあり、お食事がすんだらすんだで、タバコ（正しくは葉巻）とコーヒーをいただくコーナーが別の階にあるような、まさに「社用族の接待」のためにあるような、超お金持ちのためにあるような、ふつうの個人がいくとしたら一生に一度よほどなにがなんでも落としたい相手を口説く時しかないだろう、みたいなお店だった。

そんなところに呼ばれただけでも、そんなに丁重にもてなしていただけるなんて……と恐縮ということばそのままに胃も肩もちぢこまりそうだったわたしは、くだんの偉いかたに、おのが不安をぼそぼそ漏らした。ようするに、こんどのシゴトはしたい、やりたい、いただきたい、でも、やってしまったら、コバルトに「裏切り者」として市中ひきまわしの上処刑されてしまうかもしれない。大恩ある集英社の顔に泥をぬった極悪人として、業界から抹殺されないだろうか？　というような意味のことを申し上げたのである。

すると、偉いかたはおっしゃった。

「はははははははは。なんの。そんな杞憂。どうかご心配なさいますな！　あの太平洋戦争のさなか、その作風が好戦的気分を盛り上げるのになんの役にもたたないばかりかむしろ女々しく弱々しく戦うニッポンにはまったくふさわしくないとして、書く場を奪われ、文壇から追われ、蟄居を余儀なくされていたあの、大谷崎潤一郎先生を、ひそかにお庇いし、ご家族含めてみなさまに十分衣食足りるよう面倒をみつづけさせていただいたのは、我が社、新潮社でございます。その間、谷崎先生がお書きになられたのが他でもないあの名作『細雪』なのです。我が社は、作家を大切に育み守ることはあっても、けっしてけっして、見捨てやしません」

「おお……」

いったよ。いったよね？　全部が全部このとおりの言い回しじゃなかったとしても、内容はあってるよね？　その場に居合わせた大森さんが証言してくれるはずだ。

わたしは涙のにじむ目をまばたきでこらえながら、テーブルの下でハンカチをもみしだきましたよ。

「わかりました。わかりました。では、では、……やらせていただきます……！」

こうして「MOTHER」のノベライズを書かせていただくことになって、ご挨拶にいったのは、当時APE（まーくは原人？　類人猿？）といっていた糸井重里さんの事務所。これがまた、青山の一等地で、おしゃれなビルの何階かで、スタッフなのかいろんな分野のスペシャリストなのか、なんだかおおぜいのひとたちがワイワイしていて、そりゃあすごい活気のある「現場」で。

「MOTHER」の完成した部分（もちろんまだ鋭意制作中だった）の一部の場面をビデオでみせていただいて、「おおお！」と感激。

「どうかよろしくおねがいします」とおじぎをし、どんなところに気をつければいいでしょうかとうかがうと、さすが一行二千万円（だっけ？）といわれる超一流のコピーライターにして「流行最先端」の文化人でもあられた糸井さんは「あー、なんでも好きにしてください」とヒトコト。「テストプレイできるだけのゲームができたら、速攻で送りますし、必要な資料はなんでも送ります。もし、わかんないこととかあったら、いつでも聞いてください」エイプのスタッフのかたから名刺をもらった。

なんでも好きにしてよかったが、ひとつだけ条件があった。文庫一冊におさめること。シメキリはぜったい厳守（確かゲーム版の発売のなるべく直後だった）。それだけ。

その時わたしがうけとったのが「MOTHER」原盤である。基盤むきだしの、完成目前の、バグとりがまだちょっと残っているソレを、ファミコンの（スーパーファミコンではない、原始プロトタイプ・ファミコンである）「いつもソフトをつっこむとこ」につっこむと、なんと！まだ部外者が誰も見たことのない「MOTHER」をプレイすることができたのである。すっごい特権意識を味わったよ〜!!

ここらへんと、わたしがほとんど同棲状態だったマエカレと大喧嘩し、いまの旦那さんとくっつくあたりが重なるため、『MOTHER』制作作業の大半は、拙著『あいたい。』にたまさかついでに記録されてしまうことになるんだが、それはさておき。

全体シナリオをもらい、途中まで実際にプレイしてみたわたしは「これを文庫一冊におさめるなんてとても無理だ……！」と一度は絶望にかられた。しょうがないから、まず、はじめの部分をおもいきりカットして、いきなり、ヒロインが登場するところからはじめることにした。わたしはこれまで少女小説家だった、女の子を書くのには慣れている。この傑作に対抗し、小説として読んでおもしろいものにするためには、自分の土俵に無理やりもちこんで勝負するしかない。

かくてわたしは『MOTHER』を書き……それは、わりと売れた。

読んでくださったかたも多いと思う。ありがとう。

新潮社サイドがどビックリするぐらいの数の「作者へのおたより」が届いた。わたしにしてみれば、いつものとおりだったが、新潮文庫では（少なくとも当時）その読者層に作者におたよりを書く習慣をもつひとが多くなかったので、これはめだった。

で、新潮社で、他のシゴト（自分自身の創作！）をしてもよいことになり、「ソーントーン・サイクル」と大森さんがのちに名づけてくれる「超マジ」ファンタジーの三部作を書きはじめることになる。第一作、『石の剣』。発刊、平成三年一月二十五日。実ははじめは一冊でやめるつもりだった。いちおー、それなりの結末まで書いたつもりだ。出足はそれなりに快調だった。わたしの目論見はいたってヒネクレたものだった。ヒロインが王子さまに出会う。が、王子さまが愛していたのが馬だったら？　かくて、ビミョーに性格の悪いヒロインと、例によって例のごとく優柔不断な王子さまと、善そのもののように純白な馬の三角関係という異常なファンタジーが成立するのである。

で、大森さんにいわれるのである。「これって、まだ導入部だよね?」

どっかで聞いたパターンだなぁ……。

でも、確かに。ヒロインの運命はこのままだと悲惨そのもの。救ってやりたい気がしないこともない。だから、第二部を書き出した。

確かにわたしはのろまだった。なにしろいまの旦那さんと恋に落ちたところで、いろいろとあったもんだがあり、生活が激変したりしていたし。が、「太平洋戦争の間中」『細雪』を待っててくれた新潮社さま、せかされることがあるなんて思っていなかった。

C・S・ルイスだって、トールキンだって、傑作はのんびり書いてたんだし。

重厚ファンタジーを美麗な文章で大マジに書こうと思うと、ハンパでない集中力がいるのだ。なにしろこの世でない世界にまずいって、そこで見聞きして、よくわかり、それを読者にわかりやすい因果関係で切り取り、読者にもよくわかるがこの世のものとも思われないような文体で書かなければならないのである。

かくて第二巻『舞いおりた翼』が出たのは平成四年の六月だった。なーんだ。たった一年半しかかかってないじゃん! もっとすんごい間があいちゃったような気がしてたよ。

でも確か、ちょうどその頃大森さんは会社をやめちゃって翻訳家専業になってしまって、わたくしめには別の担当が(「大丈夫、最高のヤツをつけるから」と大森さんが保証してくれて、それはほんとうにそのとおりだった)ついたんだな。

ファンタジーといったら三部作で(『ゲド戦記』もその頃は三部作でウチドメだった)こうな

ったら大急ぎで続きを……と、第三部『青狼王のくちづけ』を書き出した。確か二章分ぐらいまで書いたところだったと思う。

新潮文庫編集部から電話がかかってきた。

「『MOTHER 2』が出ます。ついてはノベライズを……」

かくて、第三部はタナアゲになり、キムタクのCMも懐かしいあの「MOTHER 2」の発売からそんなに遅れない時期に無事に本のほうも発売できるよう、大急ぎで準備にとりかかった。テストプレイやら、ビデオを見るやら、資料を読み込むやら。そして原稿を書いて書いて書いて書いた。とにかくなにがなんでも期日に間に合うように。

シメキリ日当日には、担当のS嬢に軽井沢の拙宅まできてもらった。彼女が到着する頃には終わってる予定で、終わったら焼肉でウチアゲをする約束だった（軽井沢にとおっても美味しい焼肉屋、いやさ、韓国宮廷料理屋さんがあり、超オススメであるといったらカノジョもそれはぜひ食べたいといったので、そーゆーことになった）のだが、ビミョーに間に合わなかった。「もうあと一時間ぐらいでぜったいぜったい終わるから、ここでちょっと絵本でも読んでて」。シゴトベヤの下のマッサージチェアにSさんを座らせ、キーボードをたたきにたたきにたたきまくった。「終わったら焼肉、終わったら焼肉」と呪文のように唱えながら。南大門（↑焼肉屋）のラストオーダーまでにはなにがなんでも終わらなければならない。

あとで聞いたが、Sさんは、わたしのあまりのタイピングのよどみなさに仰天していたらしい。「ああ、今、傑作が完成せんとしているのだなぁ、と感動しました。現場にいるものの喜び

を感じました」（↑わはははははは）

「つしゃあ、できたぞーー！」

そしてわしらは三人（夫含む）で南大門にくりだし、食べに食べ、飲みに飲んだ。原稿のラスト部分はフロッピー（当時）のかたちで、しっかり持ってかえってもらった。

出た。『MOTHER 2』は、『MOTHER』番号なしほどには売れなかったような気もするが、それなりにウケたと思う。ラスト近くのとある場面、わたしも泣きながら書いたが、「アレを読んで泣かなかったら人間じゃありません」とSさんもいってくれた。

わしらはいいチームだったと思う。

が。

わしはあまりにもヘトヘトになっていたので、かの書きかけの第三部にすぐには取り組めなかった。実はなんかヨソのシゴトをしていたかもしれない。第三部が、順当に書き終わっていたら、と既に約束してしまっていたドラクエ方面とか。ここらへんになるとコトガラの順序が自分でもよーわからん。

で、ようやく、なんとかヤッコラショと腰をあげて、第三部完結篇をるんるん書いていたと思いねぇ。また電話がかかってきたのだ。

「……すみません……」

Sさんの声は暗かった。

「『石の剣』と『舞いおりた翼』が絶版になることになりました」

「……なん……」

わたしは一瞬絶句した。

「すみません」

「でも……あのね、うそでしょ。ちょっと待ってよ。もうあとちょっと……一ヶ月待ってくれればば三巻目の原稿ができる。少なくとも、新刊出てから一ヶ月だけでもいいから、三冊そろえて夕ナに並べてほしい！」

「すみません、ほんとうにすみません。わたしもくやしい。なんとかならないのか、上司に散々いいました。でも、もう決定してしまったことなんです」

良き戦友であったSさんはぶっちゃけた話を正直に話してくれた。

新潮文庫は、あまりにも総点数が多くなりすぎたので整理することにし、初版以後五万部順当にハケなかった作品は、切ることにしたのだと。

あの話は……『細雪』はどーなのよ？

と、わたしは思った。ほんとに思った。

三部作なんて、三部作そろってから、「そろったら」買おうと思ってるひとがいるかもしれないじゃないかー！　そもそも、三作目が遅れたのは……そりゃあわたしも遅筆だったし迂闊でもあったかもしれないが……『MOTHER 2』が間に入っちゃったからで、じゃなかったら、とっくに三冊そろってるはずだったんだぞ？　だいたい……いま書いてるのどうするんだ？　一部も二部もないのに「三部」だけあっても……。

……ハッ、と我にかえったわたしはその点を確認した。

「続けて書いていただいてかまいません。その点はわたしも上にキツく確認しました。その原稿はいただきます。ちゃんと出版します」

かくて、悲劇の『青狼王のくちづけ』は平成七年の九月に出版され、一回だけ（たぶん）増刷がかかって、あっという間に絶版になった。

Sさんまで、どっかよその部署にやられてしまった。

新潮社とわたしとの関係は、ついこないだまで、ほとんどキレていた。たまに、ひとの文庫の解説を頼まれる以外は。

こないだ、復刊ドットコムさまが『MOTHER』復刻を訴え、オンデマンド版を出してもらえることになった。

オークションでは、新潮文庫版『MOTHER』「初版、きれいです」が時々取引されていた。かと思ったら、ゲームの「MOTHER」がゲームボーイアドバンスに移植され、新潮文庫で異例の復刊を果たす。高価なオンデマンド版は思い切り余りまくり、せめて何十冊だか、直筆サインしてくれませんか、それで売ってみますから、といわれたから、もちろん応じた。

かくも、書き手は、版元やその他の都合に左右されてしまうのだ。

いまにして思えば……大谷崎と「同格」に扱ってもらえるかもしれないなんて、一瞬でも信じた自分がアホであった。

生涯食べたものの中でも高いほうから十本の指にきっとはいっただろうあの『イゾルデ』のご

はんをオゴッてくださった偉いかたは、それなりにご年配だったが、さほどご高齢であったわけでもない。谷崎を庇ったのは「彼」ではなく、彼のはるかなセンパイの誰かで、そのひとはたぶんもうこの世におられないであろう。

大銀行ですらあっけなくふっとんだバブル後の不況とデフレのこの時代、「作家を大切に育み守ることはあっても、けっしてけっして、見捨てやしない」版元なんて、存在することが許されなくなった。たぶん。そんなふうに存在しようとすると、版元そのものの屋台骨が危なくなるのだから。

組織は本来、なにかをなすために存在しはじめたはずなのだが、いったん存在してしまうと、その組織そのものを存在させつづけることを第一の意義としてしまう。

わたしのように、学生↓モノカキで、ただの一度も組織らしい組織に所属したことのない人間からみると、組織という怪物の「一細胞」としてのアイデンティティしかもっていない人間とは、話がまるで通じない。お役所とか、メーカーとか。どこでも。

「そのひと個人」としてどう思うかどう感じるかどう考えるかどうすべきだと判断しているかではなく、「社としては」現状どうである、ということしか（少なくとも社内にいる時には）いってくれない、いおうとしないひとたちが、なんと多いことか！

あなたはマイクロソ○トに電話をかけて「仕様ですから」といわれたことはないか？

よって、もちろん、新潮社ばかりワルモノにするつもりはない。

たまたま濃厚なネタというかエピソードがあったから語らせてもらっただけである。

新潮社にうらみなんかない。ありませんとも。だって『MOTHER』がなければいまのわたしがなかったんだから。恩のほうをより多く感じてますって。ほんとだって。

できれば、関係の修復を願っている。Sさんも文芸セクションに戻ったことだし。わたしの結婚披露パーチーでピアノを弾いてくれたTくんも（海外翻訳部門だけど）いることだし。

新潮社さまに、両手をひろげて迎えいれられるような作品を、お願いですこの原稿はウチにくださいうちから出させてくださいといってもらえるような作品を、いつかそのうちぜったい書いてやる。そうして、全絶版文庫を復刻させてやるーーー！　と思うのだが、それってすんごくしんどそう……でも……やりたい。やりたいと思っていられるだけ、わたしにはまだ寿命があると信じる。がんばるぞ。

ついでに、別の理由でやはり関係性が壊れてしまった例をもうひとつあげておく。

講談社ノベルスである。

『獣蟲記』『双頭の蛇』二作書いたところで中断し、以来、ずーっとそのまんまになっている。高田明美さんがエロチックでステキな絵をプレゼントしてくれたのにである。

なぜか？

『獣蟲記』の最初の打ち合わせの時にわたしが大間違いをしてしまったのがそもそもの遠因なのではないかと思う。池袋コミュニティ・カレッジで（てことは、『作文術』の講座をもっていた頃だな）会う予定のつもりだったのに相手がなかなか現れないので、編集部に電話をかけた。誰かがとりついでくれて、やがて、Kさんという担当さんが、電話に出た。

「あのー、久美さんとあうのは来週なんですけど」

「……アッ……えっ？　そうだぁ！　すみません勘違いしました、ごめんなさい！」

「怒鳴られましたよ」Kさんは不機嫌な声をお出しになった。「電話かわる時に、女の子待たせてなにやってんだって」

ウッすまん。女の子だなんて。ゴカイだなぁ。

たぶん、あの時からKさんはわたしのことを「バカ」と思ったのだと思う。「このオンナ、きらいだな」と感じてしまわれたかも。

無理もない。

相性ってのはあるもので、わたしも正直いって、ケチがついてしまって恥ずかしく、あわせるカオがなかった。ヨカレと思ってすることが、いまいち相手に通じてないみたいな。

でもって、もうひとつ。

『獣蟲記』が出た直後に、彼のところにまわってきたのが、コピペしないとわたしにはとても書けない覚えられない漢字の『姑獲鳥《うぶめ》の夏』の原稿で、無理もないと思うが、たちまちこれに惚れ込んだ彼は、以後、京極夏彦さんにかかりきりになっちまうんである。京極さんがまた、いったいどこをどうするとそんなエネルギーが出てくるのか、あんなすごいものを次から次へとお書きになるし。

あと大事な数字の書きまちがい事件というトホホなこともあったし……。

で、ある日また電話がかかってくるんである。

「あのー、『獣蟲記』のシリーズのことなんですけど」

「はい（どきどきどきどき。なんかイヤーな予感が。前例が）」

「あと一冊で終わってください」

「……は？」

「だから、あと一冊で。あまりズルズル長くなってもアレなんで」

っていわれてもおおおお！

ほとんど世の中に出ていないこの本について説明するのも虚しいが、これは獣と蛇に象徴される大宇宙を二分する互いに相容れない勢力によるところの「八犬伝」なのである。八犬伝だから、犬師が八人そろわんことにはそもそも話がはじまらん。まだ全部のキャラが出てきてもいないのに、これからゆーっくり順番に出してって、それから本題にはいろうと思ってたのに、のーんびり、そーゆー構想をもっていたのに……あと一冊ですって？

いちおう、執行猶予はつけてもらったのはわかったけども、ありがとうとは、すみません、とてもいえなかった。

滝沢馬琴は『南総里見八犬伝』全巻を二十八年かかって書いている。最後のほうは、もう老齢で目がみえなくなっていて、ムスコのヨメ（ムスコそのものには逃げられたんだったか早死にされちゃったんだったか忘れた）に口伝で書き取らせた。無学なヨメに、文字を一字一字教えながら（↑泣ける）。

そりゃー江戸時代はいまよりはノンビリしていたかもしれないけどさぁ……。

八犬伝なんだよ。せめて八冊くださいよお！

一日二百冊も出てるんでしょー。

八ひく二、あと六冊ぐらい猶予をくれたって、いいじゃないかあああ！

そんで、それから、講談社文庫にいれてくれたっていいじゃないかあああ！

いくら京極さんなみの、ココロの準備をしてからじゃないと持てないぐらい分厚い本にするとしても、あとたった一冊で終わらせるっつーのは、どこをどう考えても不可能だ。

予定の構想のどこをどうきってもそうはならない。この不可能をなんとかするとすると、これはもうあれだ、例の「ジャンプ方式」どこがどうツジツマがあわなくてもすべてに目をつぶって、なんでもいいからカタチの上だけとにかくオワリにするという。

そんなことするぐらいなら、中断のままのほうがマシだ。

そー思ったもんだから、ほったらかしになっている。

たぶんとっくに絶版だと思う。

Kさん、ごめんなさい。いつかなんとかしたいなァとは思ってんですが……自分でもどーすりゃいいのかわかんねーんです。

あ、そうそう。

前の部分でいい忘れた。多くの版元は、著作が絶版になることを前もって著者に教えてくれたりしない。Sさんは、ものすごくいいにくいことを、ものすごくいいにくかっただろうに、ちゃんと連絡してくれたいいともだちで、とてもエライ男前な女なのである（新潮社がそもそもきちんと連絡をするという方針であるのかもしれない。なにしろ大谷崎の生活の面倒をみた偉い出版社だから）。某コバルトなどからは、絶版になりますからね宣言なんてただの一度ももらったことがないから、いつ絶版になったか当人はまったく知らない。知らないうちになっている。最近ではアマゾンに教えてもらうことが多かったりする。

読者のみなさま。

知らなかったでしょ、こんなことがあるなんて。

あるのよ。

シリーズが突然中断するのは、単に作家が怠慢だったり遅筆だったりいい加減だったりボケたり関心が他にうつったりするからだけじゃないの。もちろんそーゆーのもありですが。どうしようもない運命がわざとそこに追いやったとしか思えない境遇のゆえにそうなってしまっている場合もあるの。

だから……書き手が書きたがっているうちは書けてるうちは最低限書きつづけさせてくれる場所を、わたしたちはいつも探している。信頼して、安心して、この身を……じゃなかった……我が子同然の作品をゆだねていい相手を、探して求めて熱望している。

もちろん作家も生き物であって、食う寝る休む必要があり、生活費も必要であるからして、できれば、本は借りたり回し読みしたりしないで買っていただきたい。せめて図書館に「購入希望リスト」を出してくれるのでもいいから。著者と版元をちょびっとでいいから儲けさしてやってほしい。

版元が育ててくれない以上、育ててくれるのは「買い支え」してくれる読者だけなのである。しっかり読んで、感激したらひとにすすめて、絶版になったら復刊ドットコムに投票してくれるような。そしてまた書店も「支え」のひとつだ。書店が、書店店員のみなさまが「この作家は好きだ」と思っていてくれるならば、生きていける場所が生まれる。

だからみなさん、書店からマンビキするのは、ぜったいにぜったいにやめてくださいね。

## 4　天空夢幻の戦い

『MOTHER』についてあれだけなんだかんだ書いておいて、『小説ドラゴンクエスト』についてなにも書かないわけにもいくまい。スクウェア・エニックス（この二社の統合のウワサをはじめに聞いた時はほんまに仰天したがあっさり実現したな）とは現在まさに仕事が進行中というか継続中であり、ハードカバー↓文庫↓ノベルスと、三度も形態を変化させながらいまだきっちり増刷のかかっている小説ＤＱ（みだらにドラクエと略してはいけないと、エニックス――執筆当時――の出版部門の偉いひとにさんざんいわれた）は、わたしの生活の根幹を長年支えてくれている。まことにありがたい、文句をいうなどもったいない、畏れ多い（ってこの場合正しいんだろうか）存在なのだが……いやー、シゴトですから。

いろいろとたいへんなこともね、そりゃー、ありましたです。

まず、なんといっても、原作が偉大すぎるほど偉大であったということがなによりでっかい壁でありました。

とりあえず……わたしが「ノベライズ担当（個人的には、ドラクエ伝記作家と名乗りたいところですが）」に抜擢していただいた時点で、すでに、「ドラゴンクエスト」シリーズは黄金のタイトルだったわけです。ⅠからⅢまでができており、そのⅢのゲームが驚天動地の大傑作で、ゆえにめるちゃんに誘われてヲタ本作らせてくれませんかと頼みにいったりしたというのは前述したとおり。

ⅠからⅢまでは高屋敷英夫さんとおっしゃるかたがノベライズを担当なさっておられます。高屋敷さんはあの、アニメ『ガンバの冒険』の脚本をお書きになったかたです。

そのセンパイから「天空三部作」こと、Ⅳ、Ⅴ、Ⅵのノベライズ権（？）を奪取させていただけてしまって、高屋敷さんには申し訳ありませんが、わたくしめはほんとうに嬉しかったし、ありがたかったです。ものすごい勉強になりましたし、多くの収入を得ることができました。新刊本が書店の「今週のベストセラー」などで燦然とトップに輝くという、モノカキならば誰でもが夢みる経験をさせていただけたのも、『小説ドラゴンクエスト』あらばこそです。

ていうか、なによりかにより！

わたしはRPGドラゴンクエストを心の底からスゴイと思っていて、愛していたので、そのスゴイものに関わることができるというだけでも感激でした。

が。

「ルビ伝」での「テスト」を経て、いちおースキルを認められたわたしに振られた最初の仕事がⅣで、そのゲームがまた、「うそでしょ」というぐらい、当時としては「信じられないほど」クリアまでのプレイ時間の長いものだった。でもって、Ⅲまでに十分感動していたわたしの目からみても「すげぇ！」とマジ驚くような構成・展開をもっていた。

「こ……これを小説に？　全部？」わたしは担当のワタナベくん（わたしの歴代担当の中でも素晴らしいひとと偉いひとベスト3に間違いなく入る、ものすごく優秀で、しかもシゴトへの愛をもっているステキなやつでした）を上目遣いに眺めました。「十巻かけてもいい？」

「だめです」ワタナベは即座にクビをふり、ピースより一本多く指をたててわたしの前につきつけました。「最大三巻。これは守ってもらいます」

「……ううう……やってみる……けど……」

主要な登場人物だけで八人いるじゃん！　あまつさえ、わたしごのみの美形（↑二頭身絵でもちゃんと美形に見えている）悪役ピサロさままでいる。この全員にちゃんとそれぞれのキャラらしさをつけて、しかも見せ場を設けて、しかも、ゲーム版「ドラゴンクエスト」を愛しているユーザーのみなさんに「ちがう！」といわれないようなものを書かねばならないのか……なんちゅー重たい任務や。

「ドラゴンクエスト」の「第一」の生みの親は、堀井雄二さまです。彼のシナリオとゲームデザインのセンスは圧倒的です。さらに、鳥山明さまのキャラ、すぎやまこういち先生の音楽と「三位一体」となってよりスゴミを増している。そのお三方に対して、どうしたってもってしまう敬意。これがまず、高い高いハードルになりますです。

しかし、ゲームはゲーム。小説は小説です。

メディアの特性がまったく違う。

ゲームでは「オッケイ」な部分が小説ではそうではなかったり、ゲームでは「ここが肝心」な部分が小説ではそのような機能をもたなかったり、いろいろするわけです。

一例をあげれば、RPG「ドラゴンクエスト」をやっている間、プレイヤーがほとんどの時間なにをしているかというともっぱら「戦闘」と「探索」でしょ。探索はまだいいです。小説でもそれなりに書きようがあります。しかし、戦闘シーンで、いちいちパーティの誰を前に出して誰をひっこめて誰になんのワザをかけさせておいてから誰にどの武器でぶっ叩かせる……なんてーのをことこまかにいちいち書いたって、おもしろくもなんともない。

ゲームでは、そここそが(Ⅳの時ってすでにオートコマンドありましたっけ?)プレイヤーの工夫のしどころだ。大ボス中ボス戦以外は、そこらのミチバタや怪しい建造物の中で、同じ敵あるいは敵グループと何度も何度も遭遇して何度も何度もしつこく戦闘をするわけです。戦闘やってる時間が一番長くて、戦闘やって勝つ、勝ってレベルがアップしたり、オカネが儲かったりして、嬉しい。でもって、そのたびにHP・MPが減ってったり、アイテムや魔法でそれを回復したり、どの時点でなにをやるかを判断する。ちょっとヨミを間違うと教会でお祈りをしてもらわないとならなくなったりする。はたまた大切なアイテムをとりそこなうとあとあとたいへん。

よって、

小説だったらかならずや、敵のいる塔のテッペンまでイッキに駆け上がらねばならぬところ(じゃないと盛り上がらない!)、実際のゲームの場合、とりあえずまず一階を全部ゆっくりきっちり探索して、もうどこにも隠し扉とかないな、というのを確認して、パーティの疲労度が半分ぐらいだったら、とりあえず一番近所の村(あるいはもっとも宿泊料金のかからない場所)に戻って一泊して休んで、こんどは一階は最短距離をつっきって、二階をくまなく探索して……とかって、やるでしょう、やりませんか？

これそのまんま書いたら、もう何巻あっても足りまへん。

「ゲームでやることそのまま」を、そのまま実録小説風に書いたって、ハシにもボーにもかからない、なんら面白くもなんともないものになる。

どうしたって、大胆な換骨奪胎というやつをやらねばならんのです。

大ドラゴンクエストを相手に！

超偉大な人気作品を相手に！

その頃「ドラゴンクエスト」というシリーズそのものが既にゲームソフト界の怪物というか横綱というか、エニックス社（当時）の命運を、ほとんどイッコで背負って立ってたわけです。なにしろ出せば三百万本とかあっさり売れちゃって、発売日の行列がニュースになり、悪いコドモがうまくトットと買えた子から強奪したとかいう事件まで起きちゃうんですから。

ドラゴンクエスト関連商品、にも、この三百万ファンの需要がある。ドラクエえんぴつ、ドラクエノートなどなど、©つけて、エニックスの許可を得なければ作れない。この商品の販売ってやつも、エニックス社（しつこいけど当時）の重要な収入源であっただろうし、ありつづけているわけです。

わたし自身、スライムTシャツを持っております。さらには、企画はあったけど実売はしなかったスライムイヤリングの見本という珍品まで（担当のおかげで）持っております。魔法の鍵のついたキーホルダーは自分で買いました。さんざん使い込んだので、キーホルダーそのものはこわれましたが魔法の鍵はまだ大丈夫です。ガチャガチャで出てきたスライムナイトも大事にしてます。クレーンゲームでしかゲットできなかったらしいのを（アレはまったくヘタなので）オークションでたまさかみつけてワーイ！　とゲットしたスライムリュックサックも持っております（スライムばっかやね……）。わたしもファンのひとりで、ドラクエグッズで「好み」なものがあると、つい、手を出さずにいられないひとりなわけです。

そんなにも思い入れのあるわたしが、『小説ドラゴンクエスト』という名前の、公認というか、公式というか、とにかく本家本元からきっちり「お墨付き」をつけたものを出そうってんですから、こりゃあ責務は重大ですよ。胃が痛くなります。なにしろストーリーもキャラも原作をさんざん使用させていただくので、ドラクエ独占版権使いまくりです。

んなことが許される特殊な「商品」には、それだけのしっかりとした価値がないといけないし、ドラクエの名を汚すようなものはけっして出してはいけないわけです。

よって、ソフト（ゲーム）制作サイドからの「強烈」な圧力があるのも、無理からぬことなのでした。「スジをはずすな」というお達しも掛け値なしでした。

「あー、なんでも好きなようにやってください」だった糸井さんとこの仕事とは、もうまるで別な世界でした。

まずゲームをやります。やりながら、全部ビデオに録り、同時にメモも作ります。自分の印象に特に残ったところとか、たぶんあとできっちり書くことになるだろうシーンとかは、いろんな角度から丁寧に見返したりします。あとでみつけられるようにビデオの何分めあたりがソレかもメモっておきます。前に戦った敵とまたバッタリ出会ってしまってふつーの戦闘になっちゃったとことかはムダなのであわててビデオを止めて節約しますが、それでも、ものすごい巻数のテープが必要になるの、わかりますね？　ちなみに、プレイヤーの「はい、いいえ」でその後の展開がそれぞれ別になっていそうなところは、ＳＡＶＥ機能を使って、「はい」の場合の展開と、「いいえ」の場合の展開をいちいち全部確認します。もちろんすべての「そこらのひと」と会話し、すべてのヒキダシをあけてみるように心掛けます。

それでも漏れが生じてしまったりするので、ついには、ドラクエ全会話集なるものを譲ってもらったりしました。シナリオを熟知した制作サイドのかたが、いっこいっこ確認しながら「会話」の「全画面」を収録したものです。ちなみに画面はモノクロのコピーで、たぶん、エニックス（当時）側にもこれと同じものがあったのだと思います。

ああ、あの頃、録画可能ＤＶＤがあれば……！

さぁ、自分はクリアしました。話の全体は読めました。

しかし……いろいろと疑問がある。

ていうか、正直いうと、なんかよく考えてみると、結局のところ、よくわかんない謎が大量に残ってる。天空城ってなに？　竜のかみさまと主人公たちとの関係はどうなってるの？　勇者ってなにもの？　勇者にしか着用できないエクイップメントのもとの持ち主がいたよね、そのひとの生涯ってどんなだったの？　前の「かみさまと魔王の戦い」からこれまでの歴史は？　かみさま方面と、人間の町とか村とかと、魔界とは、よーするに「この世界」は物理的にいってどういう構造になっているわけ？

シリーズ根幹、建築でいえば、基礎コンクリートにあたるここらの大疑問をブッブツいうと、担当ワタナベは、横倉さんという超強力ブレインをつけてくれたのです。「賢者」横倉さんは、まずわたしに、ピサロを描くにはマイケル・ムアコックを、特にエルリックさまのシリーズを全部読み込むようすすめ（実に適確なおしえでした）、それから、いっしょに、「この世界」のさまざまな謎をひとつひとつ解き明かしました。でもって、オモテには出さないまでも、いちおースジの通る説明を、三人して必死にひねり出しました。

（そうやって必死にひねり出したものが、V以降の天空篇のシナリオにボトムアップで影響を与えるということがまったくなかったのが、正直ちょっとザンネンなんですけど……。VとかVIとかでこの時の〝仮設定〟にあわないところが出てくるたびに、くやしくて、残念で、頭かきむしって悶絶しましたからねぇ）

さまざまな文化や既存の素晴らしい作品に精通しておられた横倉さんという超頭脳によって、「おおっ、その手があったか！」な素晴らしい啓示を授けられた部分も多々あり。

この三人が三人そろわなかったら、小説版IVはあーはなってなかったです。

でもって、それでもどうしてもわからない、わからないと小説を書くのに障害となるから解決しないわけにいかない大疑問が出てきちゃったりすると、もうしょうがないんで、お忙しいからあまりおわずらわせしてはいけないのを知りながら、堀井さんご本人に質問も発しました。

わたしがもっとも困惑したのは、Ⅳの場合、ロザリーヒルでした。この話はどっかで既にしたので、繰り返しになるかたもあるかもしれませんが……。

「なぜ、あのロザリーが閉じ込められてる村が、よりによってロザリーヒルという名前なんですか？　たとえば、昔そこらにロザリーという聖女のようなひとがいて、なんか奇跡でも起こしたので、そのひとにちなんで、この地方では生まれる娘さんにはロザリーという名前をつけるのがやたら流行っているとか、そういうことなんでしょうか？」

堀井さんはお答えになられました。

「あのね。ドラクエは小学校低学年の子も遊ぶのね。町とか村とかあんまりたくさんあって、ややこしいでしょ。だから、ロザリーのいるとこはロザリーヒル。わかりやすく、覚えやすく、そうしたの」

そ、そ、そんなメタフィクショナルな理由は使うわけにいかないー！

そもそも……小説では、カッコよさとわかりやすさは、しばしば「相反」するんですね。カッコよく書きたかったらわかりやすさを犠牲にしなきゃならないし、わかりやすく書くとダサイものになりがちなのよー！　でもって、わたしはどっちかっていうと、わかりやすいよりカッコよいほうを選びたいタイプのモノカキなのよーーーー！　ほらなにしろ「小説で読んではじめて得られるところの〝エロス〟」が、なによりカニよりエビより大事だし。

ここで諦めるわけになんかいきません。

知らん顔して開き直ることもできませんでした。

かくて、わたしは（ワタナベと横倉さんの助けを借りつつ）必死に知恵をしぼって「ロザリーがいるところがロザリーヒルで当然な理由」――これなら文句ねぇだろう、これなら見事にスジが通る、どおだ、ざまあみやがれ！――をひねり出し、原作ゲームにまったくありもしなかった場面をやたら大量に書くことになってしまったりしたわけです（それがまた偶然にも最愛のピサロさまについても――エルリックさまに負けないぐらいイイオトコにしたい一心で――いっぱい書いちゃうことを必然としてしまったりしたので、もう嬉しかったったら）。

で。

ハッと気がついたら……

その部分だけで既に最初の一冊の半分近くを埋めてしまっていたんですねー。なにがなんでも全部で三巻におさめなければならないっつーのに！　おかげで一巻めは「ライアン」までしかいけなかった。ゲームプレイ時間を正確に反映するとすると、このままだとやっぱり十巻かかっちゃいかねない……。だめだ。この調子で調子にのってると自分で自分のクビをしめる。あとは飛ばせるとこは飛ばそう。しっかり書き込みたいシーンも、あらすじ調で切り抜けよう。もうそれっきゃない。攻守のキリカエをはやくして、おしてるとこではおしまくり、守るところでは守り切るだけだぁ……！

そんなこんなで、悩みながら、戸惑いながら、セッセと執筆すすめます。

なにしろゲーム発売から小説版発売まで、あんまり間があいちゃーいけないんで、シメキリ、かなり早めに厳しかったですから。

ある程度まとまった部分までできると、編集部に送って、チェックしてもらいました。

なにしろシーンごとの「正確性」がきわめて厳格に求められたので。

たとえばですね、氷結系に弱いマモノがいたら、そりゃあ、氷結系の魔法が使えるひとは全員それをやるのが「ふつー」です。ゲームをプレイする場合は。でも、小説だとそれじゃつまんないじゃん！　それぞれのキャラごとにそのキャラらしい個性ある戦いかたを演出したいじゃん！で、勝手にありもしないワザをくりださせたり、ふつうにプレイしていてその敵と遭遇するレベルではまだ習得できない計算になる魔法をうっかり出させたりすると、

「ありえません」

と、きっちり発見されちゃう。

「変更してください」

どの巻のどのマモノだったか忘れましたが、ぶっ叩くと途中で変形変身していくヤツがあった。でもその色がねー、なんつーかとっても形容に困る色だったんですね。画面的にはハデでこわくていいかもしれないけど。小説的には、文字的には、活字的には「蛍光きみどり」とかって、なんかマヌケでしょ？　真紅とか、漆黒とか、そーゆー「伝統的にわるもん向きの色」ってもんがあって、文章でみる分にはそのほーが「雰囲気出る」。でも、「正しくない」色を使った場合は、もちろんチェーック！　されて、「ゲームのとおりに」直さなくてはなりませんでした。

この問題を打開するために、わたし、色彩辞典とか宝石辞典とかを何冊も購入しました。

同じような色でもビミョーに違えば、名前もちゃんと違ってて、「おお、これなら雰囲気にあうではないか！」な形容をみつける助けにできますから。その結果が、ほとんどの読者が聞いたことのない「色の名前」になってしまってたって、わたしのせいじゃないもーん。

そんなこんなで、なんとかⅣが完成したのです。あんなにゼッタイといわれたのに一巻増えてしまって四巻になってしまいましたが（最初のバージョンでは）。一巻ごとに、それらしい四文字熟語の副題をつけてくれたのは天才ワタナベです。いのまたむつみ先生の絵がまた素晴らしかった。胃をかかえてうずくまり、血を吐きそうになりながらがんばっただけの甲斐のあるものができたと思います。

ちなみに、上のような厳しい検閲（？）があればあるほど、それをこっそり潜り抜けてイタズラをしたくなるのがヒネクレモノのわたしのサガで、たとえばⅣの冒頭、ピサロさまと幼いロザリーの出てくる場面には、読みようによっては「とってもあぶないシーン」があるんですよー。「このラノ」サイトの白翁さまが小学生の頃、「よん」を読んで感動してくださったというので、「ウフ、気づいてた？」と聞いたら「ええっ？　そんなのありましたっけ？」読み返してみて「うわあああああ！　あれは、そ、そ、そういうことだったんですか！」。

そうです。

ほら、カッコよさとわかりやすさは相反するの。

どんなにどんなにわかりにくくてもカッコよいほうがいいの。十分にカッコよければ、十分に気持ちよければ（読む〝エロス〟つまり快楽を感じられる文章・文体・構成なら）部分的になんだかよくわかんないとこがあっても、まっとうな読者ならスイスイ気にもとめずに「読めちゃう」ものなの。そーゆーふーにできてる。

わかるひとにはわかる、わからないひとにはなにげなく読みとばせるようなもんを書くのって楽しいす。ゲームには裏コマンドとか隠しダンジョンとかが「あったほうが楽しい」じゃないすか。小説版でも、それをやりたかった。

イカガワシイことも、邪悪なことも、キタナいことも、ワルイことも、検閲の目をおそれつついっぱいいっぱい書き込みたかった。みつかって叱られたら「まァ!! スミマセン」と訂正しつつ。ルビの必要な難しい漢字熟語も、ふつー日常では使わない用語も、どんどん出しました。華麗な場面には華麗な表現を、すっとこどっこいなキャラにはすっとこどっこいな文体を、手品のようにするりと一瞬のうちにキリカエたりして使い分けました。正調ファンタジー風美文から落語モドキまで、ありとあらゆる「自分に使える武器」を駆使しまくりました。だからまぁ、もしかするとゴッチャゴチャで、バランスは欠いてるかもしれませんけども……。

だって舞台はこの世じゃない世界なのよ。そんなに単純でわかりやすいわけないじゃん。

それにね、いくら世界を救うための戦いだっつったって、ケンカはケンカよ。戦闘って本来、チマミレで残酷で非道なものなのよ。それをオキレイな、無害っぽいものにしてしまったのでは、逆に、小学生の良い子のこころに間違った偏見を与えてしまうじゃん。そこんとこ、わたしはものすごく責任感じたし、気をつかった。

いくら勇者でも、運命の戦士たちでも、戦うってことは生命がけで、強そうな敵を前にしたらすごくこわいはず。ぶたれれば痛いし、ケガすれば弱る。仲間が苦しんでいたら心配で泣きたくなる。リセットボタン押せばヤバいことをなかったことにできたり、教会いってちょっとお祈りしてもらえば死んだのが蘇ったり、おカネはらって買った高いくすり飲ませればどんな病気も一瞬でなおったりするなんて、そんなのはウソ。世界はそんなにご都合主義にはできていないのよ――――！

というような強情なまでのコダワリを貫かせてもらったわたし、確かVの時だったと思うんだけど、「まってよ、にいさん」のあのヒョウキン泥棒コンビがミョーに気にいっちゃって、彼らの「日ごろの生活ぶり」をとことん追求してリアルに描写してしまって、気がついたらその分だけで二百枚ぐらいになってて、これはあっさり全ボツになりました。よく書けてたんだけどなぁ。捨てました。残ってません。ええ、たぶんどこにも残ってないと思います。たとえもし、すっかり忘れられた埃だらけのフロッピーとかに残っていたとしても……コミケとかオンライン上とかでこっそりそんなもん発表するわけにもいかないし。みつかったら、たいへんなことになりますから（著作権法違反で）、闇に葬るしかなかった。だって全面的にドラクエによってたっている二百枚なんですから。

そんで二百枚まるごとボツにしても、まだ多すぎた。

「こんどこそ、なにがなんでも、三巻でおさめてください」

堀井先生からの、厳しいお達しがきてたのです。

「じゃあ、おもいきってページ数を増やすとか……」

「だめ！　ドラゴンクエストのファンには小さなお子さんもいるんですから。オコヅカイで買える値段のギリギリが、一冊千五百円、全三巻。これを越えてもらっちゃ困ります」

ある日、ワタナベくんと横倉さんとわたしは、エニックス（当時）の一室にこもり、いちおーの完成原稿の全ページをすべて、一文字一文字、一文章一文章、いちいち細かくチェックして、協議して、削りに削りに削りぬきました。ムダな文章は徹底的に排除し、ゆるんだとこは全部シメツケました。もともとはカナにしていたのを漢字表現になおして無理やりツメたとこもあります。行替えしてたのをやめてくっつけて、わずかなスペースを節約したとこもあります。だからVは白いとこやたらに少ないと思う（笑）。わたしの記憶では、確か、全部やるのに六時間かかったんじゃなかったかな。ほぼ休憩なしで。ぶっとーしで。いったん休憩でもしようもんなら、緊張が途切れちゃいそうだったし、全体を同じテンションで貫くためには、イッキにやるしかなかったし。

そもそも時間がもうオシてたし。

その作業が終わった時には、三人とも、気絶寸前の消耗度でしたが……。その時、（確かその時だと思うんだけど）ワタナベくんがいったコトバをわたしは忘れません。

「ひどいことをさせてすみません。もし、これが久美さんのオリジナルな原稿だったら、ボクはココまでさしでがましい真似はしません。でも、ドラクエだから。ボクはドラクエが大好きで、久美さんに勝るとも劣らないほど好きだから。自分のこころのドラクエをすごく大切だと思うし、ファンのひとたちひとりひとりがみんなそう思ってると思う。だから、少しでもよいものにできるように、自分たちにできるかぎりの最大限の努力をしなきゃならないと思うんです」

その熱いワタナベくんが突然エニックスをやめちゃって、外国に勉強にいっちゃって、スノーボードのティーチング・プロになっちゃったのが、確か、ⅤとⅥの間ぐらいだったのではないかなぁ。わたしは太平洋のど真ん中でオールを流しちゃったような気分になりましたです。

実はⅥは、もうちょっとで、やらせてもらえないところでした。あまりに細かくツッコミをいれてきて、ひとのいうことを聞かなくて、へんなとこにこだわるバカ女で、いい加減イヤがられうるさがられてたのだと思います。というか、堀井さんが理想とするのは、もっともっとずっと「こども向け」の、小学生の良い子が安心して読めるような無害な（笑）読み物だったのじゃないかしら。なのにコイツにやらせとくと、やれ「凌辱」だの「惨殺」だの、ことがチナマグサクなる。小難しくなる。

こんどは別のひとに発注をかけてるらしい、というウワサを聞いたとたん、わたしは真っ青になり、直接話させてくれと電話をかけました。

「天空三部作」は「天空三部作」、三つでワンセットでしょう。お願いですからこれだけはどうしてもやらせてください。ここで著者を変えてしまったら、三部作のバランスが崩れます。

こんどはなるべくわかりやすく、あんまりこわくないように書きますから。ちっちゃい子が夜中にトイレいけなくてチビっちゃいそうなシーンは書かないように気をつけますから。ちゃんと原作を尊重して、三冊にきっちりおさめますから！

その時、堀井さんは驚いていらっしゃいましたね。

「ああ、そんなに本気だったんですか」みたいなことをおっしゃいました。「そんなにやりたいと思ってるなんて知らなかった。むしろ、もうたくさんだ、こんなことやりたくないのにって、迷惑がってるのかと思ってた」

いいえ、いいえ！

なんだかんだ逆らったようにみえたのは、おおマジの本気で熱意と愛をもっていたからこそです。テキトーに手を抜いてやったりなんか、わたしはぜったいしてません。だからやらせてーーーと懇願して「ウーン……じゃあ、そんなにいうなら、しょうがないですね」とオッケイしてもらえた時のあの安堵といったら。もー、ダメっていわれるかもって生きた心地しなかったし。内心、ここでいきなりクビを切られたら生活できねー！というのも、実はあったんですけど（仕事場たてちゃってローン組んだりしてたりして）。

それもそれとて、それ以上に、ワタナベ亡きいま、横倉さんの助けも借りられなくなった（なんでだっけ？　そうだったと思う）いま、日本でいちばんドラクエの小説化に精通しているのはこの自分本人ただひとりであり、自分以上に「経験値」の高いやつはいない。

わたしよりうまく書けるやつなんているもんか、いないはずだ！　せっかくの二度の経験をもう一回生かさないなんてもったいなさすぎる！　というのもありました。

好きなものにほど手を出しにくい、とSFのところでいいましたが、「ドラゴンクエスト」に関しては、どんな優秀な小説家が手がけても（三冊以内とか、原作に忠実とか、さまざまなハードルをクリアしなければならないという同じ条件だとしたら）、ぜったいに誰にも負けない、他のどの誰より、わたしがやるほうが「マシ」だ！　と勝手に思い込んでいたのです。

ずっと清純なまま大切にしていたい女の子が、トシゴロになって、そろそろバージンを捨てたいようなキモチになっているらしいのがハタからわかる。穢したくない。ほんとはバージンのままでいてほしい。そのままそこで時をとめてしまいたい。でもそれができないなら……他のやつにヤラレルぐらいなら、このオレがぁ———！　みたいな。

そんな気持ち？

で、Ⅵはなんとかワガママを聞き入れていただいて担当させていただいたのですが、Ⅶになると、コンペティション形式になりまして、ゲーム冒頭何時間分だったかを事前にビデオで見せてもらい、百枚ぐらいだったかな、原稿にして提出して、バトルして、……敗れ去りました。

負けた時はメッチャくやしかったけど、しょうがないので諦めました。実はちょっとホッとしもした。これでようやくドラクエの呪縛から逃れられる……と。これは、そうでも思わないと自分がミジメなので、ムリやりそういうふうに言い聞かせた結果かもしれないけど……。

というわけで。

「ドラゴンクエスト」という日本えんため史に間違いなく残るだろう大いなる「事件」に、七分の三ですが関わり、十何冊も「超りっぱな原作つき」で、つまりストーリーもキャラも自分で作らなくてすんじゃって、楽勝ラクチンなシゴトで大儲けしたんだろう！　ズルイな、ラッキーだったな、オマエ、と思っておられたかたがあったかもしれませんが、確かにむちゃくちゃラッキーだったし（ワタナベ氏が『MOTHER』を読んで気にいってくれなければありえなかった出会いだったし）、楽しかったし、ズルいのは生まれつきです……そして、シゴトですからね。いいことばっかなはずがないです。苦しんであたりまえ。血を吐く努力をしてあたりまえ。原作のほうが「優先」だという大原則のゆえに、自分の納得のゆく解決法がみつけられずに、歯をくいしばって、苦いものを飲み込むようにして、目をつぶってやっちゃった部分もある。

あのシリーズには、ふつーの自分の作品を書く時の、何十倍ものエネルギーを使ったような気がしますです。

でも。

結果として現在存在する「天空三部作」のノベライズ版は、わたしの誇りであります。

たぶん一生そーでしょう。

久美沙織の「代表作」は、永遠に、かの素晴らしい原作ツキのノベライズで、それを「越える」ものはついに書けないかもしれない。

まっとーな小説家は、原作ツキのノベライズなんてみっともない仕事はやらないもんだろう、自分オリジナルだけ書いてりゃいいじゃん、という意見もあるやもしれませんが。

（そもそも、こども向けリライトには否定的だったはずのオマエがそれに近いようなことを自分からやったってことに関しては反省はないのか？　ともツッコマレそうですが）

原作を深く深く愛するならば、ある意味で原作者以上にイレこんでる部分すらあるんではないか（たとえばピサロさまに対して）と自覚していたりすれば、原作ツキゆえの制約を納得した上で、「それでも」書くという選択もある。「書かせてください！」とドゲザしてでも頼み込みたい原作もある。自分の持てるすべての力を注ぎ込んでガップリ四つに組んで戦いたい時がある。

そーゆーこと。

## 5　永遠の二年生

すべての「考え」は根源的な思想の暗喩であり、すべての「細部」は全体の反映。ようするにわたしはそーゆータイプのモノカキなのだ。

その一例として、いっこ、いつか使おうと思ってだいじにあたためてる卵があるのをここで紹介・披露しよう。わたしのもんだよ。誰も盗むなよ。

『永遠の二年生』というタイトル。

タイトルだけがあって、まだ中身がない。

でも、どういう意味なのかは自分ではわかっている。

どんなものになるかは漠然とだけ、わかっている。

中学や高校は三学年でできている。

タマシイがいちばんやーらかくて、まだ自分がうまくかたまってない時期を、わたしらはみんな「三年くぎり」で過ごす。あるいは過ごした。

三年生は、センパイで、「上」で、エライ。

一年生は、新入生で、フレッシュで、可能性に満ちている。

なぜかガッコウという組織では、どの年度にもその時の「一年生と三年生」がナカヨシで、「二年生」がはみ出す傾向があるもんじゃないか（個々の事例ではなく、あくまで一般的なナガレとしてですが）？　生徒会とか、部活動とか、あるいは運動会や文化祭などの「実行委員」みたいな学年縦断的な事物に関わり合う場合、一年生は三年生のいうことをよく聞いて手足となって働いたりして可愛がられるのに対し、二年生は「ナマイキにも」逆らってみたり、なまけてみたり、勝手な単独行動をとってみたり、とにかく、三年生にとっては「めざわり」な存在になりがちじゃないか？

実際の学校生活では、去年の一年は今年の二年になり（落第したやつは別）三年生は卒業していく。でもって、こんど二年生になったばかりの去年の一年生は、今年三年生最上級生になった去年の二年生からみると、「去年のあのイヤな三年とツルんでた気にくわぬヤツラ」なので、やはり、二年生は「ウザがられ」、今年の三年生もまた、新たな一年生のほうをついヒイキし、可愛がるのである。

ガッコを卒業してみると、たかだか二、三年のトシの差なんてないも同然で、そんな中でセンパイだコウハイだといちいち意識してこだわっていたのはまったくアホくさくなるのだが、実社会にも「三年生的」なポジション、「一年生的」なポジションがある。「指導者」「体制側」「現状を作り出したやつら」「管理職」と、「それにスナオについていくヒヨッコ、ぺーぺー」だ。というか、会社などの組織はだいたいが「それ」でできている。年功序列は廃止したとはいえ、組織はかならずピラミッド構造だから。

で、

『永遠の二年生』は、ここでも「浮く」。

あるいは漂う。

落ち着かない。

上からは抑えつけられ下からは追い上げられ、それでも自分らしさを捨てることができない。

わたしは『永遠の二年生』であり、他にもおおぜいおられるであろう、この世の多くの『永遠の二年生』タイプの人たちに向けて、「おーい、みんな、元気かぁ」といいたいのだ。「楽しくやろうぜ」といいたいのだ。「ケッ、ったく三年も一年もウザいぜ」「この世はやつらのモンだと思ってやがるな」と。そして、「二年生」でありつづけていくことの「おかしさ」と「かなしさ」を、「たのしさ」と「しんどさ」を、バカバカしさと、バカバカしいとわかっていてもどうしても譲れないなにかを、いつかマジにステキに描きたいと思っているのだ。


某バルトで第一線の人気作家というよりは、「おツボネ」っぽい位置になってきた頃、いままでも忘れがたい事件がひとつありました。

西田俊也さまのデビューです。

ある日、藤臣柊子が唐突にウチに電話をかけてきたんですね。なんかすごい昂奮して。こんどの新人賞の入選作で雑誌コバルトに掲載になった作品にイラストを頼まれて、原稿を読んだんだが、これがスゲー、まじスゲー、わしはいま号泣したところなんだ、と。

「なんて作品？　どんなひとが書いたの？」

「『恋はセサミ』。著者は六〇年生まれの男子だ。それがさぁ、高校生の男子が主人公で、とーちゃんがいて、ゲイのひとがいて、タコ焼きが料理で……ああ、とにかくもう（とまた泣く）人間の深さっていうか、悲しみっていうか。ビシバシきてさぁ。デビュー作でここまでできちまうなんて、こいつは天才だ！　ううう、とにかくたまらん。感動なんだ！」

「ちょっとー、なにそれ、そんなになにまでいうなら、見せてよ」

「いやいや、雑誌が出るまで待ってろよー！」

そうして読んだ名もなき新人さんのデビュー作に、ゲラゲラ笑い、わぁわぁ泣き、衝撃と感動のあまりの幸福感で身体がフワフワふくれあがるような気分になり、そのままどこにも出せないと呼吸亢進に陥りそうだったので、柊子に「ほんとにすげかったよー！」「だろー！」と電話をしたあと、とっととみっこにも「よめー」とレンラクした。

おかげで、受賞後、最初にコバルトのパーチーになにげなくやってきた西田氏は、挨拶後のご歓談のひとときになるや、こわそうなハデめなねーちゃん三人組（↑だっただろう）にいきなりグルリを囲まれ、無理やり握手をされたり肩をドつかれたり、ギュッと抱擁されたりして、「あんた、すげぇ！　ほんまにすげぇ」「すっごい好きです、よかったー、あのお話」「どんなひとかと思ってたら、西田くん、本人もカッコいいんだーきゃー！」などなど、いきなりやたらに構われ、さわられ、ほめまくられて、ぼーぜんと当惑なさっておられた。無理もない。

西田氏はその後も故郷の奈良に留まられて、幸いにもコバルト対ティーンズハートの川中島の合戦みたいなの（この頃わたしはもうコバルト軍から抜けてしまっていてよーわからんので、詳細については、早見さんか津原さんが書いてくれるのを期待する）にあまり巻き込まれることもなく、ごくマイペースで執筆を続けておられ、おりおりに名作を発表し、活動範囲をひろげ、あちこちでリスペクトされ、いまではすっかり偉いひとだ。すっごいカッコいいサイトも作っておられる。

このエピソードでなにがいいたいのかとゆーと、

わたしたちはほんとうに「スゲェ作品」と「それを生み出す才能」を愛さずにいられないやつらだ、ということなのだ。

いっさいフタゴコロなく、ただただ、純粋に、ガムシャラに、激しくとことん愛さずに、「こいつはいい!!」と思ったら、そう叫ばずにいられないほどに。

四半世紀小説家をやっとるわしだが、そーゆー時の気持ちは、コトバではうまく説明できない。「うわー！　うわー！　うわー！」とでもしか表現のしようがない。でもって、一刻も早く誰かにそれを伝達したくなる、きっと同じぐらい「うわー！」と思うだろうやつにこの同じ「うわー！」を味わってほしい、なかよしのともだちには、ぜひ試してみてもらいたくなる。それで、同じ「うわー！」を向こうもほぼ同じように感じてくれたんだとわかると、なんだかすっごく嬉しくなる。やっぱり、でしょ？　と、ジマンしたくなるというか、連帯したくなるというか。かくて「うわー！」が増殖し、相乗効果を発揮する。

その幸福感を、わしらは愛する。

あまりにすんばらしいものは、ひとりで味わうと、畏れ多いんでしょうか。

コンサートでも、温泉でも、ご馳走でも「誰か」といっしょに味わいたいことあるでしょ？

ひとりじゃなく、誰かと共有することで、そのひとつのものが何倍にも何十倍にも価値あるものになるというか……相手の記憶とか思い出とかにも焼きつけておいてもらえば、未来のいつか「あの時こうだったよね」「ああ、そうだったね」っていいあえるだろう。すると、その時、たぶん、……なんら説明なく、記憶回路によって、また同じ「あの感じ」を再現させることができるだろう。……そういう「補償」みたいなものをとりつけておきたくなるのかもしれない。

そんなスゴイものを、無名の一青年が書いて、こともあろうに実は虎の穴であるところのコバルトなんぞ（↑失礼）に送ってくれたことに、正直、ちょっと驚いたし、あきれた。

でもよかった。ウチで。

よかった。たまたま編集部が柊子にイラスト発注しててくれて。

おかげで、わしらは、まだ「公式には」世の中に出ていないものすごいものに、デビュー前から「注目」するという、この上ない光栄で珍しいチャンスを手にいれてしまったのだ。それゆえに、かの名作がわしらにとってさらに「特別に特別な」ものになったことは否めまいが。

ゆえに、まだあったことのない西田氏にあえる日がくるのをいまかいまかと待ち望み、あえたら最大限の賛美をブチかまそうと待ち構えていたわけだが。

もしかすると言い忘れてしまったかもしれないが、そこで一番いいたかったのは「ありがとう」ではなかったかと思う。「こんな面白いもの、読ませてくれて、ほんとサンキュー！」

過去形じゃない。

いまでもその準備はある。号泣する準備はもちろんいつでも常にできているんだけど、問題は昨今はなかなかそこまでの作品には出会えないし、ひとりにとって「サイコー」なものが、他の誰かにとってもいつも「そー」とは限らないということだ。

好みはいろいろだし、愛情の度合いもいろいろ。ひとはおとなになって、結婚するとか離婚するとかなんだかんだビミョーに家族環境などなど生活習慣がかわっていくと、「共感」できる部分とできない部分が、昔とはズレていったりもする。

確かに「なるほどよいね、アンタがすすめるだけのことはあるわ」ではあるけど、いくらナカヨシの間でも全員が「うわー！　うわー！　うわー！」になっちゃうレベルにまで達するものにめぐりあたるなんてことは、そーそーない。

そんな稀有な、もしかすると未来永劫唯一かもしれないものが、よりによってあの時期のコバルトのしかも新人賞のデビュー作だった。こわい話だというか、めぐりあわせの神秘というのはあるものだというか。

だから……逆に、わたしなんかがもっとも「警戒」してしまったり、「不愉快」に思うのは「別にたいしたコトないジャン（↑と、わたしの目にはみえる）のに、みょーにチヤホヤされてる」ものだったりする。

宣伝のしかたがやたらうまくて、みんなが手に取らされるけど、じゃあ読んで（みて、聞いて）

みると「ふうん」ぐらいなものとかさ。

作品より、本人のほうがデバッてるのなんかも、どーも気になる。

テキスト主義だって前に何度もいいましたよね？

大切なのは誰が書いたか作ったかではなくて、どのように描かれたか、どのようにデキてしまったか、である、とわたしは根底のところで思っているから、「作家」そのもの「作者」そのものをチヤホヤする風潮や、まず「作家個人のキャラ」を売り込むような昨今珍しくもない戦略には、正直、いまいち良い感情をもてない。

もちろん、良い作品を描きつづけているひとは、ちゃんと尊敬されてしかるべきなのだが。個性的な小説を書くひとは個性的なエッセイもしばしば描くわけで、そこで「主に描かれてる」のは本人だから、その作品を好きになるイコール「書き手」のファンになる、なことも、もちろんあってしかるべきなのだが。


作家と作品は確かに分かちがたいもので、一時は臍の緒でくっついていたものだけど、いったん生まれて世の中に出てしまえば、もうベツモノなんだよ、という話をしよう。

不思議なことがあるものでしてね。

すっごい優しい、人間ばなれしてこころの清らかな天使か聖人のような登場人物をたくみに造形することのできる作家が、実際の自分の人間関係は「どへたくそ」で、ほとんど「ひとの気持ちのわかんない」「ぜんぜん優しくないひと」であったりすることって、珍しくもなんともないのね。

あのキャラが書けるなら、そーゆーふうにすればひとに好かれるってことがわかってるはずだ、あーゆーふうにしてもらうとひとは嬉しいのだな、感動するのだなとよーくわかってるはずだ、だったら、実際アンタもそーすりゃいいじゃん？　と思うのだが、ここらへんには「わかっちゃいるけどやめられない」というあの名文句が関係しているのかもしれない。

逆にいえば、サイコパスで冷血な連続殺人犯の鬼畜な心理描写をこれでもかとリアルに描いてみせることができるひとが、こわいほど悪いひとかというと、そんなことはない。能天気に楽しいコメディを描くひとが、実は明るく希望にあふれた日常の真反対の状況におかれていたりすることもある。

というか、むしろ、ほとんどそーなんじゃないかって気すらする。

故人になられてしまった多田かおる先生が『愛してナイト』だったかなぁ、もうすっごいハッピーでラブリーで可愛くてステキな楽しいマンガを連載していた時、「大好きなんですよー」と、とある編集さんにいったら、……実は、多田先生はいまたいへんで、闘病中の母上が入院しておられる病院にツメておられて、病院だから消灯がある、夜中にも描かないとシメキリに間に合わない、だからあの作品は真夜中でもちゃんと灯りのある「階段」の冷たいタイルにひと晩じゅう腰を据えて描いておられるのだ……という打ち明け話を、聞かされたことがある。

ウソでしょ！　と正直思った。

作品には、そんなカゲや苦労はミジンもにじませておられなかった。

あくまで元気で楽しくて、ハッピーだった。

なんて強い、なんてスゴイ作家だろう、多田先生は……！

そう思って……カゲリひとつないマンガのキャラたちの笑顔をみているうちに、どうしようもなく泣けてきて、以来、多田作品は、おかしければおかしいほど泣かずに読めなくなった。作者ご本人が天国にいってしまってからはなおさらである。

そのへんからかなぁ。

わたしは無邪気で根っから明るいコメディをみると、涙で画面がろくにみえなくなるほど泣いてしまい、あまりにもシリアスすぎるものをみると、ついつい顔をゆがめて失笑してしまうようなやつになった。

『チャンス』という、『ピンク・パンサー』で有名なピーター・セラーズが「知的障害をもってるひと（たぶん）」の主人公を演じる映画をみにいった時のこと。

映画館じゅうのひとがゲラゲラ腹をかかえて笑ってるシーンで、わたしはたったひとりハンカチを顔にあてて号泣をこらえている自分を発見して、これはどうも間違いない、脳みそにおかしな回路ができてしまったにちがいない、と確信した。

世界はオセロ盤みたいなもので、ハシッコに白がくると、全部の黒がだだだーっとひっくりかえってしまう。陰陽は互いを補完するから、一見セキララに浮かび上がっている表層の下には、正反対なものをおのずと内包している。悲劇は悲劇でありすぎればもう間違いなく喜劇であるし、喜劇は喜劇として完成度が高いほど悲劇なのだ。

クリエイターは、未完成で不幸で満たされていないこの世界を「補完」するなにかを作り出すためにエネルギーを使い、自分の生命を賭ける。世界はとうぜん現存する自分を含むから、そこに生まれてくるものは自分から出たものでありながら、自分そのものの影というか真逆というか、ウィルスに対するワクチンのようなものになりがちなのである。

だから、作品にホレてしまって、この作品の作者はきっと「この作品のもたらした印象と同じ印象をもたらしてくれるひと」だろう、と思ったりするとたいがいマチガイです（笑）。なにしろモノカキとかクリエイターというのは全員「職業的うそつき」なので、「ないものを作り出す」名人で、演出とか、演技とか、ミスディレクションとかが「得意」なのですから、だまされてはいけません（笑）。あるいは、だまされていることを承知の上で、楽しくだまされてください。

そんなこんなないうわたしも、作者と作品をちゃんと「区別」できているかというと、そんなこたーないっす。だめっす。

「わかっちゃいるけどやめられない」ですから。

そうそう。

いつだったか、同世代の同性の同業者のナカヨシ一同が十名ぐらいかなぁ、集まった時、「わたし、コドモの頃、オンナの子って苦手だった。だから、こんないいオンナともだちができたのは、この世界に入ってからだよ」

とひとりが発言し、わたしもそうだよ、わたしも、と次々に手があがった。

「わたし、コドモの頃、通信簿にいつも、協調性がないとか、ナマイキだとか、我が強いとか、問題児だとか、個性が強すぎるとかって書かれた」

わたしも、わたしも、と何人もがいった。

この二十一世紀も、吉屋信子先生の時代から、実はさほど隔たっていないのかもしれない。モノを書かずにいられないように生まれついてしまったオンナなんてのは「異形」の「怪物」の一種で、コドモの頃から近所でも評判の変なコで、ごくふつうのひとであるところのクラスメイトたちには理解してもらえず、ましてや女子という保守的で現状肯定的な生き物の集団の中では、浮いてしまうか孤立してしまいがちなのだ。

だからこそ、ものがたりという自分だけの世界に逃避して、そこに棲みかをみつけるのかもしれない。

そんなやつらの書くものがたりが、「ふつうの女の子たち」に、「実はふつうじゃない自分」を発見させ、さらにまた「新しい怪物」を生んでいくのかもしれない。

男性作家の場合はどうなのか、わたしはオトコじゃないからわかんないですけど。


作者と作品はベツモノである。

が、ひとは、自分のものの考えかたという狭い檻の中にすんでいるケダモノなので、他人もふつーは自分と同じようにものを考えるものなんだろうと無意識のうちに誤解して世界を狭めてしまってるものだったりもする。疑り深いひとというのは、本人がいつも笑顔の底で他人を出し抜くチャンスを狙っているものだし、嫉妬深いやつは、本人が現在まさに浮気やフタマタをしているか、過去にそーゆーことをして隠しているか、ラブハンター願望を常にかかえているかのどれかだ。

ものを書くということは、しばしば多くの登場人物に独自の性格づけをし、一定の動機を与えることでもある。

どんなに必死に変化をつけようとも、空想や研究によって補おうとも、すべてのキャラにはその作家ならではの偏重が刻印される。

すべての小説が架空という意味でファンタジーであると同時に、続きがどうなっているか知りたいという意味ではサスペンスであり、なんらかの謎とその解明があるかぎりミステリーである側面ももっていないことはなかったりするわけだが、罪（犯罪として法に問われるほどのものでないとしても）の種類なんてそーそー多くはない。ブラピの『セブン』で有名になった七つの大罪を列記してもいいのだが、もっと単純に、「経済的動機」「怨恨・嫉妬・プライド」「愛憎」の三つに限定してもいい。三原色がすべての色を生み出すように、この三つが微妙にぐちゃまらに重なると、ありとあらゆる動機が発生する。

どの作家も、そのうちのどれかに（意識的であれ無意識的であれ）独特の固着がある。

だから、作品を読まれるということはこっちのココロの奥底の一番ヤバイところにあるドロドロなものをさらけ出すことにほかならない。「わかっちゃいるけどやめられない」ゲンジツには行動できないことであっても、そもそもまったく「わかってない」ことは書けない。

が……不思議なもので……この限界が消えることもあんのね。小説のかみさまというのが降りてくるとですね、本人が「書ける」ものを、作品が勝手に「越えて」しまうことがあるんだ。

いわゆる「キャラが勝手に動き出す」状態になったりして。

書いてる端から、作家本人が「ええっ、そうだったのか！」なんて驚いたりするような。

なにしろなにげにたまさか「そーゆーこと」にしておいた設定が、あとあとになってから、実は重要な伏線で「だから」なになになのだぁ！　などという、「作者も知らなかった真相」がある瞬間突然みえたりするもんで。

ファンタジーなどの場合は、この世ではない世界そのものを「造る」わけだけど、ほんとーにマジ、齟齬のなく整合性のあるこの世ならぬ新しい世界をいっこまるごと作ろうとすると、一生に一作品も書けるかどうか、はなはだアヤシイわけ。だって、みなさま、「現にあるこの世」のことだって、スミからスミまで理解なんてしてないでしょ？　文化・経済・歴史・政治その他その他、全部熟知なんてしてないでしょ？

でも、小説のかみさまが降りてくるタイプの作家にはね、必要な場面、必要な空気、必要なものはすべて「きわめてリアルにみえる」のね。画像でみえるひともあれば、漠然としたまだ文章化できないイメージでみえるひともあるだろうけど。あとはそれを、どう語れば、これが「まだみえない」ひとたちにわかりやすく伝えられるかを工夫すればいいだけなのね。

それは、たとえば「お約束のキャラ配置」（たとえばガッチャマン型……つまり、主人公と、皮肉屋で侮れない二番手と、デブなやつ、チビなやつ、紅一点）などをきわめて「戦略的」に設定し、ストーリーでは、起承転結を画策して、ようするに先人先達の見出したものを「まねっこ」して「ものを書く」人間には、ひょっとすると起こらないことなんではないかと思うんだな。

世の中には、他人のことをまるで気にしないヤツがいるもんである。

彼らにとっては、どうやら、自分さえよきゃいいらしい。

世界は自分のもので、自分は王様だ。自分が幸福になりいい気分でいるために、ありとあらゆる他人はせいいっぱい奉仕し、援助してくれてあたりまえであり、利用価値がなくなったら、見向きもせずに放り出してかまわない。

こころの底からそう思っていて、他人を思いやるという気持ちがまったくないやつが、そしてそれが「悪い」ことだという意識が皆無なヤツが、ほんとにいるんである。たまーに会ったことあるんですけど。いやーびっくりしますね。

彼らは愛を知らない。家族だろうと、異性だろうと、同性だろうと。快楽や便利のための道具として「必要とする」ことはあっても、愛することはない。

愛するという感情を、体験したことがない。

でね、こっからちょっと飛躍しちゃうんですけども、〝愛〟のわかんないやつには、かみさまは、たぶん降りてこないのね。

謎のカルト教団のかみさまみたいなのを空想したらだめよ。

一神教のコワーイかみさまでもないと思う。

日本はヤオヨロズのかみさまの国。

ようするに「このせかいを構成しているすべてのもの」がかみさま。

かみさまが降りてくるというのは、解脱するということ。

自分が消えて、せかいとつながる瞬間のこと。

だから、〝愛〟とかみさまとひとつなのね。

神は愛である、なんつーと、キリスト教の教理みたいだけどさ。

〝愛〟っつーのは、「きゃーっ、すきー、だいすきー！」ってなって、どんどん好きになって、そのあまり自分を二の次にしてよくなっちゃってる感情のことじゃない？

好きになるとともすると「執着」したり「欲望」したり「所有」したがったりするひともいると思うけど、それは〝愛〟じゃないっす。ほとんど真反対なキモチ。

で。

〝愛〟などなくても、いやむしろ、なまじな偏愛つまりコダワリがないからこそ、いま売れる〝ツボ〟をなんら疑問なく直撃する、直撃しつづけることができる……という種類の才能も、この世には確かに存在するのね。「ウケ」とか「萌え」とか「時代の雰囲気」とかが別の方向を向くと、（コダワリがないから）いとも簡単に素早くそっちに方向転換することもできる。

いったん「売れるパターン」をみつけたなら、あとはそれを、ちょこちょこお色直ししながら、繰り返していけばよい。できるだけ長いこと繰り返しつづけるためには、いっこいっこにあまり

「渾身力をこめての全力投球」などしてはいけない。そんなことするとエネルギーが枯渇してしまう。だからほどほどに「テヌキ」をすることは、この場合、むしろ、きわめて正しい。そうやって省エネでもしておかないと、お客さまが「次が欲しくなる」頃あいに、ちゃんとサッと次を出してみせることなんかできっこないのだから。

そういうひとたちもすごいと思う。

でも、そーゆーのってさ、あくまで「職人さん」であって、アートの「創造者」じゃない。

どっちがエライエラクナイという話ではないよ。

ただ、違う。

職業にするには、むしろ職人さんのほうがいいかも。なにしろ納期は守るし。お客さんのニーズにちゃんと応えるんだから。

でも、ギョーカイを構成するのがアート性創造性が皆無な職人さんだけになっちゃうと、新しいものってまるでできなくなって、ただ縮小再生産と消費だけになるよね。きっと。

そもそも日本人には「一芸に秀でる」「なにかにひとすじにうちこむ」ことに対する尊敬の伝統があり、ワンパターンって呼ばれることはかならずしも非難じゃないしね。『水戸黄門』がお手本だ。「毎度おなじみ」の展開、クオリティ、それをこそ、そのほうを……真の〝創造〟よりも「好む」「欲しがる」層もまたおおぜいある。

これに対し、創造者、つまり、毎度毎度、まるで違う種類のものを作り出してしまわずにいられないタイプのモノカキには、実際のところ熱烈な読者ってつきにくいよね。なにしろ、かみさまが降りてこないとなにもできないわけで、かみさままかせ、他力本願だから、本人にもどーにもコントロールできない。で、いちいち毎度やることが違って、この前の自分をこんどの自分が裏切るようなこと、しょっちゅう起こる。

こないだの作品が「好みにバッチリ」だったから、次も読んでみようっと！　な読者のひとにとっては、ほんとに迷惑なまでに不器用なわけね。

しかもこの手のモノカキは、ひとつの作品にはその時点で持っているすべてを出し惜しみなく徹底的に注ぎ込むから（なにしろかみさまがそうしろっていうから）、イッコ書き上げると、もののみごとにカラッポになってしまう。次になにかをクリエイトするためには、自分自身の精神的肉体的エネルギーを蓄えつつ、ものがたり世界で、なにかがゼロから――あるいはゼロに近い種子のようなものから――ひそかに発芽して育っていくまで、じっくりと時間をかけて待っている以外、なにもできない。かみさまー、降りてきてくださいー、といくら祈っても、かみさまにはかみさまの都合があるらしく、とっとと降りてきてくれる時もあれば、なかなか降りてきてくれない時もある。いまこられても困るっつーに！　な時に降りてきちゃうことすらある。

だからシゴトがのろい。

ていうか、計画的にできない。

余裕がない。

資本主義社会には実に不適応で、まったくもって不器用だけども、他の方法は選択できないんだからしょうがないす。

こうして改めて考え込むと、こんなタイプに生まれついちまって、しかもそれ専業でプロで食っていこうとするのは、ほとんど無謀だな。

かみさま、いつこなくなるかわかったもんじゃないんだし。

だがしかし――わたし自身がまぎれもなくこの「かみさまきてください」タイプだから、そりゃ自己正当化でもしないととてものーのーと生きつづけてはいられないから平気な顔してしゃーしゃーと正当化するんだが――こっちのタイプは、時として、とんでもない傑作を書く……はずなのね。いつか、そのうち。

誰もまだみたことのない、新しいものを。

職業的能力ではなく、〝愛〟によって生まれてくるものを。

人間のセコい脳みそが企てる程度の限界を、ヒョイッ、と越えてしまうものを。

〝ライトノベル〟の将来がどっちなのか、あるいは、日本文壇――というのがわしのようなゴミクズ作家にとってはナマイキだというなら、活字エンターテインメント業界といいかえてもいい――の未来がどっちなのかは、わしにはよーわからんのですが、
日本中のお寿司屋さんが、ひとさら百円の回転寿司になっちまったらヤダなぁ、と思うんだけど、あなたはいかが？
わし自身はどんなにズタボロになってもかまわないけど、作品だけは（なにしろかみさまからきたありがたいものなので）いつでもどこかで誰かに発見されて読まれつづけてる可能性をもっ

ていてほしい。「おう、これぞ、わたしが読みたかったものだ！」と、作者は顔も性格も境遇もなんにも知らない一生出会うこともない語り合うこともないどこかの誰かにみつけてもらって「愛される」可能性をもちつづけていてほしい、そのためには、できるだけ長いこと生き延びてほしい。

作品は、たまたまかみさまがこのわたしを選んでくれて、わたしによって受肉され、この世に届けられたかもしれないけど、本来は、「天」にあるものだから。

ただのイッコの人間という物体にすぎないこのわたし自身よりも、そっちのほうがエライ。ずっとエライ。

---

わたくしといふ現象は
仮定された有機交流電灯の
ひとつの青い照明です
（あらゆる透明な幽霊の複合体）
風景やみんなといつしよに
せはしくせはしく明滅しながら
いかにもたしかにともりつづける
因果交流電灯の
ひとつの青い照明です

……

宮沢賢治『春と修羅』序

こんなに美しい表現を生み出してくれたセンパイがおられるのだから、もう、これ以上ヨタを重ねる必要もあるまいが、とある作品（『竜飼いの紋章』ドラゴンファーム1）にわたしは書いた。

「こうして今日もみな無事で日々の糧を賜ることの有難さを偉大なるエンクレラクの主神と我らが栄誉あるご先祖さまがたに感謝もうしあげます。大地が実りに、実りが力に、力が克己になりますように。我らは我ら自身もまた、地上でのつとめをすべて終えたならば、大地に還り、実りとなり力となり制御されることを求めます。我らでなかったものたちよ、我らの肉となれ」

「我らもまたいつかそなたらを肥やさん」

ほんと、そう思う。

てことは、

いかなる作者も、作品に奉仕するために生まれてきたものにすぎない、とわたしは思うわけで、そりゃー人間だから、プライドとか、メンツとか、これまでのつきあいとか、因縁とか経緯とか過去の実績とか日常生活上の必要とか、いろいろいろいろ瑣末なことがあるわけだけども、職人さんにしろ、創造者にしろ、書くことが「単なるシゴト（生活費を得るための手段としての職業)」になり果ててしまって、ルーティーンワークになってしまって、作品のいっこいっこ、つむぎ出すコトバのひとつひとつ、生まれてくるシーンのそれぞれ、そういうものをできあがったアカツキには両手をひろげてうけとめてくれるだろうまだあったことのない遠くの誰かよりも、自分が可愛くなっちゃったら——ラクすることとか、有名になることとか、儲けることとかのほうを優先的に考えるようになっちゃったら——その時点でそいつはダメでしょ、意味ないでしょ、とも、思ったりするんである。

ああ。人生八十年。モノカキには定年も引退も退職金もない。道はまだ半ば。どこまでいけるんだろう。いかねばなぁ。

# あとがき

この本がこのようなかたちでできるまでには、多くのかたにたいへんお世話になった。心からお礼をいいたいと思う。

草三井こと、酒井大輔さま。白翁さま。極楽トンボさま。あなたがたの愛と熱意にほだされなければ、このようなものを書くはずもなかったし、「ライトノベル」業界の昨今の実情に興味すらもちもしなかっただろう。わたしのようなものに好きなことをいわせてくれる場所を与えていただいたことに感謝している。ほんとうにどうもありがとう。

サイト掲載中にレスやメールをくださったたくさんのみなさんにも、感謝。

大森望さま。サイト掲載中にあちこちで話題にしてくださったばかりか、単行本化についてもご尽力いただいた。ヘキサゴンでは勝たせてくれた。って関係ないか。

本の雑誌社荒木さま。かゆいところに手のとどく編集っぷりに、実に気持ちよくしごとをさせていただいた。荒木さんをこの本の担当に据えてくださった炯眼の浜本さまにも感謝している。

装丁の山田英春さま。丹念に読み込んでくださり、たいへんあたたかなおことばをちょうだいしてしまった。ほんとにうれしかったです。どうもありがとうございます。

そして、この本に登場してくださった数多の歴代担当さまはじめ、クミサオリがクミサオリになってからこれまでずっと支えてくださった多くのみなさま、もちろん読者のみなさまがたにも、感謝しております。

ほんとうにどうもありがとうございます。


ちなみに『創世記』というサイト掲載時タイトルだけでも地獄落ちは必至なのに、単行本化にあたってこともあろうに『コバルト風雲録』などという誇大妄想的にして傲岸不遜なタイトルをつけてしまった責任は、すべてわたしにある。

読者さまに対して不親切であり、さらに、内容に対して不穏当不適切なタイトルなのかもしれない、と、いまも思っている。

なぜなら、ここで書いたことがらはけっして集英社文庫コバルトシリーズについてばかりのものではなかったのだし、そもそも、わたしには、コバルトを代表する作家であるかのごとくにふるまったり、コバルトについてエラソーに語ったりする資格なんか、あるわけないじゃないか！と思うからである。

コバルト編集部にお世話になっていた頃のわたしは聞き分けもデキも悪いはみだしものだったし、のちには裏切りものの脱走兵となった。

こんなやつにコバルトの中心で一人称単数オレを叫んだりすることを許していいわけがあろうか？　いやない。

だが……

じゃあ、他になんといえばいいのか？

それがねー。よさそうなのが、ないの。ちーとも思いつかないんである。

そして、わたし自身けっしてそれが嬉しいわけではないんだが……「コバルトなやつだったこと」はどうも忘れてもらえないような気がしてならない。ちょうど、宝塚にいたことのあるひとや、おニャン子クラブやモー娘。出身のひとが、たぶん死ぬまでそういわれつづけるのと同じように。

ならば、
あっちこっちから尖った石が飛んでくるのを覚悟した上で、いっそ開き直って、いってしまうほうがいいのかもしれない。

コバルトを作り、コバルトを形成し、コバルトの真ん中を駆け抜けてみたおおぜいのうちのひとりであったことまでは、わたしには否定できない。

少なくとも、ある短い時間、わたしとコバルトはたまさかほとんどイコールになってしまった。らしい。お互い、それを望んだわけでもなければ、容認したわけでもないし、まして意図なんかぜんぜんしなかったのだが、たまたま偶然冗談みたいにそうなってしまった。そういうことがなくはなかった。

他の誰かのものだったかもしれないなにか重大な立場あるいは役目を、もしかするとわたしが、少しぐらいは背負ってしまって三歩歩まずよろめきまくったことなんかもあったかもしれない、まったくひどい役者不足でほんま申し訳なかったけども。

「わたしのために記念碑を建ててくれるか？」

「そういうしきたりだからね」

「では、彼らのためにそうしてやってくれ。わたしのためでなく」

（「世界の中心で愛を叫んだけもの」by ハーラン・エリスンより。やや意図的に抜粋）


ちなみにわたしはエリスンは「少年と犬」のほーが好きだ。少年でも犬でもないのに。少年になったり犬であったりすることができるほうの世界を、わたしはやはり、愛する。

本書は「このライトノベルがすごい！」(http://maijar.org/sugoi/)
に連載された「創世記」に加筆訂正、編集したものです。

コバルト風雲録

二〇〇四年十月二十五日　初版第一刷発行

著　者　久美沙織
発行人　浜本　茂
印　刷　中央精版印刷株式会社
発行所　株式会社　本の雑誌社
〒164-0014　東京都中野区南台四―五十二―十四　中野南台ビル
電話　〇三（三二二九）一〇七一　振替　〇〇一五〇―三―五〇三七八

定価はカバーに表示してあります
ISBN4-86011-038-2　C0095